KB153880

금고기

금고기

신종석 소설집

도화

차례

나는 왜 소설을 쓰려고 하는가?

이 물음은, 내가 고뇌를 한 짐 짊어지고 산길을 걸을 때나, 노트북을 열기 전 늘 자문하고 되씹는 말이다.

88서울올림픽을 앞두고 한창 정부주도형 불량주택 재개발 붐이 일어나고 있을 때, 서울의 어느 달동네 철거 현장에서 죽은 여자아이를 부둥켜안고 오열하는 남자를 본 적이 있었다. 남자의 형색은 초라했으며 얼핏 보기에 나와 비슷한 동년배인 것 같았고, 죽은 여자아이도 큰 딸아이와 또래쯤으로 보였다. 나는 몇 번이나 그 남자를 위로해 주고 싶었지만 용기가 나지 않았다. 남자는 죽은 아이를 꼭 끌어안고 잔해더미 위에서 대성통곡하다 출동한 경찰에 공무집행방해로 끌려가고 말았다.

　　그날 이후 문득문득 그 남자의 오열하는 모습은 날 괴롭혔고, 울부짖는 소리는 귓가에 맴돌았다. 내가 부당하게 억울한 일을 당해 누군가에게 도움을 요청하거나 하소연하고 싶을 때. 누군가가 궁지에 몰려 어려움을 겪는 장면을 목격하면 제일 먼저 그 남자의 절규가 떠올랐고, 그 남자는 어김없이 나타나 생면부지인 날 붙잡고 자신의 억울함을 토로하기 시작했다. 그럼 난 언젠가는 그 남자의 울분을 대신 호소해 주겠다고 마음먹곤 했다.

　　내 나이 쉰, 태산도 옮길 것 같은 열정과 패기로 일하던 어느 날, 졸지에 명예퇴직 통보를 받았다. 순간 가장으로 하늘이 무너지는 것 같았지만, 불현듯 가슴속 어렴풋이 자리 잡고 있던 그 남자의 울분을 이야기로 토해내자는 발상이 떠올랐을까?

　　아무도 귀 기울여 주지 않았지만 그 남자에겐 절절한 사연이 있었을 것이고, 간절한 뭔가가 있었을 것이란 상상은 꼬리에 꼬리를 물었다. 나는 자판을 두드리며 그 남자의 사연을 대신 토로해 나갔고, 늦게나마 진정으로 간절한 것이 무엇인가를 고뇌하기 시작했다.

나는 왜 소설을 쓰려고 하는가?

나는 노트북 하나 달랑 들고 산속으로 들어갔다. 그리고 긴 번뇌에 빠져들었다.

글을 쓰면서 누구나 간절한 것이 있다는 것을 깨달았고, 나에게도 간절한 것이 생겨났다.

나는 간절한 것이 생겼을 때 한 짐 짊어지고 산길을 걷기도 하고, 자판을 두드리며 쓰고 지우기를 반복한다.

간절하다는 것은 누구에게나 참으로 소중하고 아름다운 것이다. 더 고뇌하고 갈고닦아야겠다.

2017년 여름 신종석

금고기야, 금고기야!

옛날 옛적에 할아버지와 할머니가 바닷가 외딴 오두막에 살았습니다. 할아버지는 고기를 잡는 어부였습니다. 하루는 아주 큰 금고기가 잡혔습니다. 그런데 금고기는 눈물을 흘리며 말을 하는 것이었습니다.
할아버지, 할아버지, 저는 마법에 걸린 왕자입니다. 저를 살려주세요.

눈을 뜬 바우는 이불 속에서 얼굴만 내민 채, 천장 물고기 모양 무늬를 보며 할아버지와 금고기 동화를 자신도 모르게 구연하기 시작했다. 그러자 낡은 천장 벽지 무늬는 수많은 물고기 떼가 헤엄치는 바닷속이 되었다가, 어느새 잔잔한 물결 모양 출렁이기 시작하더니 어디선가 금방이라도 갈매기 한 마리가 울며 날아올 것 같은 고즈넉한 어촌으로 변했다. 연이어 빗물이 새어 얼룩진 부분은 작은 쪽배가 되었고, 왜소한 할아버지가 혼자 힘

10

겹게 그물을 당기고 있는 모습이 짠 내와 함께 그려졌다. 그물에 걸린 입이 큰 금고기가 눈물을 흘리며 살려달라고 예원하자 마음씨 좋은 할아버지는 그물에 걸린 금고기를 놓아주며 '그래, 금고기야, 금고기야. 다시는 어부에게 잡히질 말고 잘 살아라' 하며 손을 흔드는 모습이 생생하게 다가왔다. 바우는 그 장면을 자신이 연기하듯 혼자서 일인 다역으로 능숙하게 구연해나갔다. 매일 잠에서 깨면 바우가 혼자 하는 놀이다.

한참 만에 허기를 느낀 바우는 할부지가 아침밥도 드시지 않고 일찍 시장으로 나간 것을 직감한다. 어제저녁 늦게 돌아온 할부지는 갑자기 눈이 많이 와 금고기 리어카를 끌고 오지 못했다고 밤새 걱정을 많이 했었다. 그래서 오늘따라 일찍 시장으로 나갔다.

바우는 일어나 창문을 열었다. 건너편 고층 아파트의 유리창에 반사된 햇빛에 눈이 부시고 냉기가 확 얼굴을 덮친다. 어, 추워 하고 자신도 모르게 이불 속으로 도로 몸을 묻는다. 이불 속 따뜻한 온기를 다시 느끼자 문득 할부지가 밤새 걱정한 금고기 리어카가 궁금했다. 금고기 리어카는 바우와 할부지의 생계수단이기 때문이다.

할부지가 금고기를 많이 만들었는지? 오늘은 금고기가 많이 팔렸으면……, 하는 기대와 바싹바싹한 금고기 부스러기는 생각만 해도 입안에 침이 고인다.

바우는 할아버지를 할부지라 부른다. 바우의 할부지 유 영감은 금고기를 잡지 않고 만든다. 요술을 부리듯, 수리수리 마하수리 하고 빵틀을 열면 짠하고 황금색 금고기가 한 마리씩 나온다. 금고기를 만드는 것을 보는 것도 재미있지만 파는 것을 볼 때는 더 기쁘다. 할부지 우리 금방 부자 되겠다 그치, 하면 유 영감은 이 없는 입을 합죽이며 하, 하모, 하모. 금- 금개기가 많이 팔리면 소- 소원이 이루어지는 기라, 한다. 할부지는 어릴 때부터 말을 많이 더듬었다. 손자인 바우와 말할 때보다 다른 사람 앞에서는 긴장하여 심하게 말을 더듬는 편이다.

산동네 언덕길은 온통 빙판이다. 어제 온 눈으로 차들이 올라오지 못해 금고기 리어카를 댈 자리가 비어있어서 바우는 기분이 좋다. 발로 주차금지라 쓴 물통을 툭 차보니 깡깡 얼었는지 돌덩이다. 유 영감이 리어카를 끌고 가면서 세워놓은 물통이다. 어제는 영감도 리어카를 끌고 오지 못했다. 자리를 지키지 못하면 리어카 앞에 차를 주차시켜 금고기 장사를 못 나갈 때도 가끔 있다. 리어카 자리를 지키는 것은 바우의 중대 임무다. 부산은 산동네 골목까지 온통 주차 전쟁지역이다.

한눈에 들어오는 영도 봉래산과 시퍼런 부산항도 강추위로 꽁꽁 얼었는지 바우 눈에는 꼭 빙판 같이 보인다. 산동네를 내려오며 바다를 볼 때마다 바우는 금고기 생각을 한다. 하지만 할부지가 진짜 어부가 될 수 없다는 것도 잘 알고 있다. 금고기는 유일한 즐거움이다. 소원을 들어주는 금고기 얘기도 감동적이었지만 사실은 제법 어른 흉내를 낸 낭랑한 내레이터의 목소리와 금고기, 할아버지, 할머니로 분장한 친구들이 부러웠던 것이다. 친구들에게 왕따를 안 당하려면 국어책을 실감 나게 잘 읽어야 한다. 친구들 앞에서 더듬지 말고 말도 잘해야 한다. 하지만 자신이 책을 잘 읽고 말을 더듬지 않는다는 것은 꿈같은 일이라고 생각하고 있다. 바우는 잔설이 없는 쪽으로 조심조심 비탈길을 내려간다.

유 영감은 오늘 아침 하늘이 무너지는 것을 실감했다. 칠십 평생 이처럼 낭패를 당한 적도 없었다. 베트남 며느리가 집을 나가 종적을 감추었을 때도 의연했던 영감이다. 아니나 다를까. 밤새 걱정했던 금쪽같은 붕어빵 리어카가 없어진 것이다. 정말 귀신이 곡할 노릇이다. 분명 어제 장사하던 그 자리에 쇳대로 바퀴를 잠가두었는데……? 흔적도 없다. 어제 온 눈 때문에 리어카를 끌고 가지 못한 것을 후회해본다만 버스 지나가고 손드는 격이니 후회는 할수록 가슴 아픈 법. 좌판 아줌마들에게 말을 더듬으며 급한 마음에 손짓 발짓을 섞어 붕어빵 리어카를 수소문했지만 모두 간수를 잘 못했다는 타박만 준다. 리어카가 있던 양지쪽에 쪼그리고 앉아 연신 모자를 썼다 벗었다 하며 담배를 벌써 몇 개비 피웠는지 모른다. 그저 입에서 나오는 말은, 다다단디 쇠쇠쇳 대를 잠 잠갔는데……! 하고 한숨만 푹푹 내뿜고 있다. 보다 못한 시장 사람들이 경찰지구대에 신고를 하라는 둥, 고물상에 가보라는 둥 한 마디씩 하지만 더욱 답답하다.

유 영감은 궁리 끝에 큰마음 먹고 경찰지구대를 찾았다. 문을 열고 들어서자 따뜻한 온기가 뺨을 때리듯 후려갈기자 정신이 하나도 없다. 진 죄도 없는데 겁부터 난다. 용감하게 모자를 벗고 우선 구십도 절부터 하고 본다. 책상에 앉아 컴퓨터 장기를 두던 젊은 경찰은 영감의 몰골을 째려보고는 인상부터 찌푸리고 대뜸 묻는다.

"뭐요?"

빨리 용건을 말하라는 투다. 긴장하자 더더욱 말이 나오질 않는다. 영감은 두 손을 모으고 쭈뼛쭈뼛 망설이기만 한다. 젊은 경찰은 여기가 어딘데 구걸행위를 하면 당장 쫓아버리겠다는 표정이 역력하다. 영감은 다시 모자를 쓰고 용기를 낸다. 하지만 뭘 어떻게 말해야 하는지 앞이 캄캄하다. 그저 입에서 두서없이 더듬거리며 나온 말은,

"저, 저. 금 금개기 구루마를…… 시 시장에…… 눈 눈이 와서…… 눈이 원캉 만이 와서…… 쇠 쇠 쇠대로 다단디…… 그, 저…… 구 구루마가 없으면 우리 바우하고……"

젊은 경찰은 인내심을 가지고 10분 이상 횡설수설하며 더듬거

리는 영감의 말을 골몰히 종합 추리한 후에야 붕어빵 리어카를 도둑맞았다는 사건을 추리할 수 있었다. 연락처도 없는 약도와 이름 석 자를 종합한 피해자 인적사항을 기록하는 것으로 경찰은 임무를 다했다. 유 영감이 붕어빵 리어카를 찾을 수 있는 방법은 그저 있던 자리에 다시 가보는 것뿐이다.

산동네 비탈길 골목엔 자비의 집이란 작은 절이 있다. 뜻있는 스님이 개설한 절이라기보다 포교원 겸 맞벌이 부부가 많은 산동네 어린이 놀이터며 공부방이다. 미닫이문에는 만화풍의 사천왕상과 비천상 탱화가 그려져 있다. 낡은 함석 처마엔 풍경이 매달려 있고 바람이 불면 금고기 모양의 물고기가 말을 하듯 딸랑딸랑 소리를 낸다. 담 좌우측에는 사철 예쁜 꽃들이 핀 듯 파스텔풍의 꽃밭이 그려져 있다. 가끔 목탁소리가 나는 창문엔 단청을 곱게 입힌 작은 목어木魚와 운판雲版이 걸려있다.

바우가 학교에서 돌아올 때나 아랫동네로 갈 때마다 먼 길을 돌아 자비의 집 문에 그려진 사천왕상에 합장하고 고개 숙이는 버릇이 생겼다. 그리곤 마음속으로 할부지가 진짜 금고기를 잡아 소원이 이루어지게 해달라고 빌기도 한다. 지나가는 사람이 아무도 없을 땐 목어를 바라보며,

할아버지는 신기한 금고기를 바다에 놓아주었습니다.

할아버지! 소원이 있으면 말씀하세요. 무엇이든 들어드리겠습니다.

금고기야, 금고기야. 나는 아무 소원이 없단다.

진짜 연극배우처럼 일인 다역을 멋들어지게 구연하기도 한다.

바우는 아직 한 번도 자비의 집 안으로는 들어가 보질 못했다. 산동네 사는 또래의 아이들이 방과 후 우르르 몰려 자비의 집으로 들어갔지만 용기가 나지 않았다. 말을 더듬는 바우는 아이들이 모이는 곳에 가면 항상 바보, 버버리, 베트남이라 놀리기 때문이다. 버버리란 별명은 바우가 너무 말이 없고 어쩌다 말을 해도 더듬기 때문이다. 바우가 말을 더듬는 것은 가족력이라기보다도 의기소침한 성격 때문이다. 베트남은 엄마가 베트남 사람이라 자신을 베트남이라고 하는 것을 어렴풋이 알고 있다. 어른들이 하는 소리를 들었다.

바우가 자비의 집을 찾는 이유는 창문에 걸린 목어와 돌아가신 할머니 때문이다. 할머니는 바우가 초등학교 입학할 때까지 업거나 유모차에 태워 다녔다. 대대로 손이 귀한 할머니에게는 금지옥엽이었다. 대한민국에 하나밖에 없는 아이처럼 키웠다. 새 모이 주듯 밥도 씹어서 입안에 넣어주었고, 어쩌다 모기라도 물리면 밤새 침을 발라주며 뜬눈으로 날을 샜다. 남들이 버릇없어진다고 타박을 줘도 아무도 말릴 수 없었다. 일편단심이었다. 친구도 없는 산골에서 공짜로 보내는 유치원도 보내지 않고 24시간 끼고 살았다. (유치원 무료, 셔틀버스 운행) 심지어 밭일을 할 때도. 할머니가 살아생전 유일하게 구천마을을 벗어나는 곳은 오로지 표충사 절에 갈 때였다. 바우는 말보다 합장하고 절하는 것을 먼저 보고 배웠다.

자비의 집 사천왕상에 합장하고 고개를 숙이면 돌아가신 할머니를 보는 듯하다. 담에 그려진 꽃밭은 시골 태동초등학교와 구천마을 생각이 나서 더욱 좋다. 무엇보다 창밖에 걸린 목어木魚다. 처음 바우가 자비의 집을 지나가다 목어를 보았을 땐 창 안쪽에 매달려 밖에서는 어렴풋이 보였다. 목어를 보며 할아버지와 금고기 대사를 혼자 술술 구연하자, 언젠가부터 목어가 창밖에 걸린 것이다. 자비의 집 목어는 동화 속에 나오는 금고기보다 더 예쁘다. 바우는 반 아이들 앞에선 말을 심하게 더듬고 책도 제대로 못 읽지만, 자비의 집 목어 앞에서 할아버지와 금고기 동화를 더듬지 않고 구연하는 것은 이제 식은 죽 먹기보다 쉬운 일이 되었다. 바람이 불면 딸랑딸랑 소리를 내는 풍경에 매달린 금고기가 '바우야, 바우야!' 부르는 것 같아 '금고기야, 금고기야!' 하고 대답을 할 때도 있고, '금고기야, 금고기야! 할머니가 큰 물통이 필요하단다' 하고 동화를 구연하기도 한다.

오늘은 자비의 집 작은 게시판에 공연 안내란 내용의 안내문이 붙었다. 저녁 7시 1부, '할아버지와 금고기' 겨울방학 연극 공연을 한다는 내용이다. 참석하는 어린이들에게 간식으로 붕어빵과 바나나우유를 준다는 글도 있다.

'할아버지와 금고기!' 공연 안내를 보자 순간 바우는 가슴이 마구 뛰고 얼굴이 붉어지기 시작했다.

아, 난 정말 잘할 수 있는데……! 하고 가슴을 진정시켰다. 다시 수백 번 혼자 외운 할아버지와 금고기 구절을 구연하려고 할 때 미닫이문이 열리면서 안에서 연화심 이모가 나왔다.

"니, 바우 아이가?"

하고 단번에 기다리고 있었다는 듯 반긴다. 바우는 꼭 도둑질이라도 한 듯 손을 뒤로 감추며 뒷걸음질하자 연화심 이모는

"바우야."

하며 대뜸 손을 잡는다.

"이모가 까자 주까? 바우는 와? 자비의 집에 안 오는데. 오늘 저녁때 꼭 온 나. 연극한다……."

연화심 이모는 안쪽을 향하여 누군가에게 소리친다.

"삼촌 스으님. 바우 왔어예. 바우."

바우는 자신을 단번에 알아보는 것이 무척 신기했다. 내 이름을 어떻게……? 할머니가 돌아가시고 자신을 이렇게 살갑게 대해주는 사람은 처음이다. 몇 번 금고기를 팔면서 본 적은 있는 것 같았다. 가끔 어떤 스님하고 와서 금고기를 한 봉지 가득 사 가는 기억이 났다.

바우는 자신의 이름을 알고 있고 또 불러주는 게 너무 좋았다.

엄마도 없는 자신을 친 이모처럼 맞아주는 연화심 이모가 마치 비천상에 그려진 아름다운 보살같이 보였다. 순간 정신이 하나도 없었다. 바우가 쭈뼛쭈뼛 망설이고 있는데 한 무리의 아이들이 우하며 골목을 들어서는 소리에 정신을 차렸다. 아이들은 단번에 바우를 보며 놀려댔다.

"어, 버버리 아이가. 베트남 버버리. 이모, 야는 말 못 하는 버버리에요."

순간 바우는 얼굴이 불에 덴 듯 화끈한다. 단번에 뒤도 돌아보지 않고 달음박질쳤다. 뒷머리가 근질거리고 등 뒤에서 연화심 이모가 아이들을 나무라는 소리가 들리는 것 같았다.

아미동 시장은 풍성하다. 언제나 사람 사는 맛이 있다. 바우가 좋아하는 계란도 산더미처럼 쌓여있고, 할머니가 무쳐주시던 맛있는 나물들도 대야 가득하다. 마구 손뼉을 치고 발을 굴리며 골라, 골라, 천 원. 트럭에 생선을 실은 아저씨는 연신 마이크로 굵직굵직하고 국물이 시원한 동태, 알이 꽉 찬 꽃게. 곶감장수 아저씨는 호랑이도 울고 가는 상주 곶감이 왔어요. 상주 곶감. 제주 밀감이요, 제주 밀감. 공짜로는 못 주고 공짜 비슷하게 한 보따리 오천 원. 산삼보다 좋은 겨울 무가 떨이요, 떨이.

금고기는 아니지만 헤엄치며 놀고 있는 큰 물고기들도 구경할 수 있는 횟집 수족관. 리어카에서 김이 무럭무럭 나는 순대와 오뎅. 재수가 좋은 날은 갈비 굽는 냄새까지 실컷 맡는다. 바우는 시장바닥을 한참 돌며 시간 가는 줄 몰랐다. 바우가 시장통에 나오면 늘 들르는 코스다. 눈요기만으로도 기분이 좋아진다.

배 속에서 꼬르륵하고 나는 소리에 할부지 리어카 있는 쪽으로 발길을 돌린다. 빨리 금고기 부스러기를 먹을 생각에 침부터 고인다. 할부지는 금고기를 먹으라고 하지만 여간해서 바우는 금고기를 먹지 않는다. 늘 부스러기가 꼬시고 더 맛있다. 할부지, 하면 영감은 입을 합죽거리며 부러 밀가루 반죽을 넘치게 부어 부스러기를 많이 만든다. 어쩌다 사람들이 한 봉투 가득 금고기를 사 가면 바우는 신이나 할부지, 와 우리 이제 금방 부자 되겠다. 그치. 오천 원어치 팔았다. 히히히……, 하며 영감과 눈을 맞춘다.

시장통 입구, 전봇대에 기대앉은 유 영감은 지나가는 사람들의 눈만 뚫어져라 쳐다본다. 낯선 사람은 다 도둑 같이 보이기도 했지만 그것은 영감의 버릇이다. 그 와중에 혹 아들을 만날 수 있을까? 낭패를 당하고 보니 더 아들 생각이 났다.

왜소한 체격의 유 영감은 키가 150을 넘을까 말까. 산골에서 키가 크기도 전에 무거운 지게를 많이 져 키가 크지 않았다고 사람들은 말했다. 멀리서 보면 흡사 전봇대에 목줄 매인 작은 원숭이가 빨간 모자를 쓰고 앉아있는 몰골이다. 멀리서 금고기 리어카도 없이 목 놓은 듯 앉아 있는 할부지의 모습을 본 바우가 놀라 달려왔다.

"할, 할부지……?"

바우가 달려오면서 부르는 소리에 영감은 그만 두 눈에서 눈물이 왈칵 쏟아졌다.

평소 말이 없는 바우와 영감은 더욱 말이 없다. 그 모습을 본 좌판 팥죽 아줌마가 혀를 차며 팥죽을 두 그릇 퍼주었지만 영감은 입안이 소태라 통 목구멍에 넘어가지 않는다. 먹는 둥 마는 둥 아침 겸 점심이다.

전봇대에 기대어 앉아 넋을 놓은 바우는 할부지에게 미안한 생각이 앞선다. 자신이 너무 욕심이 많아 동화 속 할머니 모양 벌을 받았다는 생각에 수없이 자신을 원망하고 자책해본다. 하지만 한편으로 생각하면 억울하기도 하다. 큰 욕심을 부린 것도 아닌데…….

바우는 초등학교에 입학해서 한글을 읽을 줄 모르는 자신이 읽고 쓸 수 있었으면 했고, 친구들 앞에서 말을 더듬지 않고 구연동화를 잘했으면 하는 바람뿐이었다. 다행히 시골 태동초등학교는 학생 수가 적어 선생님의 개인 지도로 더듬거리며 책을 읽을 수 있었다. 부산으로 전학 와 삼 학년이 된 바우는 아이들 앞에서 말하기와 책 읽기엔 자신이 없어졌다. 사실 바우의 소원은 아이들에게 왕따를 안 당하고 친하게 지내는 것이다.

유 영감과 바우가 앉은자리는 유난히 겨울 땅거미가 빨리도 찾아왔다. 처음엔 영감에게 리어카 간수를 잘못한 것을 질책하던 치들도, 쪼그리고 앉아 눈물만 흘리는 영감과 바우를 보고는 모두 혀를 차며 한마디씩 했다. 벼룩이 간을 내 묵지. 붕어빵 리어카를 훔쳐 가. 좌판 상인들은 이제 영감을 위로하기 시작했고 같이 찾아보자고 위로하는 이들도 있었다. 도둑이 멀리 못 갔을 것을 추리하며 밤에 주변 버스 정류소와 지하철 입구 쪽을 둘러보면 잡을 수 있다고 장담하는 사람도 있었다. 부산에서 제일 큰 국제시장 중고 붕어빵 틀 도매상에 가보라고 귀띔하는 콩나물 할머니는 연신, 리어카를 훔쳐간 도둑에게 육시랄 놈, 쌔가 만발이나 빠질 놈, 하고 대신 분풀이를 해주었지만, 유 영감과 바우는 앞이 캄캄할 뿐이었다.

삼촌 스님과 연화심 이모는 오늘 저녁 연극 공연 때 먹을 아이들 간식을 사러 시장에 왔다. 영감의 붕어빵을 자주 사 가는 단골이기도 하다. 오늘 연극 관람은 아이들뿐만 아니고 경로당이며 주민센터에도 며칠 전부터 홍보를 많이 했다. 아무래도 값싸고 맛있는 붕어빵이 겨울엔 제격이다. 아이들뿐만 아니라 치아가 부실한 노인들도 좋아하는 서민들의 인기 간식이 아닌가. 그런데 붕어빵은 식으면 맛이 없다. 겉이 바삭하고 속이 달콤하며 김이 무럭무럭 나는 갓 구워낸 것이 별미인데, 그래서 삼촌 스님은 아예 영감에게 붕어빵 리어카를 자비의 집으로 끌고 가 즉석에서 구워 사람들에게 나누어 주자는 제안을 할 참이었다. 아이들과 어른들 대충 예상인원이 사오십 명은 되니 붕어빵을 세 개씩 계산해도 대충 백오십 개 이상 구워야 한다. 영감 혼자는 어렵지만 자원봉사 대학생들이 도와주면 간단하다. 작년 겨울에도 붕어빵이 인기 있었다. 준비한 재료가 동나고 야단법석이 났다. 이번엔 넉넉하게 이백 개를 구울 계획을 세웠다. 이백 개 팔아주는 조건으로 출장을 부르는 셈이다. 붕어빵이 이백 개라! 천 원에 세 개, 육만 육천 원이다. 유 영감으로는 땅 짚고 헤엄치기 장사. 완전 대박이다. 하루 저녁에 백 개를 못 팔 때도 허다한데.

삼촌 스님은 영감의 손을 잡고 말했다.

"어르신, 속상해 하지 마세요. 같이 붕어빵 리어카를 찾아봅시다."

유 영감은 닭똥 같은 눈물만 흘린다. 스님은 영감의 눈물을 닦아주며, 바우에게도 위로했다.

"너 이름이 바우지?"

바우는 두 눈을 빠히 뜬 채 고개만 끄덕인다.

"어르신, 우선 요기부터 합시다. 먹어야 힘을 냅니다. 저도 아직 점심을 안 먹었어요. 같이 뜨뜻한 된장국이라도 한 그릇 드시고 나서 붕어빵 리어카를 찾아봅시다."

시장통에서 된장국을 먹은 스님은 어디로 전화를 몇 군데 하더니 연화심 이모에게 먼저 영감과 바우를 데리고 자비의 집으로 가 있을 것과 저녁때 연극 준비를 대충시키고는 혼자 국제시장으로 붕어빵 틀과 리어카를 장만하러 간다.

유 영감이 살던 곳은 경상남도 밀양시 단장면 구천리 두메산골. 조상 대대로 화전을 부친 빈농으로 집안이랄 것도 없는, 어릴 때는 밥을 못 먹고 풀뿌리만 먹어 그야말로 밑구멍이 찢어지게 가난했다. 영감은 칠십 평생을 두더지처럼 땅만 팠다. 학교라고는 문 앞도 가보지 못해 낫 놓고 기억자도 모른다. 바우만 할 때부터 남의 집 머슴살이를 하며 먹여주고 입혀주는 걸로 뼈 빠지게 일만 했다. 그래서 키가 150을 겨우 넘을까 말까. 하나 있던 아들도 영감을 빼닮았다. 말까지 더듬고 너무나 순박해서 사람들은 유 영감 가족을 바보라고 수군댔다. 바우 엄마는 베트남에서 시집왔다. 농촌 다문화가정이 유행일 때, 농촌 인구를 늘린다는 시의 다문화가정 육성 정책에 따라 지원금을 준다는 말에 바우 아빠는 남들이 가니 따라 장에 가듯이 장가를 갔다. 바우 엄마는 한류 열풍을 타고 신데렐라가 되겠다는 꿈을 안고 한국으로 시집왔다. 하지만, 한국말 중 제일 먼저 배운 단어는 바보란 단어였다. 동네 사람들에게 우리 아버지 바보, 어머니도 바보, 남편도 바보라며 한국 국적을 취득한 후 종적을 감추어버렸다. 서울로 도망갔다는 말도 있고 베트남에서 온 노동자와 눈이 맞았다는 둥 양산시내 노래방에서 도우미로 일한다는 둥 소문만 무성할 뿐이다. 바우 엄마가 집을 나가자 술로 세월을 보내던 바우 아빠는 어느 날 돈을 벌어오겠다는 다짐을 하고 부산으로 갔지만 죽었는지 살았는지 통 연락이 없다. 작년 봄, 마을 이장이 부산 아미동 산동네 까치고개 버스 안에서 길 가던 바우 아빠를 얼핏 봤다는 목격담이 유일하다.

그나마 바우를 끼고 살던 할머니가 작년 여름 죽자 유 영감은 꼭 귀신에 홀린 듯 평생을 산 고향을 미련 없이 버리고 부산 아미동 산동네로 이사를 왔다. 아마 할머니의 유언 때문일까? 할머니는 죽으면서도 바우를 걱정하고 눈을 감지 못했다.

"여엉 감……! 우리 바-바우가 맨날 천날 금개기 잡는 이바구만 외우고 또 외우니 바닷가에서 살고 싶은 모양이요. ……내 죽으면 가까운 부산으로 이사 가소. 가서 우리 바-바우 소원대로 금개기를 잡으소……. 바우 애비도 단디 찾아보고, 까마군지 까치고갠지 봤다는 사람이 있으니……."

막상 영감은 부산으로 이사를 왔지만 처음 보는 바다는 무서웠다. 배를 타고 고기를 잡는다는 것은 죽기보다 어려워 보였고 동화 속의 이야기란 것을 알았다. 시장통을 헤매다 바우가 황금 붕어빵을 보고 금고기라며 좋아해 시작한 장사다. 처음엔 설익거나 태우는 일도 있었지만 이제 제법 단골도 생겨 입에 풀칠도 하고 돈도 모은다.

자비의 집 법당은 제법 공연장 분위기가 난다. 삼삼오오 모인 아이들은 까불며 자기 집 안방 모양 뛰며 떠들었고 어른들은 시끄럽다고 아이들을 나무란다. 도떼기시장이다. 자원봉사자 대학생 이모 삼촌들은 가설무대에다 종이로 만든 바닷가 풍경을 붙이고 작은 배와 오두막도 만들었다. 할아버지 분장을 한 사람과 할머니 역을 맡은 사람, 큰 금고기 그림을 든 사람은 대본을 보며 리허설에 열중이다. 옆방에서는 피아노 반주에 맞추어 산동네 어머니 합창단이 '사랑해 당신을' 노래와 '찬불가' 연습을 한다고 아까부터 목청을 높인다. 그야말로 야단법석이다.

법당 불을 끄고 공대생 자원봉사자 삼촌들이 무대조명을 비추자, 순간 법당 안은 쥐 죽은 듯이 조용해진다. 분위기는 완전 국립극장이 따로 없다. 모두 다 꼴깍 침만 삼킨다.

연화심 이모가 사회로 간단한 인사말과 공연소개를 한다. 원래 할아버지와 금고기 연극의 내레이터는 삼촌 스님이 하기로 정해져 있었다. 삼촌 스님은 자신의 법명이 따로 있어도 자비의 집에서는 아이들에게 친근한 삼촌이라는 호칭을 쓴다.

갑자기 마이크를 잡은 삼촌 스님은 먼저 오늘 연극 내레이터를 소개했다.

"오늘 할아버지와 금고기 연극의 내레이터는 저가 아닌, 부산

초등학교 삼 학년 유바우 군이 합니다. 바우야, 이리 나와."

삼촌 스님에게 미리 귀띔을 받은 바우는 용기를 내어 무대 앞으로 나간다. 학교에서 국어책 읽기는 자신이 없어도 할아버지와 금고기 동화는 눈 감고도 자신이 넘쳤기 때문이다. 사람들은 모두 어리둥절하여 주위를 두리번거린다.

"유바우가 누고?"

모두 다 바우를 보고 깜짝 놀라는 표정이다.

"자는 버버리 아이가. 말을 못 한다고 하던데……?"

순간 자원봉사자 이모 삼촌들도 놀란다.

스님은 바우에게 귀엣말로 뭐라고 말하는 것 같다.

"바우, 잘할 수 있어. 늘 목어 앞에서 하던 대로만 하는 거야. 파이팅!"

하며 무대 천정을 올려다본다. 바우도 스님을 따라 무대 천정을 보자, 천정에는 창밖에 있던 목어木魚가 매달려있는 것이 아닌가. 객석에서는 목어가 보이지 않는다. 그 목어를 본 사람은 삼촌 스님과 바우뿐이다.

시골 태동초등학교는 전교생이 십팔 명이었다. 저학년과 고학년으로 나누어 수업을 했다. 연극이나 음악, 미술, 체육은 전교생이 같이한다. 연극시간, 고학년 형들이 할아버지와 금고기 대사를 외우며 연기를 하는 것을 보고 내용도 감동적이었지만 바우는 무척 부러웠다.

전학 온 부산초등학교는 아이들도 많았고 3학년만 3학급이나 있었다. 전학 온 첫날 선생님은 바우에게 국어책을 읽으라고 했다. 책 읽기와 말하기에 자신이 없는 바우는 눈앞이 캄캄했다. 시골 학교와 달리 앉아서 읽지 않고 서서 읽는다는 것은 정말 어려웠다. 책 속의 아무 글자도 눈에 들어오지 않았다. 선생님의 재촉에 그저 땀만 뻘뻘 흘리다 바지에 오줌을 싸고 말았던 것이다. 아이들은 오줌싸개라고 놀렸다. 그 후 바우는 더욱 입을 닫았고 아이들은 버버리라고 놀려댔다. 아무도 바우에게 눈길을 주는 사람은 없었다. 선생님도 바우를 투명인간 취급했다. 그럼 바우는 더욱 동화 속 금고기와만 놀았다. 수백 번 혼자 할아버지와 금고기 대사를 외었고 내레이터 목소리, 할아버지, 할머니 목소리를 프로 배우 못지않게 해냈던 것이다.

삼촌 스님의 사인으로 무대 조명과 배경 음악이 흘러나오자 법당은 순간 고즈넉한 어촌으로 변한다. 바우가 천장에 매달린 목어를 슬쩍 보자 이상하게 바우 눈에 목어가 말을 하듯 입을 한 번 뻐끔하고 벌렸다 다무는 것처럼 보인다. 그러자 바우의 입에서 자신도 모르게 금고기와 할아버지 대사가 녹음기를 틀듯 줄줄 흘러나왔다.

옛날 옛적에 할아버지와 할머니가 바닷가 오두막에 살았습니다.

법당 안은 순간 바다 내음으로 가득하고, 눈앞에서 할아버지가 힘겹게 노를 젓는 모습과 그물을 당기는 거친 숨소리까지 들리는 듯했다.

금고기 역을 맡은 배우가 대본대로 등장해야 하는데 잠시 넋을 놓고 서 있었다. 삼촌 스님의 사인으로 한 박자 늦게 등장한 금고기도 대학 연극단원이라 이내 능숙한 연기와 대사를 구연해 냈다.

······큰 물통도 하나 없는 주제에. 지금 당장 금고기에게 큰 물통을 하나 달라고 해요.
할머니의 성화에 할아버지는 싫었지만 바다로 나갔습니다.
금고기야, 금고기야, 할머니가 큰 물통이 필요하단다.
할아버지! 집으로 가보세요. 큰 물통이 있을 거예요.

바우가 내레이션을 하면서 법당 안을 둘러보자 아이들은 모두 통통하게 살이 찐 금고기를 한 마리씩 들고 있었다. 하지만 아무도 금고기를 먹을 생각을 하지 않았다. 아이들의 초롱초롱한 눈망울이 금고기 눈을 닮았다. 바우의 눈에는 법당 안에 수십 마리의 금고기들이 자신을 향하여 입을 뻐끔거리고 있는 것 같이 보였다.

유 영감과 바우는 잃어버린 금고기 리어카 걱정도 없이 집으로 돌아온다. 어둠 속 비탈길은 여기저기 치우지 못한 눈이 얼어 매우 미끄럽다. 미끄러질 뻔한 바우는 할부지의 손을 잡으며 조심을 당부한다.

"할부지! 조심해라."

영감은 이가 다 빠진 입을 합죽하며 말한다.

"하 하모, 하모."

유 영감과 바우가 집으로 돌아오자, 주차금지 물통이 한쪽으로 치워져 있고 금고기 리어카가 마치 요술이라도 부린 듯 떡하니 자리를 차지하고 있는 것이 아닌가. 눈이 휘둥그레진 영감이 얼른 금고기 빵틀을 열어보자 기름칠이 반질반질하게 된 빵틀은 아직 온기가 남아있는 듯했고, 또 다른 빵틀을 열면 통통한 금고기 한 마리가 팔딱 튀어나올 것만 같았다. 아까 영감이 자비의 집에서 정신없이 구워내던 바로 그 금고기 리어카였다.

리어카 천장에는 삼촌 스님의 창가에 걸려있던, 아까 무대 천장에 매달려있던 목어木魚가 숨이라도 쉬듯 입을 벌리고 있는 것이 아닌가. 바우가 목어와 눈을 맞추자 순간 목어가 입을 뻐끔하며 뭐라고 말하는 것을 바우는 분명 들은 것 같다.

중복

"쇠때? 대추밭에 새때……?"

냔은 국어대사전을 허겁지겁 뒤적인다.

경운기를 두 손으로 단단히 잡은 시아버지는 손짓 발짓도 하
지 않고 오늘은 눈길도 주지 않았다. 화가 단단히 난 듯, 퍼떡 쇠
때 가지고 온나 소리치고는 경운기 속도를 내어 뚤 뚤 뚤 굴러가
버렸다. 경운기 뒤에 타고 있던 석이가, 엄마 하고 손을 흔들어도
눈도 맞추지 못했다. 냔은 순간 얼굴을 들지 못하고 미안해하다
저만치 굴러가는 시아버지의 뒤통수에 혀를 쭉 내밀어, 메롱 하
고는 마구 뛰었다. 그 모습을 본 세 살배기 석이가 킥킥거렸다.

냔은 시아버지와 일반 대화는 별문제가 없다. 생소한 단어도

상황에 따라 눈치로 대충 짐작하면 거의 맞아떨어졌는데, 방금 시아버지의 큰소리에는 지은 죄가 있어 재차 묻지도 못했고, 눈치로 상황을 어림할 수도 없었다. "쇠때" 한두 번 들어본 것 같기도 하지만 자주 쓰지 않는 단어라 아물아물한 게 암만 생각해도 용도와 뜻을 알 수 없었다. 다만 시아버지가 지금 대추밭으로 가고 있는 것은 분명하니, 그럼 쇠때가 대추밭과 관련이 있다고 어림짐작할 뿐이다.

냔이 한글 강좌에만 갔다 오면 시아버지는 알아듣지도 못하는 생소한 옛날 말이나 사투리만 골라 해, 자주 당황하게 만들었다. 재차 물어보기라도 하면, 글 배우러 댕기면서 그것도 모르냐 하고 면박을 주기 일쑤다. 매주 월, 수, 금 오전 10시부터 12시까지, 면사무소 한글 강좌에 가는 것을 시아버지는 무척 못마땅해 한다. 냔도 그것을 잘 알고 있어 한글 강좌에 갔다 오면 큰 죄라도 지은 듯 시아버지 앞에서 설설 긴다.

긴 장마에 시아버지는 안달복달하다 어제 해거름부터 날이 개자, 야아-야 널은 빨리 와 대추나무 약 치자 하고 몇 번이나 빨리 올 것을 신신당부했는데, 오늘따라 한 시간이나 늦게 오고 말았다. 오늘은 정말 빨리 오고 싶었지만 환의 얘기를 듣고 빨리 올 수 없었기 때문이다. 옆 마을 범도리로, 베트남에서 한 달 전 시집온 환에게 이것저것 선배로서 경험담이며 코치를 하고 대책을 의논하다 늦었다. 환이 불쌍했다. 사기 결혼을 당한 것 같았다.

울며불며 하소연하는 환을 두고 차마 발길이 떨어지지 않았다.

시아버지 혼자서는 천 평이 넘는 대추밭에 농약을 치려면 무척 힘든 일이다. 냔이 대추나무 사이로 농약 호스를 잡고 따라다니며 도와줘야 하는데, 안 봐도 뻔하다. 시아버지는 두어 시간 전부터 밥도 먹지 않고 냔을 기다리다 부아가 머리끝까지 나 대추밭으로 가던 길이었을 것이다. 느긋하지 못한 시아버지가 혼자 약이 올라 심술을 부리면, 냔은 가끔 말을 못 알아들은 척하고 엉뚱한 짓을 해 더욱 시아버지의 부아를 긁었다.

냔은 쇠땐지 새땐지를 가지러 집으로 달음박질쳤다. 혹 집으로 가는 길에 이장 댁에 들러 쇠때가 뭔지 물어볼 요량이었지만, 긴 장마 끝에 빤짝하고 햇살이나 모두 밭에 나갔는지 이장 댁엔 아무도 없었다. 10여 가구의 구천마을은 집집마다 텅텅 비었고 골목엔 강아지 한 마리 얼씬거리지 않았다. 냔이 마당에 들어서자 흰둥이란 놈이 나무 그늘에 축 늘어져 꿈을 꾸는지 킁킁대고 있었다. 다 훔쳐가도 모를 것 같다. 갑자기 이놈 팔자가 상팔자구나 하는 생각에, 쓸데없이 흰둥이 배를 쿡 차며 인마, 쇠때가 뭐고? 하니, 녀석이 벌떡 두 발을 들고 일어서면서 벌건 수놈 물건을 세워 꼬리를 흔들어 대는 것이다. 냔은, 개새끼가 청상과부 약 올리나 하고 흰둥이 배를 힘껏 걷어찼다. 급히 현관문을 열다 낮은 담 쪽을 살피고는 다시 흰둥이를 쳐다봤다. 흰둥이는 여전히 수놈 물건을 세우고 두 발로 서 연신 앞다리를 흔들어 대는 것이다. 냔이 신발을 벗어 던지는 시늉을 하자 흰둥이가 얼른 나무 뒤로 숨는다.

거실로 급히 들어서 쇠때, 새때를 중얼거리며 아무리 추측을 해봐도 대추밭과 쇠때 연상되는 것이 떠오르지 않았다. 쇠로 된 대? 지지대를 말하나? 대추밭에는 지지대를 안 세우는데, 고개를 저으며 책상에 앉아 얼른 국어대사전을 폈다.

쇠때. ㅅ에서 쇠까지는 찾았으나 쇠때란 단어는 없고, 쇠는 철을 말하고, 소라고 풀이되어있을 뿐이다. 쇠대란 단어도 사전엔 없다. 이번엔 새때를 찾아본다. 새때는 끼니와 끼니의 중간되는 때라고 풀이되어 있다. 냔의 입가에 절로 미소가 지어졌다. 참이라고 했어도 알아들었을 걸, 시아버지가 심술이 나서 어려운 말을 했다고 단정을 지었다.

싱크대 위를 살펴봐도 전기밥통을 열어봐도 시아버지가 점심 먹은 흔적은 없었다. 아직까지 시아버지가 점심을 안 먹었구나 생각하니 미안하기도 해서 꾹꾹 눌러 많이 담았다. 시아버지가 자신도 점심을 안 먹었을 것이라 생각하고 대추밭에서 같이 먹자고 했던 모양이라고 짐작하니 가슴이 찡했다. 시아버지는 종종 심술을 내고, 마음이 죽 끓듯 변덕을 부려도 며느리를 배려하는 마음이 깊다는 것을 냔도 잘 알고 있다. 석이가 좋아하는 소시지도 얼른 구웠다.

집에서 대추밭까지는 빠른 걸음으로 30분 정도 걸린다. 표충사로 가는 도로에 인접해 철조망이 둘러쳐져 있고, 입구는 철대문인데 문에는 묵직한 소불알만 한 자물쇠가 두 개나 붙어있다. 자물쇠가 두 개 붙은 대추밭은 아마 한국에서 유일할 것이다. 가끔 오가는 사람들이 대추 한두 톨 따기라도 하면 시아버지는 난리가 난다. 대추가 익어갈 때쯤이면 시아버지는 목숨을 걸고 대추밭을 사수한다. '단장대추' 하면 전국에서 알아주지만, 특히 시아버지 대추는 알이 굵고 달다. 나무 한 그루에서 한 박스를 수확하는 집은 면에서도 드물고, 눈 씻고 봐도 벌레 먹은 것 하나 없다. 시아버지가 워낙 대추나무를 애지중지해 매년 수확이 실하다. 그래서 작년엔 단장대추를 대표해 밀양시 홍보영화를 찍기도 했다. 그 후 시아버지는 대문에 자물쇠를 하나 더 달아 두 개다. 시아버지에게 대추밭은 화수분이고 자물쇠는 훈장이다.

냔도 대추나무를 신주 모시듯 하고 열심히 일한다. 시아버지는 해마다 대추농사가 풍년이면 친정에 보내준다고 했지만 그 약속은 번번이 지켜지지 않았다. 냔이 보기에도 마을 사람들 얘기도 대추농사가 풍년이라고 하는데 시아버지는 늘 적자라고 투덜거리니 정말 치사하고 더럽다, 더러워. 뻔한 걸 가지고 거짓말시키니 도대체 시아버지의 마음은 알다가도 모를 일이다. 냔이 한국으로 시집올 때 남편에게 일 년에 한 번 베트남에 가는 것과 매월 30만 원 보내는 약속을 받았지만, 처음 1년 시아버지는 아무 약속도 지켜주지 않았다. 그러다 냔이 유복자 석이를 낳고 난 후부터 매월 40만 원을 베트남에 보내고 있다.

표충사 계곡으로 가는 피서객들의 차가 꼬리를 물어 오늘은 도로를 건너기도 힘들다. 냔은 겨우 손을 들고 도로를 건너 대추밭 가까이 왔다.

어! 경운기가 왜 밖에 서 있지? 이상한 일이다? 경운기를 밖에 세워 놓으면 인도도 없는 좁은 2차선 도로에 불편하고 위험하다. 며칠 전에도 경운기 사고가 나 파출소에서 수시로 계몽을 해도 시아버지는 막무가내다. 철조망 넘어 호스를 연결해 시아버지는 불편하게 농약을 치고 있었다. 마스크도 쓰지 않았다. 냔은 농약 칠 때마다 바람을 등지고 비옷과 마스크 착용할 것을 당부했으나 시아버지는 콧방귀도 뀌지 않는다. 석이가 할아버지 옆을 따라다니는 것을 보고 냔은 깜짝 놀라 큰소리쳤다.

"석아. 석아 나와, 나와. 큰일 나. 아버지이 마스크, 마스크어."

하며 손으로 입을 가리키고 석이를 불렀다. 석이만 냔을 보고 손을 흔들 뿐, 시아버지는 심술을 부리듯 농약을 허공으로 마구 뿌려댔다. 석이 머리 위로 희뿌연 농약이 눈 날리듯이 막 날린다. 냔은 애가 타, 눈에 불을 켜고 시아버지야 농약을 뒤집어쓰든 말든 당장 석이를 끌고 나오려고 철조망 아래로 기어들어 가려는데, 시아버지는 뜬금없이 대뜸 한다는 소리가,

"문 안 열고 뭐 하노?"

냔은 급히 기어들어 가다가 철조망에 옷이 걸려 주춤거리고 있는 사이에, 시아버지는 철조망 아래로 기어 나와서 고함을 빽 질렀다.

"쇠때 도!"

시아버지의 몸에서는 땀에 범벅이 되어 냄새가 진동했다. 석이를 데리고 농약을 쳐 따지려고 단단히 마음먹었지만 아까 진 죄도 있고, 뙤약볕에 땀 흘리는 시아버지에게 미안해 말을 못 하고 기선을 제압당했다. 냔은 볼메어 도시락 보따리를 내밀자 시아버지는 시아버지대로 눈알을 마구 굴리며 잡아먹을 듯 소리쳤다.

"쇠때 도라 카이."

시아버지의 불뚱이에 냔은 다시 도시락 보따리와 입을 동시에 내밀었다.

"새때 여기……."

"……?"

시아버지는 도시락 보따리를 확 낚아채 풀어 보고는 두 눈을 빤히 뜨고 말이 없더니 씩씩거리며 경운기에 올라탔다. 냔은 영문을 몰라 입을 쭉 내밀었고 석이가 배고프다고 칭얼거렸다.

냔이 한국으로 시집온 지도 4년이 되었다. 올해는 친정에 갈

거라고 단단히 벼르고 있다. 대추농사가 잘되면 가을에 꼭 베트남 보내달라고 시아버지에게 자주 조른다. 그때마다 시아버지는 가실에 가봐서 가실에 가봐서라는 말만 하고 확답을 주지 않았다. 마을 사람들은 지나가는 말로, 남편도 없이 홀시아버지 시집살이 힘들다. 친정에 한번 갔다 오게 해줘라 하고 말해도, 시아버지는 강산만 쳐다보고, 니는 떠들어라 나는 안 보낸다 하고 있다. 마을 사람들은 시아버지가 워낙 노랑이라 며느리를 위해 많은 돈을 쓰는 일은 없을 것이라고 모두들 입을 모았다. 뒷집 혼자 사는 여자는 시아버지만 없으면, 청춘이 구만리 같은 냔 살 궁리나 하라면서 남자를 소개시켜 준다며 자꾸 꼬셔댄다.

한 달에 두어 번 거는 국제전화도 처음엔 시아버지 눈치를 봤지만 요즘은 아예 배째라 하고 수시로 건다. 시아버지가 잔소리를 하면 못 알아듣는 척 해버린다. 말을 못 알아듣는다는 것은 냔에게 큰 무기다. 작년에 개설한 위성방송도 냔의 승리였다. 며칠을 아프다며 방에 누워서 엄살을 떨고, 굶어 죽기라도 할 듯 시위를 해 시아버지가 두 손 두 발 다 들고 말았다. 알 수 없는 일은 시아버지도 없는 핸드폰까지 사 준 것이다. 그땐 정말 감동했다. 냔은 베트남 친정이 아니면 거의 핸드폰을 사용하지 않고, 전화올 데가 없어 그냥 집에 두고 다닐 때가 허다하다.

사실 시아버지는 노랑이라고 소문이 대단하다. 사람들이 자주 수군거리는 것을 냔도 들었다. 시아버지는 쉬는 날이 없다. 틈틈이 산으로 돌아다니며 능이버섯이며 온갖 약초를 다 캐온다. 한 겨울에도 멀리 영남알프스 능선과 계곡을 누벼 나무 꼭대기에 붙어 있는 겨우살이란 약초를 캐오는데 그게 다 돈이다. 시아버지 눈에는 온 들과 산에 돈이 널렸는지, 냔의 눈에 길가 난 풀도 인진쑥이라며 팔아 2만 원이나 챙겼다. 시아버지는 술 담배도 안 하고 옷 한 벌 사 입는 법이 없다. 돈을 쓰는 사람은 냔 혼자다. 가끔 냔이 시내 나가 석이 옷이나 자신의 싸구려 옷가지며 생활 용품 각종 공과금 정도 지출이 전부다. 생활용품도 석이가 태어 나고 난 뒤부터 구입했지 그 전에는 일절 못 샀다. 시아버지는 신문지로 재래식 변소에 간다. 집에 수세식 양변기가 없는 것은 아니다. 시아버지 전용 재래식 변소는 베트남에 있는 친정 변소에 비하면 호텔이다. 그러나 냔은 양변기가 있는 수세식 화장실을 쓴다. 그래도 부자나라 한국으로 시집왔는데 이만한 호사는 누려야 된다는 게 냔의 생각이다.

덕구의 경운기는 어지간해서 속도를 내는 법이 없다. 두 손으로 경운기를 단단히 잡은 덕구는 아까 자신의 옹졸한 처신이 무척 후회되었다. 요즘 들어 며느리에게 가끔 억지를 부리고 역정을 내다가도 속으론 미안해한다. 성격이 변한 것도 아닌데 자신도 그 이유를 잘 모른다. 어린 나이에 청상과부가 된 며느리가 측은한 마음이 드는 것도 사실이지만, 수전노란 소리를 듣고 살아

온 자신의 인생을 되돌아보면 허무하기도 했기 때문일까? 사실 덕구는 손자가 있지만 아직 할아버지 소리를 들을 나이는 아니다. 올해 쉰다섯이니까. 요즘 나이에 아직 젊다면 젊은 축에 드는 게 사실 아닌가. 덕구는 원래 정각산 정승골 골짜기에서 조상 대대로 화전을 일구어 먹고살았다. 서른하나에 아내가 죽자 아들을 데리고 아랫마을 구천리로 이사 와서 땅 없는 서러움을 많이 겪었다. 남의 땅 농사를 뼈 빠지게 지어도 입에 풀칠도 못 했으니까. 그저 두더지처럼 땅만 갈아 대추농사를 지었다. 아무도 믿지 않았다. 아들도 믿지 않았고 오로지 믿는 것은 땅하고 대추나무뿐이었다.

오는 길에 덕구는 수박 농사를 짓는 김가에게 큰 수박을 하나 얻었다. 가을에 대추 반 되 주기로 하고.

덕구가 대문에 붙은 소불알만 한 자물통을 열 때 냔은, 맞다! 열쇠를 나이든 사람들은 '쇠때'라고 한다는 것이 생각났다. 냔은 자신이 생각해도 웃음이 나와 죽을 것 같았지만 억지로 참았다. 강산을 보며 킥킥거리고 있는 냔을 보고 덕구는 말했다.

"야야, 뻰도 가지고 일로 온나."

"아버지이 뻰도가 아니고 도시락이에요."

냔은 아직 쇠때 사건의 웃음이 가라앉지 않은 얼굴로 말했다.

"도시락이고 뻰도고 간에 묵고 하자. 배고파 죽겠다, 마."

수박을 본 냔의 눈이 휘둥그레진다. 대추나무 그늘에 앉은 냔네 모습에 지나가는 피서 차량에서 손을 흔들어댄다.

해거름, 집으로 돌아온 냔은 잠이 든 석이를 방안에 눕히고 마당으로 나왔다. 세수만 하고 방으로 들어가는 덕구의 몸에서 시큼한 식초 내가 진동을 했다. 냔은 코를 막고,

"아버지이 목욕해요. 목욕."

"머 할라꼬 마. 퍼떡 저녁이나 묵자. 배고파 죽겠다."

방으로 들어가려는 덕구의 허리띠를 잡고 냔은 마당으로 끌어냈다.

"어, 어. 야가 와 이라노."

"아버지이 몸에서 소 냄새나요. 농약이 얼마나 몸에 안 좋은데."

덕구는 끌려가듯 수돗가로 끌려갔다.

"웃옷 벗고 등목이라도 해요. 빨리."

냔은 마치 말 안 듣는 아이를 꾸짖듯 야단을 쳤다. 덕구는 못 이기는 체하면서 주섬주섬 남방을 벗으며 중얼거렸다.

"야가 와 이라노, 남사시럽 게."

덕구가 담 너머를 살피고는 수돗가에 두 팔을 뻗고 엎드리자 냔은 수돗물을 덕구의 등허리에 마구 뿌렸다. 비누칠한 냔의 포동한 손이 덕구의 등을 문지르자 불알 밑이 짜릿짜릿했다. 덕구는 연신,

"어 어. 시원타."

하며 한 손으로 배와 가슴을 문질렀다. 냔은 물을 덕구 머리에
도 뿌리고, 장난기 섞인 행동으로 물 호스를 덕구의 바지 속 엉덩
이에 쑥 넣어버렸다. 덕구가 깜짝 놀라며,

"야가 와 이라노, 야아 가. 허허, 참."

냔은 깔깔거리며 한발 물러나 덕구의 몸에 물총 질을 마구 해
댔다.

덕구는 참 시원했다. 이게 사람 사는 맛일까? 쉰다섯을 살면서
이렇게 시원해 본 적은 처음이다. 여자가 해주는 등목, 전혀 기억
이 없다. 시골에 사는 게 늘 불만인 아들놈은 등에 물 한번 부어
준 적이 없었다.

방에 들어온 덕구는 젖은 옷을 벗고 거울에 비친 자신의 모습
에 넋을 놓았다. 농사일에 단련된 몸은 팔다리만 까맣게 탔을 뿐,
속살은 희고 아직은 싱싱한 것 같았다. 이렇게 자신의 벗은 모습
에 넋 놓은 적은 처음이다. 덕구는 냔이, 어버지이 하고 부르는
소리를 듣지 못했다. 갑자기 방문이 열리고 냔이 새 옷을 들고 들
어오다 깜짝 놀라 나가버린다. 그때서야 덕구는 정신을 차렸다.
그리고 자신의 몸 시커먼 음모 사이로 잘 익은 가지만 한 물건이
달려있는 것을 발견한다.

덕구는 왠지 밤새 잠이 오질 않았다. 하루 종일 농사일에 시달

리면 누가 업어가도 몰랐는데, 지난 일들이 하나하나 주마등처럼 뇌리를 스쳤다. 덕구가 아버지의 권유로 스물하나에 장가간 일이며, 마누라가 죽은 일이며, 악착같이 돈을 모으고 소처럼 일한 일이며, 시골에 살기 싫다는 아들과 싸우던 일, 아들이 죽은 일, 뒷집 과부가 유혹하던 일이며, 남들이 수전노라고 수군대던 일이. 그러다 이내 노도처럼 몰려오는 것이 있었다. 길게 한숨을 쉬어보지만 좀처럼 물러갈 줄 모른다.

처음 덕구는 베트남 며느리를 데리고 오는 것을 탐탁지 않게 여겼다. 아무리 조상 대대로 화전을 일구어 먹고살았다고 하나 늘 버들 유 씨 양반이라고 자부했는데 말도 안 통하는 며느리를 데리고 오는 것도 그렇고, 나중에 손자들의 피부색도 문제라고 생각했다. 그런데 마을 박가네의 베트남 며느리를 보고 마음이 달라졌다. 물론 요즘 한국 처녀는 시골로 시집올 처녀가 없는 게 사실 아닌가. 덕구에게 더 시급한 게 일손이었지만 아들은 죽어도 농사를 안 짓는다고 지방으로 돌아다니며 트럭을 몰았다. 한 달에 한두 번 집에 오니 농사일 돕는 것은 고사하고 코빼기도 보기 힘들었던 것이다. 모자라는 일손에 돈을 주고 남을 쓸 수도 없는 노릇이고, 베트남 며느리는 부지런하고 어른 잘 모신다고 해 그렇게 결정했다. 다만 며느리를 데리고 오는데 돈이 좀 드는 게 마음에 걸렸으나 일손이 하나 느는 게 어디냐 싶어 눈 딱 감고 결정했던 것이다.

며칠 전 덕구가 마을 뒤 도랑에서 다슬기를 잡고 있는데 뒷집 과부가 치마를 무릎 위로 걷어 올리고 다가왔다.

"석이 할배요, 석이 할배. 아니 아저씨, 오빠야라고 해야지."

촌구석에 사는 주제에 늘 입에 뻘건 칠을 하고 반지와 귀걸이를 주렁주렁 단 근본도 알 수 없는 여자다. 늙지도 젊지도 않은 게 꼴불견이다. 3년 전 귀농인가 귀촌인가 한다고 빈 뒷집으로 이사 왔지만, 농사는 고사하고 마당에 풀 한 포기 뽑는 꼴을 본 적이 없다. 부산에서 단란주점인지 노래방인지 했다고 하는데, 소문에는 포주였다는 말도 있다. 덕구만 보면 꼬리를 치고, 가관인 것은 꼴에 서울말을 한다고 하는데 듣기가 영 밥맛이다.

"오빠야, 오빠야. 박 씨 매느리. 세상에. 세상에. 내가 시내 노래방에서 봤어요. 날 보고 피하는데 도우미 해요. 노래방 도우미. 시내 노래방엔 베트남 가시나들이 천지빼깔이라 카던데."

여자가 부아를 긁었다. 싸구려 화장품 내를 풍기며 다슬기를 잡는 척하면서 머리를 숙여 덕구 코앞에 젖통을 반쯤 보였다.

"오빠야도, 석이 엄마를……."

덕구는 '이 년을 그냥 확' 하고 허리를 폈다.

요즘 와서 덕구는 큰 고민이 하나 생겼다. 박가네 베트남 며느리가 도망을 간 것이다. 마을 사람들 모두 다 며느리 조심하라고 입을 모은다. 스물여섯 살밖에 안 먹은 청상과부를 친정에 보내면 도망간다고 귀띔을 했기 때문이다. 마을 사람들 모두 나라도 친정에 가면 안 오겠다는 것이다. 덕구도 곰곰이 생각해보면 맞는 말이다. 또 시내 공업단지에 베트남 노동자들이 많다는 소리도 들었다. 박가네 며느리도 시내를 자주 들락거리다 베트남에서 온 노동자 놈과 눈이 맞아 아이도 버리고 도망간 것이 아닌가. 올해부터 면에서 한국으로 시집온 여자들에게 한글을 가르친다고 모여 다니면서 말도 많다. 듣기로는 외국 여자들은 아무나하고 그렇고 그런 짓을 한다고 하니 혹 청상과부 며느리가 바람이라도 날까 걱정이 태산이다. 차라리 인물이라도 없으면 좋겠는데 며느리는 예쁘다. 꼭 외국영화에 나오는 사람 같다. 며느리는 성격이 쾌활하고 붙임성이 좋아 아무나하고 말하기를 좋아한다. 아직 어려 천방지축이라고 덕구는 생각하고 있지만.

냔은 달게 자고 있는 석이 얼굴을 물끄러미 내려 보며 건성으로 파리를 쫓는다. 문득 석이 아빠 얼굴이 어떻게 생겼는지 생각나지 않았다. 고개를 들어 책상 위에 있는 사진을 보고서야 석이 아빠 얼굴이 생각났다. 냔은 한국에 처음 와서 무뚝뚝한 석이 아빠도 무서웠지만 시아버지는 더 무서웠다. 석이 아빠와 대화를 해본 기억이 전혀 없다. 요즘이면 그런대로 몇 마디 말이라도 해보겠지만 처음 6개월은 아니오, 예, 없어요, 좋아요, 이외 할 수 있는 말이 없었기 때문이다. 석이 아빠는 일주일에 한 번 아니면 보름에 한 번 집에 왔다. 석이 아빠가 죽기 며칠 전, 이제 겨우 눈을 뜬 강아지 흰둥이를 길에서 주워왔다. 트럭 운전을 하던 남편은 석이가 배 속에 있을 때 교통사고로 죽었다. 석이 아빠가 죽었다는 것도 상황 짐작으로 눈치를 챘다. 마을 이장이 손짓 발짓과 사전을 찾아 보여 줘 알았다.

하노이 호텔에서 맞선을 볼 때 모습이 눈에 선하다. 냔은 처음 웃지도 않고 무뚝뚝한 석이 아빠가 맘에 들지 않았다. 냔은 명랑한 사람을 좋아했기 때문이다. 결혼업체에서는 서로 말이 안 통해 그렇다고 핑계를 댔다. 남자가 트럭 운전수이고 스물아홉 살이면 젊었다. 대부분 40대이고 50대도 있었다. 사실 매월 30만 원이면 동생들 대학공부를 시킬 수 있는 좋은 조건이었고, 도시 생활을 한다고 해서 결혼했다. 석이 아빠와 하롱 집에서 3박 4일 같이 보내면서 재산목록 1호 닭 다섯 마리 중 세 마리나 잡았다. 음식이 입에 맞지 않은 석이 아빠가 닭고기는 잘 먹었기 때문이다. 없는 돈에 한 시간 걸리는 상점까지 가서 맥주와 과자를 사온 친정아버지에게 지나고 나니 너무 미안하고 고맙다. 베트남 아버지 엄마 할머니 오빠 동생들 얼굴이 하나하나 떠올랐다. 보고 싶다. 동생들은 학교에 잘 다니고 있는지, 할머니의 아픈 다리는, 아버지의 고엽제 후유증은, 엄마는 여전히 일만 하는지, 친구들도 보고 싶다. 실컷 친구들과 수다도 떨고 싶다. 냔의 고향 하롱은 농촌이다. 이모작을 하는 논농사로도 식구들 입에 풀칠을 겨우 할 뿐이고, 모두들 열심히 일했지만 항상 가난했다. 먹을 것이 부족하고 돈이 없었지만 가족들은 서로를 위하며 웃음을 잃지 않았고 행복했다. 고향 마을에서는 화젯거리였다. 냔이 한국으로 시집을 간다고 마을 처녀가 있는 집들은 모두 부러워했다. 베트남에서는 한류 열풍을 타고 한국으로 시집가면 모두 신데렐라가 된다고 생각하고 있다. 한국은 성공한 나라, 부자 나라라고 모두 가고 싶어 한다. 한국으로 시집가면 온 집안이 잘살게 된다고 믿었다. 한국에 시집가는 것은 곧 일류 직장이었다.

열대야와 지난날들은 냔의 잠을 쫓아버렸다. 방 안의 열기를 피해 마당으로 나온 냔에게 기다렸다는 듯 흰둥이가 꼬리를 쳤다. 자주 쓰다듬어주고 항상 밥을 챙겨주기도 하지만 석이가 없을 때는 끼고 살았다. 베트남어를 몇 마디라도 알아듣기도 하는 만만한 것은 흰둥이뿐이다. 시아버지는 동물을 무척 싫어한다. 흰둥이가 밥만 많이 먹는다고 오며 가며 발로 차고 구박이 보통 심한 게 아니다. 요즘 들어 이놈이 발정을 심하게 해 움직이는 것만 보면 물건을 세워 달려든다. 며칠 전 석이에게도 그 짓을 했다. 그럼 시아버지는 몽둥이로 정말 개 패듯이 팬다. 냔은 무심결에 흰둥이를 쓰다듬었는데 이놈이 무릎에 물건을 비벼대는 것이 아닌가. 냔은 깜짝 놀라 물러섰다. 흰둥이는 앞발을 들고 또 난리가 났다. 빗자루로 흰둥이를 힘껏 때리고 방에 들어와 누웠지만 흰둥이 물건이 어른어른거리고 가슴이 마구 뛴다.

　다음 날 아침 일찍 덕구는 혼자 대추밭으로 나갔다. 냔이 도시락을 싸 가지고 대추밭에 와도 덕구는 말없이 일만 했다. 석이가 배고프다고 졸라 겨우 일손을 놓고 어제처럼 세 식구가 밥을 먹었다. 아무 말이 없었다. 밥을 다 먹고 대추밭 일을 거드는 냔에게 덕구는 말했다.

　"덥다. 석이 데불고 마 들어가라."

　목소리에 힘이 없다.

　"일이 많은데……?"

　냔은 말을 잘못 알아들었나 하고 얼버무렸다. 덕구는 대뜸 화를 내며,

　"들어가라 카이. 니가 소가?"

　하고는 돌아서 버린다.

　냔은 석이 손을 잡고 걸어오면서 입을 쭉 내밀었다. 내가 일을 안 해 가을에 대추가 적게 열리면 어떡해 하는 걱정도 들었지만, 시아버지의 오늘 모습은 전에 없던 행동이다. 어제 너무 까불었나? 하고 반성도 해본다.

　냔은 종일 집안일로 바쁘다. 밀린 빨래도 세탁기에 돌리고 이불이며 장마에 꿉꿉한 옷들도 햇볕에 널고 시아버지 방에 들어

가 구석구석 닦았다. 마당 여기저기 웃자란 풀을 다 뽑고 나니 집이 시원해졌다. 대문 옆 감나무에 목이 매인 흰둥이는 냔이 마당을 오갈 때마다 난리가 났다.

뒷집 혼자 사는 여자가 부채질을 하며 담 너머 목을 내밀고는 집안을 기웃거리다 마당으로 들어서면서 말을 걸었다.

"석이 엄마, 오늘은 밭에 안 가네. 석이 엄마, 생각해봤어?"

냔은 알 수 없다는 표정으로,

"뭘요……?"

"아이. 전번에 말한 우리 동생 집에 왔는데, 지금 마실 오는 척하고 와. 응."

냔은 처음 말을 잘못 알아들었나 했지만 금방 화가 머리끝까지 났다. 누가 들었으면 어쩌나 생각하니 얼굴이 불에 덴 것처럼 후끈했다. 냔은 괜히 세숫대야에 있는 구정물을 들고는 여자를 째려보고 '이걸 그냥' 하고는 화단에다 휙 뿌렸다. 멋쩍었는지 뒷집 여자는 괜히 흰둥이 머리를 쓰다듬으며 얼버무렸다.

"너 살이 오동통한 게 참 맛있겠다."

흰둥이가 뒷집 여자에게 달려들어 또 난리다.

해거름까지 시아버지가 돌아오지 않자 저녁을 해 놓고 냔은 석이와 마을 어귀로 마중 나갔다. 구천 마을 들머리 귀내슈퍼 앞에 시아버지의 경운기가 서 있다. 냔이 슈퍼 안을 기웃거리는데 시아버지가 안에 있나 하고 안에서 시아버지의 고함소리가 들렸다.

"야 인마. 우리 메느리는 도망 안 간다는데 왜 너거들이 지랄이고 지랄은."

"그라먼 시집 안 보낼 끼가. 저래 어린 걸. 니가 뎄고 살 끼가?"

"그라지 말고 마 베트남 다부 보냈뿌라. 나중에 언놈하고 바람이라도 나봐라. 그 꼬라지 우에 볼래."

김가와 박가 목소리다. 다시 김가가,

"그라지 말고 니도 마 베트남 처자 하나 불러 뎄고 살아라. 범도 또출이는 쉰둘에 처자 하나 뎄고 왔다 안 하더나. 니 돈도 많겠다. 알부자 아이가, 이제 돈 돈 하지 말고 좀 쓰고 살아라."

냔은 슈퍼 안에서 들려오는 소리를 더 들을 수가 없었다. 석이를 데리고 집으로 급히 왔지만 가슴은 계속 두근거렸다. 베트남 처녀를 데리고 오라는 것은 또 무슨 말인가? 마을 사람들이 자기를 두고 쑤군거린다는 것은 알고 있었지만 시아버지 앞에서 저런 말을 한다는 것은 정말 놀랄 일이다.

냔은 석이를 시켜 할아버지를 빨리 오시라고 했다. 한참 후 석이가 뛰어와,

"엄마, 엄마. 할아버지가 빠졌어. 빨리 가."

하며 발을 동동 굴렀다. 냔은 정신없이 석이를 따라 나섰다.

덕구는 못 마시는 술을 먹고 경운기를 몰고 오다가 그만 도랑에 빠진 것이다. 다친 곳은 없었지만 물에 빠진 생쥐 꼴이다. 냔이 다가가자 덕구는 알듯 모를 듯한 웃음을 지으며 입에서 감식초 냄새를 풍긴다.

"아버지이 다치지는 안 했어요. 못 드시는 술을…….."

"히히. 난도 한번 취했다 아이가. 와 나는 술 묵으면 안 되나?"

덕구는 냔에게 몸을 의지해서 비틀거리며 허공을 향하여 삿대질을 마구 하면서 김가와 박가 욕을 마구 해 댔다.

"와, 자식들 내가 이뿐 메느리하고 알콩달콩 사니까 샘이 나나. 빙신 새끼들…… 한 번만 더 주둥아리 함부로 놀리면 확."

덕구가 팔을 흔들 때마다 냔의 두부 같은 젖통이 물컹 물컹거린다.

다음날, 점심때가 한참 지나도 며느리가 오지 않자 덕구는 불안해지기 시작했다. 이상하게 오늘은 화가 나질 않고 불안하기만 하다. 별별 상상이 다 들고 자꾸 뒷집 과부와 김가의 말이 머리를 쑤셔댔다.

시내 노래방엔 베트남 가시나들이 천지빼깔이라 카던데.

나중에 언놈하고 바람이라도 나봐라. 그 꼬라지 우에 볼레.

몇 번을 망설이다 급히 집으로 돌아와 전화기를 들었다. 긴 신호에 덕구의 가슴만 콩콩거렸다.

"……"

냔은 한글 강좌에 왔지만 전혀 공부가 되지 않았다. 자원봉사 강사의 말은 환이 남편에게 맞아 결석을 했다는 것이다.

냔과 한글 강사가 범도리에 들어서자 넓은 깻잎 밭 뙤약볕 아래 모자도 쓰지 않고 환은 혼자 일을 하고 있었다. 환은 냔을 보자마자 눈물을 펑펑 쏟았다. 얼굴은 피멍이 들었고 허리를 제대로 펴지 못했다. 남편이 말을 못 알아듣는다고 자꾸 인상을 쓰고 툭하면, 널 데리고 온다고 돈이 1,500만 원 들었다라고 소리를 질러, 환은 냔이 시키는 대로 밥을 안 먹고 아프다며 누워있었더니 다짜고짜 발로 차고 몽둥이로 때렸다는 것이다. 냔은 자기가 괜한 말을 해서 환이 맞았다는 생각에 미안했다.

충격적인 것은 시동생이 자꾸 환을 집적거리고, 더욱 기가 막힌 것은 환의 남편이 모른척한다는 것이다. 자원봉사 강사는 흥분해 대신 경찰서에 고소해주겠다고 열을 올렸지만, 환은 남편과 시동생을 고소하면 한국 국적을 받기 전에 쫓겨 간다고 극구 만류했다.

올해부터 시에서는 다문화가정을 육성하고 농촌인구를 늘린다는 목적으로 결혼 장려금을 지급하고 있다. 환의 남편은 시에서 주는 다문화가정 결혼 장려금 500만 원을 받았다. 환의 남편은 나이가 쉰둘이고 환은 이제 스물둘이다. 환은 절대 아이를 낳

지 않고 한국 국적을 받으면 서울로 도망갈 것이라며 이를 갈았
다. 환은 매일 사는 게 지옥 같고 이렇게 사느니 차라리 죽는 게
낫다고 눈물을 흘리며 말했다.

"베트남에 계신 부모님을 생각해서 죽지 못하고……, 아빠 엄
마가 한국으로 시집간다고 얼마나 좋아했는데……."

그 소리에 냔도 눈물이 핑 돌았다.

냔은 아까부터 연신 울어대던 핸드폰을 열자 부재중 전화란
문구가 수없이 떴다. 시아버지 덕구다. 우는 소리로 받는다.

"예, 아버지이……."

"야아야, 니 우나? 지금 어딧노. 와 카노? 와, 와!"

덕구는 몹시 다급하다.

"아버지이 범도에 왔는데 환이 불쌍해요. 지금 갈게요."

덕구는 가슴을 쓸어내리며 말했다.

"아이다. 아이다. 내 퍼떡 가께. 범도로, 또 또출이 집이제. 쪼
깨만 기다리라."

피서 차량 대열에서 오늘은 경운기가 속도를 낸다. 냔은 울며
덕구에게 환의 일들을 모두 말했다. 그 사건을 듣고 한참 말이 없
던 덕구는,

"야야. 가실에 대추 수확하고 석이 데불고 베트남에 한번 댕겨

54

온나."

"아버지이. 정말, 진짜재!"

"그래, 그란데 말이야. 베트남 친정에서 석이 아비 죽은 거 아이
나?"

"언지 예. 얘기 안 했습니다. 알면 오라고 난리 칠 겁니다."

"와 안 그라겠노. 그라면 뭐라 이바구 할래?"

"……아직 생각 안 해봤습니다."

"니 한국에 다부 올 끼가?"

"……"

대답이 없던 냔은 뒤에서 경운기를 운전하는 덕구를 두 팔로
꼭 안는다. 덕구의 머리에 냔의 젖통이 물컹 한다. 한동안 덕구
를 꼭 안고 있던 냔이 불현듯 뭔가 좋은 생각이 난 듯 손뼉을 치
며 말했다.

"아버지이에, 오늘 중복이라 카던데, 마 흰둥이 잡아먹읍시
다."

퍼뜩 이해를 못 한 덕구가 잠시 머뭇하더니 말했다.

"……응, 그래, 그래. 그거 참 좋은 생각이다."

어느 재벌가의 명당

기상이변인가? 초여름엔 냉해로 온 나라가 시끄럽더니 올 추석엔 유달리 늦더위가 기승이다.

집집마다 아직 대추를 수확 못 했다. 더러는 검붉게 익은 것도 있지만 씨알이 잘고 대부분 파랗다. 빽빽한 대추나무 사이로 정각산 정상이 보이고 좌우측으로 낮은 능선이 몇 가구 남지 않은 마을을 감았다. 산 정상에서 좌로 뻗은 능선은 내가 봐도 청룡靑龍이고 우측으로 감은 능선은 백호白虎다. 밖에서는 보이지 않으나 산에서 보면 정승골 골짜기에서 흘러가는 물은 내수구고, 단장천으로 합수되어 작은아버지는 외수구라고 부른다. 산과 물이 감싼 기슭 끝자락에 오뚝하니 강달수 무덤이 마치 왕릉처럼 군림해 초라한 마을을 내려다보고 있다. 사람들이 배산임수背山臨

水, 금섬복지金蟾伏地의 명당明堂이라고 말하는 곳이다. 오늘따라 잘 다듬어 멀리서 봐도 휜하다.

몇 년 만에 찾아가는 고향집, 삼거리 슈퍼에서 주머니를 탈탈 털어 산 정종 한 병이 너무 가볍다. 힐끗힐끗 곁눈질하며 걸음을 빨리하자 덥다. 이마에 흐르는 땀을 닦으며 산등성이를 곁눈질하다 날이 더운 것이 꼭 강달수 탓인 양, 마구 욕지거리를 내뱉고 본다.

"니미, 돈 있으면 밑구멍으로 나팔을 분다더니 지랄하고 자빠졌네. 돈이 썩어 문드러지나 구덩이에다 돈을 처발랐구먼, 엿 먹어라. 씨팔."

욕을 해보지만 시원치 않자, 팽하고 소리가 나도록 코를 풀어 제끼고는 좋은 생각이 난 듯 걸음을 멈춘다. 강달수 무덤을 향하여 작심하고 바지 지퍼를 내린다. 오가는 사람이 없나 두리번거리고는 한 손으로 거시기를 쥐고 오줌을 갈기기 시작한다. 아랫배에 힘을 주고 쑥 내밀자 오줌줄기는 힘차게 좔좔 쏟아진다. 강달수 무덤까지 못 간 게 아쉬운 듯 손으로 털털 털어 마지막까지 쏟아붓고는 진저리까지 친다. 그래도 아쉬운 듯 침을 칵 뱉는다.

나물 두서너 가지, 부서진 두부 전, 닭, 부새조기 세 마리와 사과, 배, 밀감 한 개씩 그리고 대추 몇 톨과 밤, 메와 탕이 전부다. 초라한 제수만큼 작은아버지도 늙고 형편이 어려워 몰골이 말이 아니다. 집엔 제수 장만할 사람이 없으니 분명 작은아버지가 경운기에 싣고 왔을 것이다. 작은아버지만큼 조상제사에 정성을 들이는 사람도 없었다. 옛날엔 제사에 목숨을 걸 정도였다. 집안의 장손으로 몇 년 만에 참석한 추석 차례. 나는 진 죄가 커 아무 말도 못 한다. 차라리 오지 말걸, 하고 몇 번이나 후회해본다. 작은아버지 볼 면목도 없다. 차례를 지낸 뒤 작은아버지는 아까부터 보던 책자만 유심히 읽고 있다. 괜히 멋쩍어 헛기침을 하고는 아버지를 탓한다.

"작은아부지. 꼭 오늘 같은 날 아부지는 강달수 무덤구덩이에 갔니꺼."

잔뜩 볼멘 목소리다.

"야가 뭐라카노. 그게 직업인데, 우짜노. 묵고 살려면. 그래도 그 집 묘라도 지켜주니 몇 푼이라도 받지, 별수 있나."

작은아버지는 웬 뚱딴지 같은 소리냐고 면박을 준다. 작은아버지도 많이 변했다. 내 말에 동조할 줄 알았는데. 젊었을 땐 강달수 얘기만 나오면 눈에 쌍심지를 켰다.

"남의 조상은 신주 모시듯 하면서 우리 조상은 뭡니까."

"와, 니 아부지도 조상모시고 싶은 마음이 없겠노. 목구멍이 포도청이니……, 퍼뜩 밥 한술 뜨고 산소나 가보자."

작은아버지는 눈알을 부라리다 다른 할 말이 있는 눈친데 참는 듯하다. 말 잘못했다가 본전도 못 찾았다.

"······."

"와, 안 가고 싶나. 니 안 가면 나도 안 갈란다, 마."

작은아버지는 할아버지 산소에 가고 싶지 않은 눈치다. 야, 이렇게 변할 수 있나. 조상이라면 자다가도 벌떡 일어나던 작은아버지이었는데. 그냥 부산으로 갈까 하다, 일찍 돌아가 봐도 오늘 같은 날 마땅히 갈 곳이 없어 더욱 처량하다. 할아버지 산소에 가서 불자(신용불량자) 신세라도 면하게 해달라고 빌어볼 심산이다.

"아, 아입니다. 산소에 가야죠. 나중에 아부지도 뵙고."

아버지 혼자 사는 방에 웬 못 보던 텔레비전이 하나 더 있다. 하나는 벌써 십 년 전부터 보던 텔레비전이고 하나는 처음 본다. 화면이 평면이다. 산 지 얼마 안 되는지 아주 깨끗하고 테두리 비닐도 뜯지 않았다. 스위치를 켜자 왕릉 같은 묘가 나온다. 추석맞이 특집 방송을 하는 줄 알았는데 소리는 나지 않고 화면의 움직임이 없다. 가만히 보니 눈에 익은 화면이다. 강달수 무덤, CCTV 모니터란 것을 안 순간 울화통이 터진다.

"니미. 지랄하고 자빠졌네, 이제 별짓을 다하는 구먼. 누가 구덩이를 훔쳐가나."

확 스위치를 꺼버린다. 작은아버지는 뭔가 할 말이 있는지 입을 두어 번 합죽거리다 비닐봉지에 몇 개 안 되는 제수를 주섬주섬 담는다.

몇 년 만에 찾은 할아버지 산소는 사람이 다니지 않아 길도 없다. 웃자란 풀 속을 헤치고 한참 만에 찾았다. 벌초를 하지 않았으면 산소인지 평진지 알 수 없는 형태다. 까치밥 같은 제수를 앞에 놓고 할아버지에게 복을 빌려니 죄송한 마음이 앞선다. 작은 아버지는 가지고 온 낫으로 산소 앞을 가리고 있던 아카시아나무 가지를 친다. 대충 산소 주변 나뭇가지를 정리하고 나니 이제 시야가 확 트이고, 옆 산기슭에 강달수 무덤이 아래 정면으로 눈에 들어온다. 도로를 잘 닦아 검은 바퀴벌레 같은 승용차들이 줄줄이 들어섰다. 나는 버릇이 되어 강달수 무덤만 보면 욕이 자동으로 줄줄 나온다.

"강달수 자식들 총출동하셨네. 니미."

내가 톡 쏘자 작은아버지도 낫으로 강달수 무덤을 가리키며 한마디 한다.

"뭐라 카더라. 요번에 중국에 새로 사업을 확장했다고 추석 때 친척들하고 회사 간부들이 다들 온다고 니 아부지는 며칠 전부터 바빴다. 저 봐라 병풍석도 새로 바꾸고, 사람들이 묏자리가 좋아서 재벌이 되었다고 하니 자식들이 요즘은 죽기 살기로 매달린다 아이가."

울화통이 터진 나는 마구 쏘아댔다.

"작은아부지 저 산이 옛날엔 우리 산이었다면서요?"

"인자 그 이바구하면 뭐하노. 다 임자가 있는 기라, 임자. 인연이 아니다, 하고 말아야지. 자꾸 생각하면 속만 상하지 득 댈끼 있나⋯⋯. 하지만 내가 생각해도 아깝기는 아까운 자리라. 모두들 강달수 자식들이 재벌이 되고 나니 저 자리가 좋다고 하니 말이야, 누가 알았나. 만수야. 마, 음복이나 한잔하자."

단숨에 정종을 한 잔씩 비우고는 작은아버지와 나는 그저 강달수 무덤만 노려보고 있다.

"우짜다가 강달수한테 저 산을 팔았습니까?"

알고 있는 일이지만 다시 듣고 싶었다.

"돈이 없어서 그랬제. 그때는 저 산이 명당이라 했지만 긴가민가했지. 나중에 강달수 자식들이 재벌이 되고 나니 모두들 후회 안 하나. 강달수가 일본에서 도라꾸를 몰고 와 대구에서 돈 많이 벌었다 아이가. 한 번씩 고향에 오면 날리 났는 기라. 그때 시세보다 배 마이 받고 니 할매가 안 팔았나. 난 반대했지만 원캉 돈이 없어 너그 할매가 꼬인 기제."

"원래 강달수는 할아버지 밑에서 조수였다면서요. 우짜다가⋯⋯?"

"그렇키는 하다만은 알 수 없는 일이지. 너그 할배가 그래 된 일은⋯⋯? 너그 할배가 사상범을 동경에서 오사카까지 태워줬다고 하는데, 알 수 있나? 내가 지금 생각해보면 그 사람이 뺑갱이 두목이 아니고 사상범이라 하지만 독립운동 하던 사람이었나 싶기도 하고······? 할매하고 너그 아부지가 부산 초량까지 가서 할배를 모셔오는데, 너그 할배는 다 죽은 송장인기라. 사람도 못 알아보고 미쳐서 안 왔나. 너그 할배는 당최 말을 안 하고, 그놈들 말로는 사고로 그렇다는데 당시 일본말을 못하니 꼬지꼬지 물어볼 수도 없고, 그저 강달수가 중간에 통역하는 대로만 믿었지. 하긴 지금 생각하면 석연치 않는 구석이 많았어. 뭐할라꼬 왜놈 순사가 니 할배를 부산까지 데리고 왔겠노. 안 그렇나? 그때 너그 할매는 촌구석에서 어수룩하고 일자무식이지······, 세상 물정 몰랐던 기라. 내나 니 아부지는 철도 없었고······.

"작은 아부지 몇 살 때니까?"

"내가 열 살이고 너그 아부지가 열둘이었지 아마."

나의 눈은 한시라도 강달수 무덤을 떠나지 않았고, 종이컵에 남은 정종을 따르며 말했다.

"작은아부지, 저도 옛날 할매에게 얼핏 들었는데 할아버지 일은 석연치 않은 점이 많아요."

"······"

"작은아부지. 다시 그때 일을 자세히 얘기해보이소."

"아이고, 야야. 뭐할라꼬, 마."

"아입니다. 나도 다 생각이 있습니다."

"생각이 있으면 우짤라꼬. 뭐 좋은 방법이라도 있나? 다 옛날 이바군데 정종이나 한잔해라. 맛있네, 자 받아라."

"예."

뙤약볕은 따갑고 바람도 구름도 한 점 없다. 작은아버지도 아쉬운 듯 강달수 무덤만 바라보다 땅이 꺼질 듯이 한숨을 내쉰다. 작은아버지도 무슨 생각을 하는지 아무 말이 없다. 그저 귀찮은 파리들만 자꾸 달려든다. 한때 잘나가던 할아버지 얘기를 다시 듣고 싶었다.

"작은아부지. 할아버지가 먼저 동경에 가서 트럭을 몰았다면서요. 강달수는 운전면허도 없는 조수고."

내가 말을 자꾸 시키자 작은아버지도 옛날 생각이 나는지 술술 말을 쏟기 시작한다.

"그래. 너그 할배가 먼저 동경에 가서 도라꾸 조수 안 했나. 고생 억시기 마이 했다 하더라. 할배가 운전면허를 따고 강달수를 일본으로 불렀지. 그때 조선 사람으로 운전면허증을 따는 것은 지금 고시 합격이나 다름없었다 카드라. 온 동네에서 잔치를 했다고 하이.

강달수하고 둘이서 도라꾸를 사 동업을 안 했나. 처음엔 돈 좀 벌었다 카드라. 왜놈들이 대동아전쟁 말기엔 전쟁 물자가 부족해지자 도라꾸를 관동군에게 헌납하라는 압력을 많이 받았다더라. 강달수의 말은 너그 할배가 쫓기는 사상범을 오사카까지 태워줬다는데……, 너그 할배는 반송장이 되어 미쳐 먼저 돌아오고, 대동아전쟁이 끝나기 전이지. 해방되던 해 봄에 강달수가 도라꾸를 몰고 돌아 온기라. 육이오 전쟁이 끝나고 정말 떼돈 벌었다 카더라. 그땐 차가 귀했다 아이가. 도라꾸로 전국을 돌아다니며 물건을 실어 날랐으니."

"작은아부지, 할매 말로는 강달수가 할아버지를 밀고하고 그 공으로 트럭을 몰고 왔다고 하던데요. 안 그랬으면 그 트럭은 관동군에게 강제징집 당했을 거라고 그러던데요,"

"알 수 없지. 그런 말도 한때 돌았다. 너그 할배가 미쳐 말도 안 하다가 죽기 전에 정신이 돌아와 그런 말을 했다마는 누가 믿겠노? 모두 미친갱이 말이라고 하지. 그땐 강달수는 한국에서 신흥부자가 되어있었고……, 다 지나간 일인데 이바구하면 뭐하노. 죽은 자식 불알 만지는 일 아이가. 나도 강달수만 생각하면 육십 년 전에 묵었던 밥알이 곤두선다. 술이나 마자 마시라……. 니는 요즘 하는 일은 어떻노? 그나저나 니는 장가 안 갈 거가? 오십이 내일 모랜데. 마, 니도 베트남 처자 하나 데리고 온나. 요즘 베트남 처자는 싹싹하고 이쁘다 하던데. 장손으로 대는 이어야지. 만수야, 살아가는데 각단이 있는 기 아이다."

"작은아부지요. 베트남 처녀 데리고 오는 거야 일이겠소만, 나중에 얼라들 고생하는 거 생각하면 난 싫소, 싫어. 후손들에게 욕은 묵지 말아야지."

"와, 니는 조상들 욕하나?"

"아이고, 작은아부지도. 요즘 세상에 조상 덕 보고 안 보고가 어디 있습니까."

"아이다. 내 가마이 보이 인자 개천에서 용 나기는 다 틀렸다 말이야. 옛날에는 강달수 모양 남을 죽이고 자수성가하는 사람도 있었다만, 인자 부자는 대대로 부자고 가난도 대대로 가난한 기라. 내가 촌구석 무지렁이라고 모루는 줄 아나. 조상의 음덕이라는 게 있다 말이야."

작은아버지는 술이 한잔 오르자 긴 장미담배를 물고는 입가에 침을 흘리며 말을 이었다. 다 빠진 이빨에 합죽한 입이 보기에 죄송하다. 나 때문에 다단계에 빠져 사촌 동생 천수까지 피해를 주었으니, 천수가 작은아버지 틀니 해줄 돈까지 다 날려버렸다.

작은아버지와 나는 정종을 마시며 눈에 불을 켜고 강달수 무덤만 노려보았다. 사돈의 팔촌까지 몰려오는지 검은 바퀴벌레 같은 승용차가 셀 수 없이 계속 들어오고 있다. 얼마나 큰 행사를 하는지 아아, 마이크 테스팅 테스팅, 하는 소리가 여기까지 들린다. 아마 지금쯤 제일 바쁜 사람은 아버지일 것이다. 눈에 늙은 아버지의 처진 어깨가 선하다.

작은아버지도 강달수 무덤만 보면 아깝고 도둑맞은 것 같은 생각이 드는지 끌끌하고 혀를 차다 난데없이 조상 이바구를 꺼냈다.

"만수야, 우리 중시조 이바구 해 주까?"

"중시조요?"

"그래, 옛날 우리 집안을 일으킨 어른이다."

나는 귀를 세우고 얼른 대답했다.

"애기 해보이소, 작은아부지."

작은아버지는 이가 다 빠진 입을 한번 합죽하고는 술술 이야기를 해나갔다.

"원래 우리 중시조 어른이 동래 금정산 밑에서 어떤 선비 집에서 머슴을 살았는데 말이야. 하루는 그 선비가 마루에 앉아 금정산을 보며 혼잣말로 저 산에 참 좋은 묏자리가 있는데, 하드란다."

"......"

"야야, 술 남은 거 없나. 마자 부라. 니도 얼른 마시고."

작은아버지는 훌짝 잔을 비우고는 합죽한 입을 다시 열었다.

"옛날부터 말이야, 좋은 명당자리는 온혈溫血이 최고인기라. 온혈이라 하면 무덤구덩이 속이 편안하고 따뜻한 곳을 말하는데, 그런 곳에 시신을 매장하면 따뜻하여 적당한 온도가 송장을 잘 썩게 하고 황골이 되는기라. 황골이라 하면 누렇게 된 해골을 말하는데 송장에서 좋은 기를 발산하여 직계자손에게 뻗치는 기라. 자손들이 대길하게 번성한다 말이야. 묘지로는 최고의 명당아이가. 그런 곳은 우리나라에 몇 없다 하드라. 달걀을 묻어 놓으면 며칠 후 빙아리가 나온다, 카는 좋은 자리다."

"그만큼 지기가 따뜻하고 좋다는 말이죠."

"그래, 들어봐라. 하루는 그 선비가 중시조 어른에게 장에 가서 낳은 지 사나흘 정도 되는 달걀을 네 개 사오라고 시키더란다. 그래서 중시조 어른이 달걀을 살짝 삶아 주고는 그 선비 뒤를 밟았는데 말이야, 선비는 낙동강이 보이는 금정산 기슭에 동서남북으로 달걀을 땅에 파묻은 거야. 그리고는 아무리 기다려도 빙아리가 안 나오니 이상하다, 이상하다, 내가 잘못 봤나 하고는 내려왔지. 그리고 얼마 안 있어 한양으로 벼슬을 해 올라 가버렸데."

"삶은 달걀이 부화할 수 없었겠지요."

"그렇지."

"바로 중시조 어른이 여기가 발복지지發福之地이구나 하고, 그 자리에 아부지 유골을 이장했데. 다음날 중시조 어른이 산소에 가보니 누가 유골을 파헤쳐 놓았던 거야. 이상하다, 하고 다시 묻었데. 다음날 가보니 또 파헤쳐져 있었던 거야. 아하, 이거 큰일이다 싶어 아부지 유골을 다시 묻고 밤새 지키고 있었는데 말이야."

나는 정종을 홀짝 마시며 연신 김달수 무덤을 째려보며 귀를 세운다. 작은아버지는 얼큰하기도 하고 오래간만에 사람을 만나 입에서 옛날이야기가 술술 잘도 나왔다. 이제 산 능선을 타고 산들바람이 불어와 시원하다. 작은아버지는 꼭 직접 본 듯이 말했다.

"그날 밤, 자정쯤 되자 하늘에서 무지개가 쭉 내려오더니 온갖 희한한 도깨비들이 무지개를 타고 매구를 치고 까불며 땅으로 내려오는데 입이 짝 벌어지더래. 나무 뒤에 숨어서 숨죽이고 보고 있으니 말이야, 도깨비 중에서 머리가 크고 뿔이 두 개 달린 대장인지 두목 도깨비쯤 되어 보이는 놈이, 아니, 이놈이 또 여기다가 묘를 썼다. 여봐라. 무덤을 파헤쳐라, 이 자리를 빼앗기면 조선에는 우리 놀이터가 없어진다, 하더래. 도깨비짓이었지."

"그래서요?"

"이전부터 그런 말이 있단다. 아주 좋은 명당 자리는 도깨비들 놀이터라고. 중시조 어른은 며칠을 고민하다 그 선비를 찾아 한양으로 올라가 이실직고하며 용서를 구하고 방도를 물었지. 그 선비는 한참 만에 입을 열어 어차피 그 자리는 나와는 인연이 없는 듯하다. 도깨비를 쫓는 방법으로, 보름날 밤 볏짚으로 관 뚜껑을 만들어 묻으라고 일러주는 것이었어. 관 뚜껑을 누런 볏짚으로 해놓으면 달밤에 보면 꼭 금으로 만든 것 같이 보인다 말이야."

"그래서 중시조 어른이 그렇게 했나요."

작은아버지는 직접 목격한 양 재밌게 이야기를 했다.

"들어봐라. 보름날 밤, 자정이 되니 하늘에서 또 무지개가 쑥 내려오고 도깨비들이 그 무지개를 타고 마구 내려오는데, 매구를 치고 난리가 났어, 이번에는 전번보다 억수로 많고 조선천지

팔도 도깨비들이 술이며 고기를 이고 지고 난리가 났는 기라. 온
갖 요란하게 생긴 것들이 까불며 날뛰는데 정말 가관인 기라. 그
날이 조선팔도 도깨비들 곗날이었는지는 알 수 없지만 이번에도
두목인지 대장인지 하는 머리가 큰 놈이 방망이를 들고, 이놈을
또 여기다 묻었구나. 여봐라, 어서 파라. 이번에는 빼다구를 아
예 갈아 술안주나 하자, 하더래. 예이, 하고 졸병도깨비 놈들이
달려들어 무덤을 마구 파다 달빛에 누런 황금색 관을 보고는 깜
짝 놀라 물러서며 아이고, 임금님 묘다, 임금님 묘! 아이고 하며
땅을 치며 통곡을 하더래. 이젠 우리는 어디로 가나, 어디로 가.
조선에는 이런 놀이터가 없는데, 임금님 묘를 파낼 수도 없고 하
며 도깨비들은 모두 어디론가 사라져버렸다는 옛날부터 전해오
는 이바구가 있는 기라.”

“재밌네요. 작은아부지. 그래서 우리 조상님들이 잘됐나요?”

“그래. 집안에 정승 판서가 나오고 한때는 보란 듯이 떵떵거렸
지.”

“작은아부지, 저 자리가 그럼 도깨비들 놀이터였나요? 자손들
이 잘되는 것을 보면.”

“모르지……, 명당이기는 한데? 와 우리는 그때 그걸 몰랐던
고, 알아도 원체 가난해서 팔았을 거다. 산 만 뒤에서 줄기가 좌
우측으로 뻗고 정승골 물이 배산임수고 오뚝한 게 두꺼비 같은
금섬복지의 명당 아이가.”

"작은아부지도 땅볼 줄 알죠, 옛날엔 지관도 했잖아요."

작은아버지는 이빨 빠진 멍한 입을 벌리고 허공을 향하여 헛손질을 하더니,

"내가 풍수공부를 한 것은 저 땅을 팔고 나서다. 지금도 누가 부탁하면 봐 준다 만은 니 혼자 알고 있어라. 나는 반풍수다, 반풍수. 집안 망치는."

"작은아부지 진짜 좋은 자리가 있습니까?"

"있기는 있다 만은 안 좋은 자리가 더 많은 기라. 묏자리에는 배산임수고 좌측용 우백호 금섬복지도 중요하지만 지기가 더 중요하고 살煞이 없어야 한다 말이야."

"작은아부지 여기는 그럼 안 좋습니까?"

"와, 니 보기에 안 좋아 보이나?"

"언지 예."

작은아버지는 주머니에서 패철佩鐵을 꺼내어 방향을 잡아보고는 도리질을 했다.

"나도 모르겠다. 내가 보기에는 이 자리가 더 좋아 보이는데, 참네."

"작은아부지 안 좋은 자리는 어떤 자립니까?"

"안 좋은 자리가 더 수두룩하다. 너그 아부지나 나는 죽으면 태워뿌라. 안 그라면 요새 뭐라더라 시신 기증도 한다 하더라. 그라면 후손한테 더 좋다. 알았나. 안 좋은 땅은 수혈水穴인데 말

이야, 땅이 황토인기라 물이 고이고 시체가 막 썩어빠진다 말이
야. 송장에서 안 좋은 기가 발산하니 자손이 안 좋지, 자손이 병
신이 되거나 일찍 죽고, 되는 일이 없지. 패가망신하는 자리다.
또 화혈火穴이라는 게 있는데, 땅속에 화기가 있어 시체가 화기에
타서 재만 남는다. 이곳도 해골에서 화기를 발산하여 자손에게
여러 가지로 흉하다. 집에 불도 나고 자손이 타 죽는다. 자손이
노름꾼이 된다. 다음에 건혈乾穴이라는 게 있는데 땅속이 건조하
다 말이야. 해골이 백골이 된다 안 카나, 이곳도 안 좋다. 시험에
떨어지고 자손이 감옥에 간다. 또 습혈濕穴은 습하다. 뼈다구가
변질되는 흉혈로써 자손이 불행하고 빌어먹는 자리다. 하는 일
마다 안 되고……, 어디까지 했노?"

"습혈요."

"그라면 뭐 남 았노. 가마이 있어봐라. 그래, 냉혈冷穴, 냉혈은
땅속이 차다. 공기 소통이 안 되어 얼음 속 모양 미라가 된다 말
이야. 이곳도 흉혈로써 흉기가 자손에게 미치고 자손이 병신이
되거나 대가 끊긴다 말이야. 백이면 아흔아홉은 안 좋은 자리다.
알겠나."

나는 할아버지 산소를 보며 물었다.

"작은아부지 이 자리는 누가 정했습니까?"

"그때는 돈이 없어 지관 살 형편도 안 됐다. 니 할배 시신을 매
고 어디 묻을꼬, 하고 여기까지 오니 이 자리에서 노루 두 마리가

배를 깔고 놀고 있더라. 다른 데는 눈이 쌓였는데 여기는 눈이 안 쌓였는기라. 그래서 여기 묻었다 아이가. 지기가 따뜻한 게 겨울에 눈이 와도 저 자리는 안 쌓이니 짐승들이 배를 깔고 있었지. 내가 여기 묻자고 안 했나."

"그럼 여기가 온혈이네요. 온혈."

작은아버지는 허공을 향해 헛손질을 두어 번했다.

"요새 그런 게 어딧노. 다 옛날 호랭이 담배 피우던 시절 이바구고 기상이변, 이변인기라. 니는 그 이바구 못 들었나? 땅속도 변한다 말이야. 하늘도 변하는데 땅속이라고 안 변하겠나. 땅속도 혈과 맥이 있는데 하늘의 변화에 따라 변하는 기라. 태우는 것도 그 뭐라더라. 다, 다이옥신인가가 나와 안 좋고, 내가 생각하기에는 티베트가 참 현명해. 친환경적이지만 그렇다고 티베트처럼 새 모이는 할 수 없는 노릇이고, 우리나라도 옛날에 도서지방에 풍장風葬이라고 있었다마는 지금은 그것도 그렇고, 남에게 줄수 있는 거는 다 주는 게 자손을 위해서 제일 큰 음덕이고 후손들이 복 받는다. 복."

작은아버지는 복이란 말을 강조하고는 입을 오물거린다. 작은아버지 말에 나도 모르게 고개를 끄덕였다. 작은아버지는 정말많이 변했다. 이전 같았으면 부모의 시신을 손대면 천하에 불효고 당장 천벌이라도 받는다고 열을 올렸는데.

정오의 뙤약볕이 따갑다. 아까 불던 바람도 없고 열기에 풀 내만 비리고, 귀찮게 달려드는 파리 때만 잉잉거린다. 한참 얘기를 재미있게 하던 작은아버지는 음복 몇 잔에 취했는지 옆으로 쓰러져 잠이 들었다. 뼈만 남은 얼굴이 해골 같다. 벌린 입 사이로 침이 흐르고 파리들이 모여든다. 뭔가 베개를 만들어 줘야 할 것 같은데 마땅한 게 없다. 나는 제수를 싸 온 비닐봉지를 집어봤다. 안에 웬 책자가 들어 있다. CCTV 홍보물……? 아까 집에서 작은아버지가 유심히 보던 것이다.

재벌 기업들은 창업주나 선친의 묘를 지키는 별도 관리인을 두거나 폐쇄회로TV(CCTV)를 설치하면서 조상 묘에 대해 철저히 관리하고 있다.
상습적으로 대기업 창업자 조상 묘를 파헤쳐 유골을 훔친 뒤 돌려주는 조건으로 거액을 요구해온 엽기적인 도굴범이 이번에는 경북 포항에서 모그룹 조상 묘를 손댔다가 이틀 만에 붙잡혔다.

모 재벌가의 선영은 명당으로 잘 알려진 경기도 하남시 검단산 자락에 있다. 이곳에 별도의 용역회사가 선영에 관리사옥과 CCTV를 설치하고 24시간 묘를 관리하고 있다.

재벌가 묘지로 도굴꾼들이 모이는 이유는 범행을 결행하기 쉽고 그 처벌이 다른 범죄에 비해 약한 편이며, 성공하면 막대한 부를 얻을 수 있기 때문이다.

신문기사를 인용한 CCTV 홍보물을 읽은 나는 술이 확 깬다.

그리고 번개가 치듯 뇌리를 스치는 것이 있었다. 그래, 저 자리는 우리 땅이야. 강달수가 빼앗은 자리지. 그럼, 범죄가 아니야 돌려받는 거지. 할아버지를 생각하면 구천에서 강달수도 원망하지 못할 거야. 한 십억만 있으면 내 인생……아, 우선 신불자 딱지부터 때고……, 천수 원금도 돌려주고……, 무엇보다 작은아부지 이를 임플란트로 확……, 강달수 자식놈들에게 돈 몇억은 돈도 아니지, 그런데 어떻게 돈을 받지? 그게 문제야……. 경찰에서 조사를 하면 나도 용의 선상에 올려놓을까, 조용히 처리하고자 할 수도……? 아버지가 곤혹을 치를 텐데? 순간 머릿속은 바쁘다. 수많은 경우의 순간들이 왔다 갔다 했다.

연신 하품을 하던 아버지는 늦은 저녁 숟가락을 놓자마자 졸음을 이기지 못하고 잠든다. 하기야 고령에 하루 종일 잡일로 녹초가 되었을 것이다. CCTV 모니터 전원을 올리자 다시 강달수 무덤이 나온다. 아까 본 CCTV 홍보 관련 기사들이 머릿속에서 떠나지를 않는다.

재벌가 묘지로 도굴꾼들이 모이는 이유는 범행을 결행하기 쉽고 그 처벌이 다른 범죄에 비해 약한 편이며, 성공하면 막대한 부를 얻을 수 있기 때문이다.

리모컨 되감기를 눌러 밤에 녹화해둔 화면을 켜본다. 어제 자정의 화면이었다. 달밤에 어렴풋이 무덤이 보인다. 움직임이 없는 화면은 정면으로 얼굴을 대지 않으면 누구인지 알기 어려울 것 같다. 얼굴에 복면이나 마스크를 하고 두꺼운 옷을 입고 어깨에 위장을 하면 알 수 없을 것 같다. 아니면 아예 꺼버릴 수도 있다는 생각에 흥분이 되고 손에 땀이 나기 시작한다.

화면의 움직임이 없던 CCTV 화면이 갑자기 먹통이 되었는지 캄캄하다. 몇 번 스위치를 켰다 꺼보지만 화면이 나오지 않는다.

고장인가……? 아니야, 차라리 잘됐어. 하늘이 기회를 준거야!

죽은 듯 잠든 아버지 베개를 돋우어주고, 나는 뒷간 가는 사람모양 슬그머니 밖으로 나왔다.

바람 한 점 없다. 팔월 한가위 달만 휘영청 밝고, 멀리 산등성이가 달빛을 받아 부유스름하다. 몇 가구 없는 마을은 쥐 죽은 듯이 고요하고 짓는 개도 한 마리 없다. 마치 공동묘지처럼 을씨년스럽다. 어릴 땐 추석이면 온 마을이 시끌벅적했다. 몇 년 전만해도 대처로 나간 친척들이 모여 그런대로 사람 사는 맛이 났는데 모두들 어디로 갔는지, 하기사 마을에 늙은이들밖에 없으니죽은 마을이나 다름없다.

나는 마치 적진에 침투하는 특공대 모양 삽자루에 힘을 주고일전을 결사했다. 무섭기도 하지만 지금은 귀신 따위를 무서워할 때가 아니다. 한 번만 잘하면 내 인생 탄탄대로다. 몇 번이고이것은 범죄가 아니다. 할아버지의 빚을 다시 계산하는 거다라고 수없이 마음을 다잡으며 강달수 무덤을 향하여 사주경계를 하며 정숙보행으로 한발 한발 다가갔다. 심장이 세차게 뛰고 땀이 비 오듯 쏟아진다.

아니……! 저게 웬 밤 도깨빈가?

예상하지 못한 적을 발견한 듯 순간 잽싸게 땅바닥에 납작 엎드린다. 무척 놀라 호흡이 거칠어지고 가슴이 더욱 쿵쿵거린다. 너무 긴장해 헛것이 보이나 하고 아무리 눈을 닦고 봐도 시커먼 두 놈이 강달수 무덤을 마구 파고 있는 것이 아닌가. 낮에 작은아버지가 얘기한 도깨비들이 눈앞에서 발광을 하고 있는 것 같았다. 혹시 주위에 다른 도깨비가 있나 하고 두리번거렸지만 아무도 없다. 한참 바싹 엎드려 무덤을 주시하다 정신을 차렸다. 주위를 살피며 기어서 가까이 다가갔다. 두 놈이다. 얼굴에 시커먼 복면을 하고 정신없이 무덤을 파헤치고 있다. 가까이 가도 놈들은 낌새를 못 챈 모양이다. 한 놈은 동작이 빨라 젊은 사람이 분명한데 한 사람은 노인 같다. 동작이 매우 뜨고 등허리가 굽었다.

야, 세상에 뛰는 놈 위에 나는 놈 있다지만 오늘 밤 같은 계획을 세우다니……, 참 어이가 없다, 하고 많은 묘지 중에 하필 강달수를 노리다니……? 이 짓도 해 먹기 어렵네. 나는 정말 되는 게 없지. 니미 시팔.

달밤에 시야는 훤하고 풀벌레 소리만 요란하다. 모기들이 앵

앵거리며 달려들지만 꼼짝할 수도 없다. 땅바닥에 바삭 엎드려 어떻게 할까? 하고 한참 망설인다. 순간 머릿속이 복잡하다. 놈들은 무덤을 다 팠는지 두런두런하는 소리가 들린다.

"가만가만, 인자 후라쉬 좀 비춰봐라. 이쪽으로."

"무슨 냄새가 이렇게 고약하죠? 아부지."

속삭이듯 말하지만 다 들린다. 그런데 귀에 익은 목소리다.

적막을 깨고 멀리서 소쩍새가 두 번 운다.

"소쩍다, 소쩍다."

"아니, 이거 해골이 썩어 문드러진 거 좀 봐라. 옻칠한 오동나무 관은 잘 썩지 않는데 다 썩어빠졌다. 습기도 많고, 이쪽으로 후라쉬를……. 아이고, 아직 버러지가 구멍마다 우글거린다. 천하에 몹쓸 구덩이네, 수혈이다. 아부지 유골과 바꿀라 했더니 안 되겠다. 도로 묻어라 어서. 재수 없다! 이런 구덩이는 보기만 해도 재수 옴 붙는다. 천수야, 빨리 침 세 번 뱉으라. 어서. 퉤 퉤 퉤."

아니 저 목소리…… 그래, 분명 작은아버지와 천수 목소리다.

잠시 후 천수가 삽자루를 잡고 흙을 덮을 태세다. 다시 소쩍새가 두 번 운다.

"소쩍다, 소쩍다."

나도 모르게 벌떡 일어나 다가가며 작고 굵은 소리로 작은아버지를 불렀다.

"작, 작은아부지이!"

깜짝 놀란 작은아버지는 그 자리에 엉덩방아를 찧고 만다.

"만수, 형……."

"작은아부지, 왜 도로 묻습니까? 뼈다귀 몇 개 챙겨 돈을 우려 내야지요."

잠시 숨을 돌린 작은아버지는 놀란 가슴을 쓰려 내리며 말했다.

"아서라 돈. 야아 야, 재수 옴 붙어 급살 맞는다. 이런 뼈다귀에 손대면 삼대가 재수 없다. 난 이 자리가 원캉 명당이라 해서 아부지 유골과 바꿔치기 할라꼬 했는데. 큰일 날 뻔했다."

"……."

세 사람은 파헤친 흙더미 위에 올라앉아 말없이 서로 얼굴만 쳐다보았다.

나는 작은아버지의 말에도 미련을 못 버리고 돈을 우려낼 궁리만 짜냈다. 다 된 밥에 코 빠트리는 격이다. 어떻게 하던지 작은아부지를 설득해 뼈다귀 몇 개를 가지고 가야 한다. 작은아버지가 끝까지 우기면 먼저 돌려보내고 천수와 둘이서……, 그럼 어차피 잘된 일이다. 사촌 천수 아우는 내가 강달수 뼈다귀 몇 개 훔쳐 돈 몇억을 우려내자고 하면 분명 동조할 것이다.

나는 무릎을 꿇고 허리를 숙여 구덩이 속 뼈다귀를 몇 개 훔칠까 하고 자세히 보기 시작했다. 손전등을 갖다 대자 썩어빠지고 지렁이들이 우글거리는 해골바가지는 136군데 지옥을 다 돌아다 닌 듯 상상도 할 수 없는 몰골이었다. 분명 사진에서 본 해골들의 모습이 아니었다. 아무리 썩어빠진 해골의 모습이라지만 저 모습이 금섬복지의 명당, 화려하고 웅장한 왕릉 같은 무덤 속의 모습이라 하기는 너무 처참했다. 순간 등골이 오싹하고 소름까지 끼쳤다. 아무리 돈에 미치고 환장을 해 억만금을 준다고 해도 손대기가 싫어졌다. 그러더니 점차 내 눈에는 강달수의 썩은 해골바가지가 마치 수혈의 구덩이 속에서, 날 여기서 구해주시오! 제발, 날 구해주면 어떤 소원도 다 들어 드리오리다. 전 재산을 다 드리오리다 하고 애원하는 것처럼 보였다.

나의 일그러진 표정을 본 작은아버지는 소리쳤다.

"야야, 빨리 안 덮고 뭐하노? 우물쭈물하면 재수 옴 붙는다. 내가 풍수를 하면서 묘 이장 전문이다마는 이렇게 흉악하게 썩어빠진 해골은 처음 본다 안 카나. 빨리 가자."

천수가 삽으로 흙을 덮으려 할 때, 나는 잠깐 하고는 바지를 쑥 내려 거시기를 꺼냈다. 그리고 오랫동안 참았던 오줌을 강달수의 썩어빠진 해골바가지에 진저리를 치며 마지막 한 방울까지 갈겨댔다.

멀리서 소쩍새가 소쩍다, 소쩍다, 하고 두 번 운다.

경칩

내일모레가 경칩이다.

버스 안은 히터 열기와 누케한 냄새까지 뒤섞여 욕지기가 치밀어 올랐다. 라디오에서는 아까부터 에이펙인지 뭔지 떠들어대는데 통 귀에는 들어오지 않고, 정류소 안내 방송을 놓칠까 영감은 아까부터 신경을 곤두세웠다. 버스가 흔들릴 때마다 새벽밥 한술 먹은 게 올라올 것 같다. 눈을 감고 어금니에 힘을 줘보지만 예사 고역이 아니다. 히터를 끄든지 창문을 좀 열었으면 좋으련만 다른 사람들은 모두 느긋하니 도리 없다. 영감이 해마다 한 번씩 겪는 연중행사다.

다 와 가는지? 눈을 뜨고 창밖을 본다. 볼 때마다 낯설다. 십

년이 되면 강산이 변한다 했지만 도시는 일 년마다 변하는 것 같다. 올 때마다 높은 아파트들은 새로 들어섰고 쳐다만 봐도 어지럽다.

영감의 기억으로 교차로를 지나면 다음다음 정류장에 내린다. 진땀이 뺨을 타고 주르륵 내려오자 목에 소름이 쫙 서린다. 이제 묵은 신물 덩어리까지 목구멍을 욱 치는 것 같다. 입을 악다물고 이내 도리질을 하며 밀어 넣어보지만 소용없다. 이럴 땐 순지가 약이다. 영감은 마른침을 삼키고 눈을 꼭 감는다.

와, 할배 입에서 꾸룽내 나서 싫나? 소매로 입가를 쓱 닦던 요것이 고개를 살래살래 흔들며 다시 다가와 연신 입을 맞추고 방긋방긋 웃는 게 여간 귀여운 짓이 아니다. 처음엔 낯을 가리다지 아버지와 대화하는 내용을 듣고는 핏줄이라 당기는지? 무릎에 앉아 조잘조잘 거리는 게 보통 영리한 아이가 아니다. 몇 살? 했더니 손가락 다섯 개를 힘껏 펴고 방긋 웃는다. 이름은? 박 순지. 한 자 한 자 또박또박 대답하고는 수줍다는 듯 고개를 갸웃하더니 뺨에 보조개를 만들었다. 영락없는 지 할미다. 영감은 순지를 꼭 껴안았다.

버스는 가는 듯 하다가 다시 서자 속이 또 울컥한다. 보따리를 꼭 안고 살짝 눈을 떠본다. 아직 교차로에 진입도 못 했다. 온 세상 차들은 다 모인 듯했고, 차창에 아들의 얼굴 그림자가 비치는 듯하다.

아부지, 아부지를 이해 못 하는 것은 아니지만……. 왜 저까지 할배나 아부지의 과거에 얽매여 살아야 합니꺼. 대처로 가겠습니더.

영감에게 막말을 할 아들은 아니었는데 정을 떼려고 했는지 각오를 단단히 한 모양이었다. 산속 생활을 청산하고 대처로 나가겠다는 아들의 말은 맞는 말이다. 막을 명분도 없었다. 진작 아들을 대처로 보내야 옳았다. 공부도 시키고 사회에 적응시켜 미래의 터전은 못 만들어 줄망정 막지는 말았어야 했다. 그러나 산속에서 나고 자란 아들은 도시에 대하여 아는 것이라고는 전혀 없다. 아는 것이라고는 약초와 나물 나부랭이들, 친구라고는 벌레들과 산새들뿐이었다. 그것은 대처 생활에 아무 쓸모 없는 것들이 아닌가.

영감은 아직 사람이 싫고 두렵다. 아니 과거를 잊어버리고 잘 살고 있는데 대처만 나오면 두려운 게 사실이다. 대처보다 사람이 두렵다. 사람. 그렇다고 전사의 터에 들어간 것을 후회하지는 않는다. 그러나 아들과 순지를 생각하면 미안하고 할 말이 없을 뿐이다.

후유, 한숨을 내쉬고 눈을 다시 떠보지만 버스는 통 갈 생각을 않는다. 옆 버스에 붙은 사진이 눈에 들어온다. 'APEC' 무슨 돔형 체육관 같은 건물이 바닷가 해변에 잘 그려져 있다. 버스들은 모두 같은 큰 사진을 붙이고 서 있다. 'APEC' 라디오에서 몇 번

들은 적이 있는 말 같다. 부산에서 하는 모양이지……?

다음 정류소는 운촌입니다. 운촌. 운촌이란 소리가 이렇게 반가울 순 없다.

버스에서 내리자 숨을 제대로 쉴 수 있어 살 것 같다. 그것도 잠시 바람이 불자 이젠 한기가 몰려온다. 산속 전사의 터보다 더 추운 것 같다. 한겨울 산속에서도 추운 줄 몰랐는데 바닷바람인가? 춥다. 거동 하나하나 들숨 날숨이 서먹서먹하고, 아들과 순지가 아니면 정말 올 곳이 못 된다는 듯 쯔쯔 하고 혀를 차 본다.

길을 건너면 아들이 사는 운촌이다. 마른 코를 훌쩍거리며 연신 주변을 두리번거리지만 왕복 8차선 도로 건너편이 침침하다. 대처만 나오면 눈앞이 지꺼분해지는 것이 영 보이질 않는다. 눈꺼풀을 깜박이고 미간에 힘을 준다. 초고층 아파트 사이로 낡은 집들이 고목에 핀 버섯처럼 빽빽이 박혀있다.

아니……! 저게 뭐지?

'APEC 결사반대' '생존권을 보장하라' '철거 반대' 'APEC은 제주도로' '철거 결사 투쟁' 등 붉은 글씨가 발악을 하고 있었다. 영감의 눈에 펄럭이는 글씨가 무슨 글씬지 잘 보이질 않지만 직감으로 탈이 났구나……? 바람이 세게 불자 작은 집들은 잔뜩 움츠린 채 힘겹게 버티고 있는 듯하다. 조금만 더 센 바람이 불면 낡은 집들은 흔적도 없이 날아갈 것 같다. 한눈에 보기에도 허름한 집들은 주변 고층 아파트와 넓은 도로를 달리는 차량들과 비교가 된다. 화려한 관광도시 해운대 속의 작은 빈민촌 운촌이 잔뜩 애성이가 나 웅크리고 있는 듯하다.

불길한 현수막이 눈에 들어오자 마음이 급하다. 보따리를 든 손에 힘을 주고 주변을 둘러보았으나 건널목이 보이지 않는다. 이럴 수가……! 분명 작년에 왔을 때는 건널목이 있었다. 파란불에 건너갔는데 이젠 8차선 도로 중앙엔 가드레일이 쳐져 건너갈 수가 없다. 일 년 사이에 건널목이 없어진 것이다.

마침 길 가던 청년에게 길 건너는 방법을 물었다. 청년은 친절하게 지하도로 안내해주었다. 지하도를 빠져나오니 마치 딴 세상에 온 느낌이 들었다. 길 건너편을 돌아보니 왠지 다시 이 길을 건너갈 수 있을까? 하는 걱정이 앞섰고, 바람이 불어 보따리를 든 손가락이 시렸다.

겨우 아들 집 들머리를 찾았다. 운촌은 작년과 변한 것은 없지만 좁은 골목으로 들어서자 집집마다 벽에 붉은 페인트로 숫자와 철거를 반대하는 구호를 써 놓은 것이 눈에 들어왔다. 낡은 집들은 유리창과 대문이 부서져 있고, 모두들 이사를 갔는지 동네 전체가 인적이 없고 을씨년스럽다. 좁은 골목길 여기저기 쓰레기며 버린 고물 가구들이 길을 막고 있고 악취가 났다. 바람에 흔들리는 끊어진 전깃줄이 혹 몸에 닿을까 소름이 끼칠 만큼 무섭다. 불길한 예감이 노도처럼 몰려왔다. 모두가 난리 통에 급하게 피난 간 것 같다.

아이고, 큰일이 났구나. 동네를 철거를 하는 모양인데 이사 갔으면 어쩌지? 좁은 골목길을 돌아 허겁지겁 아들 집 앞까지 왔다. 골목 안쪽엔 포클레인이 괴성을 지르며 집을 부수고 있었다. 다급하게 아들 집 대문을 열고 들어선다. 뒤에서 괴물 같은 포클레인이 덮칠 것 같아 뒷머리가 근질근질하다.

작은 마당엔 여기저기 버려진 고물 살림이 눈에 들어왔고 아들 신인 듯한 낡은 슬리퍼와 순지 신인 듯한 여자아이 신발이 처마 밑 연탄아궁이 옆에 어지럽게 흩어져 있다. 신들이 눈에 익어 반갑다. 다급하게 "어험." 큰기침부터 하고 아들을 찾는다.

"애비야, 순지야!"

아들은 어릴 때부터 아니 어미 배 속에서부터 허약한 자식이었다. 산속에서 보고 배운 것이라고는 약초와 나물들이 전부였다. 가끔 듣는 라디오와 아버지 따라 산 너머 바드리, 향로산 넘어 칡밭, 좀 더 나가면 사자평이 세상 전부였다. 아들은 크면서 산중생활을 버티지 못했다. 사람으로 당연한 일이었고 영감도 걱정 안 했던 일은 아니다. 그런데 도시에서 살아가려면 무엇보다 노동을 할 수 있는 건강과 최소한의 수입은 있어야 하지 않나. 아들은 이 두 가지 조건을 하나도 가지고 있지 않았다. 정규 교육을 받지 못한 아들은 별 기술이 있는 것도 아니다. 그렇다고 남들 같이 건강하지도 않았다. 처음 아들이 대처로 나가겠다고 했을 때 걱정하며 말린 이유다. 아무리 설득을 해도 아들은 기회 있을 때마다 대처로 나갈 뜻을 굽히지 않았다. 지금 아들은 어린 딸과 둘이서 하루하루를 행상으로 살고 있다. 워낙 말이 없고 무던한 아들이라 자세히 얘기를 안 해도 아마 살기가 보통 어려운 게 아닌 것 같다. 그렇게 아들은 10년을 대처에서 애면글면 잘 버티어 왔다.

"애비야, 순지야, 할애비 왔다."

기다릴 틈도 없이 방문을 연다. 횅…… 냉기만 밀려 나온다. 그나마 반가운 것은 구석에 나뒹구는 인형이다. 작년 순지가 가지고 놀던 고무 인형이 옷을 벗은 채 버려져 있고 여기저기 옷가지며 살림들이 정리는 안 되었지만 아직 이사는 안 갔다는 듯 주인을 기다리고 있는 듯했다. 방안을 한번 둘러본 영감은 옆방으로 눈길을 돌렸다. 옆방은 이사를 간 지 오래된 듯했고 흉가였다. 작년에 왔을 땐 해수욕장에서 포장마차를 한다는 뚱뚱한 여자가 살았다. 후…….

영감은 긴 한숨을 뱉고는 아들 방으로 들어갔다. 한낮인데도 방안은 어둠침침하다. 벽에 걸린 가족사진이 눈에 들어온다. 아들 며느리 순지 돌 때 찍은 사진이다. 내일모레 경칩은 순지 생일이다.

아들 나이 서른 때, 집 나간 지 오 년 만에 결혼을 한다며 웬 처녀를 데리고 산중으로 찾아왔었다. 다음 해 며느리는 딸을 낳았다. 그런데 재작년에 며느리는 생활고에 그만 집을 나간 모양이다. 아들은 통 말을 안 하고 있었지만 순지의 표정과 엄마를 기다리는 것을 봐 그리 짐작하고 있다. 영감은 순지를 자기가 키우겠다고 했으나 아들은 순지를 자신 모양 산속에서 산짐승처럼 키울 순 없다고 극구 사양했다. 맞는 말이다. 하지만 며느리도 없이 행상을 하는 아들이 아이를 키우는 일은 여간 어려운 일이 아니다. 영감도 산속에서 라디오를 들어 세상 돌아가는 일은 대충 알고 있다. 라디오에선 요즘 매일 경기가 안 좋다는 말만 하고 있다.

영감은 마른 얼굴을 비비며 앉았다. 바닥이 얼음장이다. 손으로 바닥을 문질러보니 며칠은 비운 방 같다. 마당이라도 쓸듯 뽀얀 먼지 자국이 생긴다. 바싹 마른걸레를 들고 어치렁대며 수돗가로 가 수도꼭지를 틀지만 물은 나오지 않는다. 수돗가도 말라 물을 쓴 흔적이 없다. 처마 밑에 붙은 찬장을 열어본다. 먹다 남은 라면 부스러기와 바싹 마른 간장종지 말라빠진 김치 나부랭이, 그릇 두어 개가 부엌살림 전부다. 산속 영감보다 초라한 빈 찬장이다. 연탄아궁이를 열어본다. 하얀 연탄재는 꺼진 지 오래된 것 같다. 입에서 절로 한숨이 또 나온다. 여기저기 아들과 순지의 흔적을 찾아보았지만 분명 옆방은 아주 오래전에 이사를 간 것 같고, 아들의 부엌살림은 정리가 안 되었고 궁색할 뿐이지 분명 이사 가지는 않았다고 믿고 싶었다. 아니 그리 믿어야지 다른 방법이 없다. 아들은 돈이 없어 다른 곳으로 이사를 못 간다고 말했다. 이 집이 부산에서는 제일 헐습니더. 해운대 시장을 돌며 채소나 과일 행상을 해 묵고 삽니더. 해수욕 철이면 밥은 묵고……, 멀리 갈 수도 없습니더. 아들은 어디로 갔나? 행상을 나갔나? 그럼 순지는? 데리고 갔나? 웅 우 웅, 포클레인이 괴성을 지르자 집이 흔들 한다. 밀물 같이 밀려오는 의문과 불안감에 방안에 앉아있을 수 없어 밖으로 나왔다. 골목 안쪽엔 포클레인이 웅 우 우웅, 괴성을 지르며 집을 부수고 있다. 귀가 멍하다. 조금 전에 부수던 작은집 한 채가 금방 사라져 버린다. 바람이 불어 먼지가 눈 날리듯 마구 날린다.

"여보시오. 기사 양반."

"웅, 우 웅."

가까이 갈 수가 없다. 떨어져 아무리 불러도 포클레인 소리에 작업하는 사람은 듣지 못한 듯 계속해서 집을 부수고 있다. 붉은 용가리 같은 팔이 움직일 때마다 낡은 집은 수수깡 모양 무너지며 먼지만 흩날린다.

마침 앞쪽 빈집에서 언뜻 보기에 영감 나이쯤 되어 보이는 꾀죄죄한 노인이 쇠붙이며 버리고 간 듯한 고물을 안고 나오고 있다. 노인에게 다가가 정중히 목례를 하고 묻는다.

"저, 말 좀 물어봅시다. 노인장, 이 동네 사람들 모두 어디로…… 이 동네 무슨 일 났습니까?"

노인은 긴장한 영감의 얼굴을 한번 보고는 입을 합죽하더니 말했다.

"여는 철거 지역이라 전부 이사 갔소만."

"철거 지역이라고? 왜 철거를 한다는 거요?"

"아, 그 에이펙 때문에 여기 철거 안하요. 에이펙 말이요."

"아니, 보소 노인장. 에이펙요? 이래 철거하면 여 사는 사람들은요?"

"내가 우째 알겠소. 아제는 타지에서 왔나 본데 요 앞 동백섬에서 에이펙 회의를 안하요. 운촌 사람들은 다 떠났소. 마."

"아이 그라면, 우리 순지 아비도 다른 데로 이사를 갔단 말이요?"

"그럼요, 다들 이사 갔지."

"이 집도요?"

영감은 놀라 손가락으로 집을 가리키며 다시 묻는다. 노인은 영감이 가리키는 집을 힐끔 보고는 말했다.

"벽에 빨간 글씨로 번호가 적혀 있는 집은 이사를 간 집이고, 흰 글씨로 번호를 적은 집은 원래 이사를 안 간 집이오만 인자는 빨간 번호나 흰 번호나 다 이사 가고 아무도 안 살지. 마, 전기도 물도 안 나온 지 오래 됐는데 누가 살라꼬? 저 보소. 집 뿌수고 안 있소."

영감은 아들 집과 포클레인을 번갈아 쳐다보았다. 분명 흰 페인트로 쓴 19란 숫자가 선명히 눈에 들어왔다. 그래 아직 이사는 안 갔을 거야. 가슴을 쓸어내리고 힘없이 돌아서는데 꾀죄죄한 노인이 영감을 부른다.

"보소, 보소. 아이, 저 그라먼 아제가 박 군 부친인교?"

아들을 아는 듯하다.

"예, 그렇소만……? 그럼 우리 순지 아비를 압니까?"

"내나 덩치 작고 말 없는 그 박 군 말이요. 고향이 밀양 어데 라 카드라? 산중이고 맞구나. 박 군이 저그 할배는 독립운동했다 고 자랑하던데, 오늘 보이 부친은 풍채가 당당하고 장골이네. 장 골."

노인은 쥐구멍 같은 시커먼 입을 크게 벌리며 반긴다. 노인의 너스레에 영감은 머리를 약간 숙이고 답례를 하고는 급히 아들 의 소식을 묻는다.

"그라먼, 우리 순지 아비 지금 어디 있는지 압니까?"

"요 며칠은 박 군을 못 봤소. 나도 원래는 이 동네 살았소만 동 네 사람 전부 안 떠났소. 어디 동네 꼬라지 한번 보소, 사람 살겠 는교. 빨리 이사 가야지. 박 군도 안됐소만 알라가 불쌍하지요. 겨우내 감기가 들었는지 코를 질질 흘리고 기침을 하면서, 아이 고 말도 마소 마. 그 추운데 오들오들 떨면서 저거 아부지 따라 시장통에 돌아다니던데, 쯔쯔. 엄마가 없으니 알라가 고생인기 라. 어린 것이 무슨 죄가 있다고…… 참. 그라고 보이 국밥집 이 모 말이 알라가 아프다든가? 박 군은 이주비라도 조금 받을라고 구청이며 동사무소로 돌아다니는 것 같은데 참 형편이 딱하게 됐소⋯⋯ 쯔쯔, 박 군은 법 없이도 사는 사람인데 말이요."

순간 영감의 머리는 복잡해지기 시작했다. 어디부터 정리를 해야 아들을 만날 수 있나? 사는 형편이야 늘 이냥 저냥 했으니 듣기 좋은 말은 아니지만, 우선 아들의 행방을 알아야 한다고 생각했다. 그래야 순지가 얼마나 아픈지, 집을 철거하는 데 갈 곳은 있는지, 돈은 있는지. 동시에 들이닥친 사건에 영감은 정신이 하나도 없었다. 아니 이모라니? 아들은 엄마에 대해서 아는 것이 없는데 이모라니? 노인의 이모를 말하는 것 같지는 않은데. 그럼 순지 이모를 말하나? 순지 애미도 고아라는 소리를 들었는데?

"아니 저, 노인장 국밥집 이모가 누구요? 국밥집은 어디 있소?"

"시장통 구석에 콧구멍만 한 간판도 없는 국밥집 있소만, 아제 혼자 가서는 찾지도 못하요. 워낙 솔아서, 내가 그쪽으로 가는 길이니 혹 박 군 만나면 촌에서 아부지 왔다고 전하리다."

노인은 안 좋은 말만 남기고 횡설수설하더니 슬그머니 사라져버렸고 골목 안쪽에서 바람이 불어와 흙먼지가 안개처럼 뿌옇게 날린다.

우웅, 우웅 포클레인의 괴성과 집 무너지는 소리가 점점 가까이 다가오고 있다. 영감은 불안해 방 안에 있을 수가 없어 다시 밖으로 나온다. 괴물 같은 포클레인이 팔을 휘두르자 단박에 판 잣집이 박살 나버린다. 포클레인을 피해 입구 쪽으로 고개를 돌리자 금방이라도 모퉁이를 돌아 순지와 아들이 걸어올 것만 같다.

애비와 순지는 어디로 갔을까?

내일모레가 경칩인데 애비는 순지 생일을 알고 있을까? 그럼 할애비가 오늘쯤 올 것이란 것도 알고 있을 터인데 순지는 어디가 아플까? 감긴가? 병원엔 가 봤는지? 집을 철거하는 것을 알고 있는지? 시장에 장사를 갔나? 이주비는 좀 나왔나? 구청에 갔나? 방을 구하러 갔나? 돈이 많이 필요하겠구나. 이 방도 달세로 있다고 했는데. 돈이 없을 터인데……!

아들이 분명 이사는 가지 않았다고 믿고 있지만 점점 불안해지기 시작했고, 언제 포클레인이 집을 덮칠지? 아까 노인을 따라 시장으로 가지 않은 것이 후회가 되었다. 아들을 빨리 만나야 한다는 생각뿐이었다. 지금이라도 아들을 찾아 시장 국밥집으로 가야 하나. 집을 지켜야 하나. 작은 대문을 사이에 두고 연신 밖으로 머리를 내밀어 포클레인 쪽과 입구 쪽을 번갈아 쳐다보다 결국은 밖으로 나왔다. 아직 집을 지킬지 아들과 순지를 찾으러 갈지 결정은 못 했지만 자꾸 뒤돌아보며 시나브로 골목을 빠져나가고 있다.

낡은 집들은 모두 사형수 모양 가슴에 번호를 달고 집행을 기다리고 있는 듯했다. 동네 전체가 사형장이고 공동묘지다. 살아 있는 것은 아무것도 없는 것 같다. 코로 들어오는 공기도 한 조각 햇볕도 죽은 공기고 죽은 햇볕 같다. "APEC 반대" "철거 결사 투쟁" 영감은 천천히 구호를 읽어본다. 낡은 시멘트벽에 붉은색 구호가 육이오 때 빨치산 구호를 보는 것 같다. 사람들은 자신의 마지막 소리를 지르고 떠났다는 상상에 영감의 가슴에 희나리를 태우듯 아들과 순지도 떠나야 한다는 생각이 모락모락 피어오른다. 오랜 체증이 다시 올라오는 듯하다. 끄집어내고 싶지 않은 과거를 억지로 밀어 넣지만 결국 터진 말은,

참……!

골목을 빠져나와 대로변으로 나왔다. 지나가는 사람에게 시장을 물어 아들을 찾아갈 작정이다. 하지만 지나가는 사람이 아무도 없다. 도로변에 공사개요라고 공지한 깨끗한 안내판이 눈에 들어온다. '동백섬 진입로 가각정비 건물 철거 공사'란 제목이다. 아래는 공사목적에 대한 설명을 해놓았다. 'APEC(아시아태평양 경제 협력체제) 정상회담 개최에 따라 정상회의장 이동로상에 위치한 본 구간의 가각부를 정비하여 성공적으로 APEC 준비 만전을 기하고 동시에 쾌적한 생활환경 개선을 도모함. 해운대 구청장.' 영감은 한참 공사개요를 천천히 읽는다. 마치 옛날 부친의 시신 앞에 붙은 경찰서장의 빨치산 포고문을 읽는 듯하다.

8차선 도로엔 차들이 저마다 가속 페달을 힘껏 밟는다. 잘도 달린다.

영감은 고층 아파트 공사장 쪽으로 허전허전 걸었다. 엄청 큰 초고층 아파트 홍보 조감도가 눈에 들어온다. 조감도에는 예쁜 새댁과 순지 또래의 여자아이가 잘 꾸며진 숲속 공원을 산책하고 있다. 그들은 활짝 웃어 마치 천국의 사람들 같다. 그림을 자세히 보니 아들이 사는 운촌은 고층 아파트 주민을 위한 녹지공간으로 만들어질 것 같다.

공사장으로 진입하는 대형 레미콘 경적소리에 영감은 깜짝 놀라 비켜선다. 산만한 레미콘 차를 보는 순간 집이 걱정되어 얼른 되돌아왔다.

다행히 포클레인은 거대한 팔을 공중으로 올린 체 꼼짝을 하지 않고 있었다. 집으로 들어서자 철거 작업 인부 두 명이 방문을 열어놓고 이사를 갔나, 안 갔나 하며 방안을 기웃거리다 영감을 보고 단번에 따지듯 달려들었다.

"영감님 이 집에 사십니까?"

"아, 아니. 아들 집인데?"

"영감님, 이 집 때문에 작업이 자꾸 지연됩니다. 아, 미치겠네. 아드님 어디 갔습니까?"

"나도 촌에서 지금 와서 아들을 찾고 있는 중이라……."

"영감님, 수없이 통보를 했습니다. 좌우지간 내일은 강제 철거를 합니다. 이 집밖에 안 남았어요.”

영감은 아들과 순지가 올 때까지 기다려 달라고 사정을 해보지만 강팔지게 생긴 젊은 인부들은 게두덜거리다 내일은 강제철거를 한다며 엄포를 놓고 갔다. 인부들이 돌아가고 다시 포클레인은 소리를 질러댔다. 그러다 해거름에야 조용해진다. 아들과 순지는 돌아오지 않는다.

지금 어려워도 대처에서 뿌리를 내려야 한다는 말에는 일리가 있다고 생각한다. 하지만 순지가 가엾다. 옛말에 자기 밥그릇은 갖고 태어난다고 했지만 아들과 순지의 복 없음을 탓하기는 너무나 미안하다. 자신 때문에 아들과 순지가 피해를 보았다고 생각하니 정말 미칠 것 같다. 하기야 집안의 과거를 피부로 느끼지 못한 아들은 이해할 수 없을 것이다. 그렇다고 영감이 아직까지 세상을 원망하고 살지는 않는다. 모두 아주 옛날 잊어버린 사건들이다. 요즘 도시생활이 얼마나 편리하고 좋은가. 영감도 라디오를 들어 세상 돌아가는 것을 대충 알고 있다. 젊은 사람들은 한번 뜻을 펼치고 살아볼 만한 세상이라고 생각한다. 영감은 지난날을 자책하다 자신도 몰래, 낭패네. 참, 낭패, 하며 두 손으로 마른 얼굴을 비빈다.

어두운 방에 영감 혼자 앉아 있으니 마치 오늘 하루 긴 악몽을 꾸고 있는 것 같다. 향로산 전사의 터로 들어갈 때가 어제 같다. 엄동설한 산중에서 아내는 죽고 염소젖으로 아들을 키웠다. 갓

난 아들이 배고파 울면 품에 안고 밤새 손가락을 빨렸다. 산을 넘어 젖동냥을 수없이 다녔다. 해거름 며느리와 갓 태어난 순지를 안고 할아버지 제수를 한 짐 지고 마당을 들어서던 아들. 지난날들이 주마등처럼 스치고 지나간다. 바람이 불 때마다 이가 맞지 않은 대문은 흔들렸고 영감은 귀를 세운다.

얼마나 시간이 지났는지는 알 수 없다. 영감은 깜깜한 냉방에 앉아 깜박 잠이 들었던가. 누가 비틀어진 대문을 열고 들어서는 인기척에 깬다. 다급하게 영감을 찾는 것 같다.

"보소. 보소 아제요. 아제. 안에 있소? 와이레 어둡노. 보이야 말을 하지. 불 좀 켜소."

영감은 급히 방문을 연다. 어둠 속 얼굴은 알 수 없지만 목소리가 낮에 만난 꾀죄죄한 노인인 것 같다. 노인은 숨을 몰아쉬며 말한다.

"보소, 보소 아제요. 내가 수소문해보니, 지금 박 군이 지구대 있다고 연락이 왔소. 어서 같이 가봅시다."

"예? 지구대가 뭐 하는데요? 거긴 왜요?"

"아이참 경찰서. 아니 파출소 안 있소. 파출소. 아이다 지서라 해야 알아듣나. 빨리 갑시다. 누가 가서 사인인가 뭔가를 해야 나올 수 있답니다. 어서."

경찰서란 말에 신발도 제대로 신지 못하고 허겁지겁 노인을 따라나선다. 다리가 후들거려 걸음이 걸어지지 않는다.

100

지구대 한쪽 구석에 웅크리고 앉은 아들은 초라하기 짝이 없다. 좀처럼 화를 내는 성격이 아닌데, 벌건 눈동자를 보니 이성을 잃은 것 같다. 왜소한 몰골은 피골이 상접하다. 거무충충한 작은 얼굴이 작년보다 께저분하고 꺼칫하다. 볼은 쑥 들어가고 수염은 며칠 안 깎았는지 덥수룩하다. 얇은 잠바를 입어 보는 사람이 더 추워 보인다. 영감은 당장 잠바를 벗어 주고 싶다. 마치 긴 감옥살이를 하고 있는 대역죄인 같다.

아들은 며칠째 동사무소에서 이주 보상금을 달라고 사정을 했던 모양이다. 그러나 동사무소 직원은 운촌에 산 것은 인정하지만 서류상 주민등록이 없어 이주비를 줄 수 없다는 것이었다. 아들은 또 생활보호대상자 의료보험 혜택을 받을 수 있게 해 달라고 떼를 썼다. 동사무소 직원이 그것도 어렵다고 하자 아들과 동사무소 직원 간에 고성이 오가다가 그만 공무집행방해로 경찰 지구대에 연행되었던 것이었다.

영감과 아들은 젊은 경찰의 포달진 훈시를 길게 들었다. 사람은 법을 지켜야 한다는 둥, 대한민국 국민은 APEC 행사에 적극 협조해야 한다는 둥, 나랏돈 공짜로 먹을 생각 말고 열심히 일해서 스스로 살아가라는 둥, 왜 국가가 당신 같은 사람을 책임져야 하느냐고 입에 게거품을 뿜어댔다. 차후 다시 동사무소에 가서 공무집행방해를 하면 구속하겠다는 둥, 일장연설을 듣고 지구대에서 나왔다.

자정이 지났는지 거리에는 사람들이 별로 없고, 영감과 아들은 아무 말이 없다. 영감은 어깨를 움츠린 채 아들을 따라 병원으로 걸었다. 밤바람이 심하게 불어 몸에 한기가 들고 으스스하다. 영감은 아까 경찰이 한 말이 자꾸 머릿속에 빙빙 도는 것 같다. 왜, 국가가 당신 같은 사람을 책임져야 하오. 영감은 그 말을 수 없이 중얼거린다.

　"국가가, 국가가……!"

　순지는 아침이 되자 열은 조금 내렸으나 기침을 간간이 한다. 목에 난 볼거리의 부루퉁한 붓기가 좀 빠진 듯하나 벌그우리하다. 그저 눈만 깜박이고 말도 제대로 못 한다. 순지는 몇 번 눈을 깜박이더니 또 잠이 든 모양이다. 영감은 밤새 순지의 손을 잡고 밤을 새웠다.

　아침부터 간호사는 환자 보호자가 자리를 비운다고 아들에게 면박을 준다. 병원비 중간 정산을 빨리 하란다. 아마 어제부터 독촉을 했고 병원비가 많이 나온 모양이다. 영감은 주머니를 탈탈 털어 돈 삼만 원을 아들에게 준다. 그래도 모자란다고 하자 가지고 온 더덕과 버섯, 오가피 열매를 팔자고 제안한다. 영감은 순지 병원비가 얼마 나왔는지 정확히 알지 못한다. 산에서 오래 살아 도시 물가에 대한 감이 무디다. 회진 때 담당 의사는 며칠 더 입원해야 한다고 말한다. 하지만 아들은 병원비가 무서워 오늘까지 계산하고 순지를 퇴원시킬 눈치다. 아들은 돈을 빌려 온다고 나갔다.

열이레 전 아들 집에 단전이 되었다. 전기장판을 사용할 수 없어 순지는 감기에 걸렸다. 아들은 약국에서 일반 어린이 감기약을 며칠 동안 먹였다. 동네엔 모두 이사 가고 친구도 없었다. 아들은 기침을 하는 순지를 데리고 추운 시장에서 종일 장사를 했고, 결국 폐렴과 볼거리로 병을 키운 것이다.

아침에 미음 몇 술 뜨다만 순지에게, 뭐가 묵고 싶노? 하고 물었더니 옆에 누운 또래의 남자아이가 먹는 바나나 우유가 먹고 싶다고 한다. 바나나 우유를 사 오니 순지는 또 잠이 들었다. 연신 순지의 머리에 손을 올려 열을 재본다. 이제 열은 많이 내린 듯싶다.

영감은 멍하니 병실 텔레비전을 본다. 무슨 퀴즈 대회를 하는 것 같다. 그런데 1등을 하고 문제를 모두 맞히면 오천만 원을 준다는 것이다. 어느 청년이 혼자 문제를 다 맞히어 퀴즈 영웅이 되었다고 좋아한다. 영감도 역사문제는 전부 아는 문제다. 아니 세상에 퀴즈 몇 개 맞춘다고 오천만 원을 줘. 깜짝 놀라 입이 다물어지지 않는다. 퀴즈가 끝나자 이번에는 옛날 골동품을 가지고 나와 금액이 얼마인지와 진품인지를 감정하는 것이다. 옛날 할아버지 방에 붙은 그림보다 못한 그림이 몇천만 원 한다는 사실에 또 깜짝 놀란다. 영감도 서예나 그림은 할아버지에게 배웠다.

뉴스에서는 시장이 직접 나와 APEC의 경제적 효과에 대해 설명한다. 요즘 경기가 어려워도 APEC을 치르고 나면 살기가 좋아진다며 시민이 합심하여 APEC을 성공적으로 치르자고 한다. 시민 모두가 주변 환경을 청소하고 정리하여 손님맞이 준비를 철저히 하자며, 시민 단체들은 궐기대회를 하고 모두 난리다.

아들은 점심때가 지나도록 아무 연락이 없다. 영감은 두 손으로 마른 얼굴을 비비며 밖으로 나온다. 현기증이 나고 시장기가 몰려온다. 꼬박 하루하고 반나절을 굶었다. APEC 홍보판을 부착한 버스는 신나게 병원 앞을 달린다.

"아, 아제요. 아제."

어제 본 노인이 설명한 바지에 검정 비닐봉지를 들고 쭈그렁 얼굴을 환히 펴고 반긴다. 마치 오랜 동지를 만나는 듯하다.

"순지 병문안 왔소. 하하하……."

"아이고, 고맙습니다. 어제는 경황이 없어 인사도 못 드리고 죄송합니다."

노인은 손사래를 치며 말했다.

"뭘요. 순지는 좀 괜찮소. 박 군은요?"

영감은 노인을 병실로 안내한다. 노인은 잠든 순지를 보고는 검정 봉지에서 바나나 우유와 초코파이를 침대 위에 올려놓으며 말한다.

"아제, 요기는 했소. 순지가 좋아하지요. 걱정 마소."

해해 웃는 쭈그렁 얼굴이 해맑다.

"아 예. 노인장 정말 고맙소. 이렇게 와주시고."

"아제요 고생이 많소. 남에 일 같지 않아서, 밖에 나가 막걸리라도 한잔합시다. 내가 늘 박 군 부친을 한번 뵙고 싶었소. 자, 나갑시다. 여기서는 마실 수 없고."

노인은 검정 비닐 속 막걸리병을 보이며 쥐구멍 같은 입을 벌리고 웃는다. 서너 개 매달린 이빨이 맥쩍어 보인다. 영감은 잠든 순지를 한번 보고는 노인을 따라나선다. 두 늙은이는 병원 화단 벤치에 앉았다. 노인이 담배를 권하자 영감이 정중히 거절한다.

"고맙습니다. 전 담배를 안 합니다."

"그럼 막걸리라도 한잔 받으소."

"아니 노인장 먼저……."

"아니요. 저보다 연배인 것 같고, 저가 한번 뵙고 싶었는 기라요. 먼저 한잔 올리리다."

노인은 한사코 먼저 술잔을 권한다. 영감은 평소 술을 마시지 않지만 오늘은 노인의 호의를 거절할 수 없고 배도 고픈 참에 잔을 받는다.

"고맙습니다. 그럼 먼저 한 잔만."

노인은 잔을 채우고 담배를 길게 빤다.

"참, 박 군은 어디 갔소? 요즘 보기 힘든 사람 인기라요. 너무 걱정 마소. 산 입에 거미줄 치겠소. 어서 잔을 비우시오. 순대도 좀 묵고."

"예."

영감은 빈속에 막걸리를 한잔 마시니 이내 머리가 핑 돈다.

"아제요. 그 부친께서 독립운동을 했다고 들었소만 대단한 기라요. 대단해. 그래 나라에서 돈은 좀 나오는교? 보아하니, 안 나오지요."

영감은 그저 건성으로 예, 예 대답한다.

"돈 안 나오지요. 나라에서 하는 꼴이 그렇지요. 지 놈들이 민족이며 국가가 뭔지를 아는교. 그저 돈 많은 놈들이 최고지. 없는 사람들은 귀찮은 존재로 생각한다니까요. 우리가 왜 없는데, 왜 없어."

노인은 삿대질을 하다 막걸리를 단번에 비우고 말을 이었다.

"독립 유공자 후손들을 보살펴야 할 게 아니요. 이제 묵고 살 만한데 말이요. 이제 와서 내가 새삼 이쪽저쪽을 논하자는 게 아니요. 아무래도……, 혹시 실례지만 저쪽이었소?"

"그런 건 아니고. 그 얘기는 그만합시다. 다 지나간 일인데……."

영감은 노인의 권유에 막걸리 두 잔 마시고 나니 정신이 하나도 없다.

"아제요, 실은 우리 아부지도 옛날 산에서 좀 살았소. 아제를 보는 순간 이상하게 옛날 생각이 났소. 그 직감이란 것 있지 않소. 선친은 이쪽저쪽보다 민족을 생각했소. 물론 이쪽에서 보면 잘한 선택은 아니지만."

"예. 그러시구나."

"사변 때 집안이 모두 몰살당했지요……. 홧김에 서방질한다꼬……. 나도 이 나이 묵도록 고생 많았소. 어떻게 보면 아제가 속 편하오. 산속에서 더러운 꼬라지 안보고."

영감은 얼굴이 얼큰해지자 케케묵은 신물이 다시 목구멍을 치는 것 같다.

"아제, 계신 곳이 밀양 어디라 했소. 할머니는 계시오. 우째 박군이 남 같지 않아서……."

"예. 저가 사는 곳은 밀양 향로산 골짜기 첩첩산중 전사의 터란 곳이요. 오지 사자평에서도 산을 하나 더 넘어야 합니다. 집사람은 아들을 낳다가 죽었소."

"오, 그렇소."

노인은 눈을 크게 뜨고 영감과 눈을 맞춘다. 영감의 눈동자에 돌연 36년 전 일들이 찰나에 어른거렸다.

표충사 법조 스님의 부탁으로 아들의 어미, 죽은 아내를 만났다. 아내는 한국전쟁 고아로 부산 완월동에서 나이 많은 창녀였다. 폐병 말기로 몸은 나무젓가락 모양 가늘었고 매독을 심하게 앓아 문둥병 모양 손마디가 헐어 죽기 직전에 표충사에 피병 겸 요양을 왔었다. 여자를 불쌍히 여긴 법조 스님이 보시하는 셈 치고 죽을 때까지 보살피라고 부탁했다. 여자를 산속으로 데리고 와 간호를 해 몸은 많은 차도를 보였다. 그렇게 만난 아내는 아들을 낳고는 그만 난산으로 죽고 말았다.

노인은 영감의 눈동자에 어른거리는 지난날을 나름대로 읽어 나간다.

"전사의 터라. 저…… 혹시, 빨치산?"

"빨치산 아닌 빨치산이었소."

"……?"

영감은 침을 한번 삼키고 말했다.

"선친은 고향에서 농민 계몽운동을 하면서 비밀리 항일 독립운동을 했소. 독립 자금을 모았고 조상으로부터 물려받은 재산을 중국에서 활동하는 고향 선배 의열단에 독립 자금으로 보냈지요. 해방이 되고 부친은 야학과 농민 계몽운동을 하다 남한 단독정부가 수립된다는 소식을 듣고 서울에 올라가 단독정부 수립 반대 운동을 했지요."

노인은 눈을 크게 뜨고 다가앉으며 말했다.

"오, 그러다 정부로부터 요주의 인물이 되고 빨갱이 집안으로 몰렸겠군요."

"어, 어떻게?"

"우리 집도 그랬소. 그래서 어떻게 됐는교?"

"육이오 사변이 터지자 밀양에 살던 가족들은 보도연맹에 강제로 가입되었고 삼랑진 계곡으로 끌려가 모두 총살을 당했소. 전 선친과 서울에서 학교를 다니고 있었지요. 피난 오니 경찰서에서 아버지를 잡아갔어요. 선친은 빨갱이도 아니었지요. 경찰서에 갇혀있던 동료들과 총살 직전에 탈출하여 향로산으로 들어가 숨었지요. 인민군이 낙동강에서 후퇴하자 산속에 숨어있던 선친은 빨치산 토벌대에 그만……"

"아, 그렇군요. 남한 단독정부 수립 반대가 빨치산으로 만들었군요. 오…… 전사의 터라!"

날이 저물자 아들은 지친 얼굴로 돈을 구해와 순지를 업고 병원을 나왔다. 겨울빈지 봄빈지 알 수 없는 비가 보슬보슬 내리고, 우산 하나로 삼대는 아무 말 없이 빗속을 걷는다. 내일이 경칩이지만 아직은 춥다. 영감은 잠바를 벗어 순지 등에 덮는다. 순지는 빠진 앞니를 드러내고 빙그레 웃는다. 순지의 얼굴에 죽은 아내의 얼굴이 겹치자 영감의 손이 순지의 등을 다독거린다. 순지는 가는 기침을 몇 번 한다. 아들은 헛기침을 하고는 군은 표정으로 등에 업은 순지를 한번 쳐올린다. 바람이 불어 고층 아파트 조감도가 흔들린다. 예쁜 새댁과 여자아이가 웃고 있다.

운촌은 천지개벽이 일어나 있었다.

아니!

집들은 흔적도 없이 철거되어 집터가 어딘지도 알 수 없다. 동네가 넓은 자갈밭 모양 잘 정리되어 있었다. 주변을 둘러봐도 분명 운촌이다. 철거 공사 안내판만 덩그러니 남아 있다. 순간 사지가 떨어져 나간 듯하고 오장이 내려앉는 것 같다. 아들은 넋을 잃고 그 자리에 순지를 업은 채 주저앉고 만다. 순지가 눈을 말똥거리며 가는 기침을 몇 번 한다.

순지는 아들 품에서 영감 잠바를 덮고 또 잠이 들었다. 약에 취해 계속 잠만 잔다. 아들은 고개를 숙이고 미동도 없다. 지하철이 끊겼는지 지하도엔 다니는 사람이 아무도 없다. 텅 빈 계단을 타고 찬바람이 불어온다. 뼛속까지 시리다.

사람들 발자국 소리와 한기에 영감은 정신을 차렸다. 새벽이다. 옆에 순지를 안은 아들은 고개를 숙이고 죽은 듯이 움직임이 없다. 아들 품에서 가늘게 몰아쉬는 순지의 숨소리가 애처롭고 안쓰럽다.

영감은 자리에서 일어나 혼자 운촌으로 간다. 혹시 어제저녁 잘못 본 것은 아닌가 하고. 밤사이 비는 눈이 되어 천지가 하얗다. 가로등 불빛을 받은 운촌은 모두가 원하는 대로 정말 티 없이 깨끗한 백설의 광장으로 변해 있었다. 새벽 버스들이 APEC 광고판을 부착하고 속도를 내고 달린다. 바람이 불자 고층 아파트 조감도의 새댁과 여자아이가 잘 가꾸어진 녹지 공간에서 만족한 듯 웃으며 손을 흔들고 있다.

동백섬 쪽에서 동이 튼다. 오늘은 벌레들이 땅속에서 깨어난다는 경칩이고 순지가 태어난 날이기도 하다.

휑하고 찬바람이 불어 가슴이 시리다. 영감은 편의점에서 바나나 우유 한 개를 사 다시 지하도로 돌아간다.

지하철이 도착하고 사람들이 우르르 몰려나와 지상으로 빠져나간다.

영감은 하루 종일 지하도에서 바나나 우유와 아들이 두고 간 잠바를 들고 아들과 순지를 기다리고 있다.

바드리

낯선 사람들이 몰려오기 시작했다. 정오가 되자 낯선 사람들이 떼거리로 몰려왔고 어디서 나타났는지 경찰이 마을을 포위하기 시작했다. 산 아래 바드리 들머리부터 길은 완전 통제되었고, 낯선 사람들은 배내골 선리 쪽에서 전사의 터를 따라 백마산을 넘어 바드리로 마치 새벽안개처럼 몰려왔다.

한겨울, 짖는 개도 한 마리 없는 두메산골 바드리는 낯선 사람들이 순식간에 점령해버렸고, 뒤늦게 경찰이 두세 겹으로 마을과 산을 완전 포위했다.

낯선 사람들은 일사불란했고 목소리가 컸다. 진지를 구축하듯 땅을 파고 장기전에 돌입할 태세를 갖추었다. 여기저기 76만 5천 볼트 송전탑 반대란 구호가 적힌 만장 같은 깃발을 꽂아 단번에 기선을 제압해 나갔다. 리듬이 빠른 음악을 산이 떠나가도록 크게 틀어 서로의 결속을 다지고 분위기를 한층 고조시켰다. 언제 동참했는지 알 수 없지만 아랫마을 목소리 큰 할매들 몇 분이 낯선 사람들과 어울리는 모습이 보였다. 아불 종기네 할매, 삼거 달자 아지매도 보였고, 평촌 욕쟁이 할매도 머리띠를 두르고 추위에도 아랑곳없이 선두에 서서 여전사처럼 낯선 사람들과 행동을 같이했다. 두메산골 바드리는 경찰과 낯선 사람들이 대치하는 일촉즉발의 전쟁터가 되어버렸다.

그 모습을 본 박 씨는 어머니에게 들은 아버지의 죽음이 어제인 양 눈앞에 되살아났고, 자신도 모르게 몸을 숨길 수밖에 없었다. 박 씨는 대문과 방문을 잠그고 꼼짝하지 않았다. 심지어 창문도 이불로 가리고 이중삼중으로 못질을 했다. 아내 구천댁에게도 바깥출입을 하지 못하게 했고 전화도 받지 않았다.

아직 이른 초저녁인데 반쪽 달이 참 일찍도 떴다. 긴긴 동지밤을 어떻게 보내려고?

76만 5천?

이른 봄 꼭두새벽, 아직 잠이 덜 깬 박 씨의 눈에 어스름한 낯선 깃발이 펄럭거렸다. 경운기에 퇴비를 가득 실어 한눈을 팔 수도 없어 얼핏 깃발에 적힌 76만 5천이란 숫자만 새벽안개처럼 스치고 지나간 듯했다. 처음 본 깃발이지만 대수롭지 않게 생각했다. 하지만 몇 발 안 가 형형색색의 깃발들이 굿판의 만장같이 바람에 펄럭이는 것이 아닌가. 그리고 보니 한두 개가 아니었다.

좁고 어두운 비탈길에 경운기를 타고 가면서 펄럭이는 깃발을 자세히 볼 수 없었지만 숫자가 적힌 것을 봐, 등산객들이 붙이는 산악회 깃발은 아닌 것 같고 분명 산불조심 깃발도 아닌 듯했다. 뭘꼬, 참 얄궂다? 참다못한 궁금증에 경운기를 세우고 가까이 다가가 자세히 보니, 깃발에 적힌 글은 '76만 5천 볼트 송전탑 반대'란 붉은 글씨였다. 어스름한 능선을 따라 빨강 노랑 바탕의 천에 76만 5천 볼트 송전탑 반대 구호가 적힌 크고 작은 깃발들이 산기슭 진달래꽃만큼이나 여기저기 활짝 피어 있는 듯했다.

이 첩첩산골에 누가? 왜, 이런 것을 붙여놓은 것일까? 퍼뜩 이해가 되지 않았다. 면에서 붙인 것은 아닌 듯하고 깃발이 바람에 날려 왔나 생각도 해봤다. 하지만 깃발은 누군가가 나무에 단단히 묶어 놓았다. 더 이해가 되지 않는 게 있었다. 송전탑이라면 큰 전봇대를 말하는 것 같은데, 경남 밀양에서도 제일 오지인 이곳은 88올림픽이 끝나고도 한참 있다가 전기가 들어왔다. 전기가 들어온다고 텔레비전 뉴스에 나오고, 도회지 사람들이 오지 탐방을 하면서 알려진 마을이다. 경상남도에서도 밀양 정승골과 바드리가 제일 늦게 전기가 들어온 것을 아는 사람은 다 안다. 그런데 갑자기 웬 송전탑을 세우는지? 또 왜 반대를 하는지? 76만 5천 볼트면 용량이 얼마나 되는지, 박 씨는 전혀 감이 잡히지 않았다. 전기의 단위인 와트와 볼트란 말은 들어 본 것 같지만, 자신은 100촉이니 60촉이니 하는 단위를 쓰는데? 76만 5천 볼트면 숫자가 커 엄청난 용량의 전기일 것 같았다. 어디에 76만 5천 볼트의 전기가 필요할까? 반대는 누가 왜 할까? 저승길을 앞둔 할배 할매들은 전기세 아끼려고 텔레비전도 모여서 보고, 마을에 주거하는 사람이라고는 열 집도 안 되는데 무슨 전기를 많이 쓴다고? 76만 5천이라? 이 두메산골에 공장이 들어서나? 공장이 들어서면 땅값이 오를까? 그럼 만수 놈 소원대로 한밑천 뚝 떼어 주고……, 이참에 아비 노릇이나 한번 해? 아니 아니야, 하필 여기에? 길도 없는데 말이야. 그럼 분명 공장이 들어서는 것은 아닌 것 같고…… 76만 5천이면? 한 사람이 일 볼트씩만 써도 76만 5천 명, 밀양 인구가 몇 명이더라? 아니지, 경남 인구가 76만 5천 명인가……?

박 씨는 희한한 일도 다 있다 하고 순간 별의별 생각을 다 하면서도 결국은 자신과는 아무 상관 없는 일이란 결론을 내리고 그냥 지나쳐 버렸다.

그날 저녁, 박 씨는 아내 구천댁과 함께 여느 때와 마찬가지로 드러누워서 베개를 괴고 텔레비전을 보고 있었다. 마을 사람들 대부분은 텔레비전을 볼 때는 전깃불을 끈다. 전깃불을 끄면 더 잘 보이고 전기세를 아낀다는 이유도 있다. 도회지로 나간 자식들이 오거나 제삿날이 아니면 불켜는 집이 거의 없다. 마을엔 공동으로 쓰는 가로등 하나 없어 밤이면 캄캄하고, 옛날부터 어지간해서 밤마실도 잘 안 다니는 것이 산골마을의 불문율이었다.

"만, 만수야. 안에 있나?"

옆집 아흔을 바라보는 꼬부랑 범도 할매 목소리다. 만수는 부산으로 나간 박 씨 큰아들 이름이고, 슬하에 자식이 없는 범도 할매는 돌아가신 박 씨 어머니와 언니 동생 하는 사이였다. 친이모와 마찬가지라 만만하면서도 박 씨가 어머니 같이 챙기는 분이시다.

박 씨는 일어나 방문을 열며 "이몬교?" 하고 맞이했다. 이 밤중에 웬일이신가, 안녕하신가, 저녁은 잡쉈는가? 하는 복합형 인사다. 박 씨가 형광등을 켜자 범도 할매는 눈이 부신지 주름살 덮인 눈꺼풀을 손등으로 비비며 불은 "머할라꼬" 하며 가볍게 답례 겸 나무란다.

마을엔 대부분 저승길을 앞둔 늙은이 뿐이고, 예순 중반의 박 씨는 마을에서 할배 소리도 듣지 못하고 젊은 축에 든다. 그래서 사람들이 찾아와 힘쓸 일 부탁도 하고 의문 나는 것이 있으면 물어도 보고 상담도 하는 편이다.

어지간해서 밤마실을 안 다니는 범도 할매가 이 밤중에 웬일일까? 형광등 불빛에 아직 눈을 뜨지 못하고 손등으로 연신 눈물을 닦으며 종일 궁금했던 것을 심각한 표정으로 묻기 시작했다.

"만수야, 오늘 평촌에 갔더니 사람들 이바구가 바드리에서 아불 쪽으로 큰 전봇대가 들어서는데 전깃줄 굵기가 사람 폴뚝만한 게 서른여섯 가닥이 우리 머리 위로 지나간다 안 카나. 니도 들었나?"

박 씨는 아닌 밤중에 홍두깨를 본 듯 "무슨 전봇대요?" 하고 반문하자 옆에 앉은 아내 구천댁이 이제야 궁금했던 것을 알았다는 듯 먼저 손뼉을 치며 맞장구를 쳤다. "맞다. 길가 붙은 말이 그 말인교?"

박 씨의 입만 바라보고 대답만 기다리던 범도 할매는 박 씨가 잘 모른다는 것을 얼른 눈치채고 덧붙였다. "만수야. 니 내일 이장한테 가서 꼭 물어봐라, 그 말이 진짠지?" 하지만 아직 말뜻을 알아듣지 못한 박 씨는 엉뚱한 소리만 했다. "무슨 이바구 말인교?"

범도 할매는 답답하다는 듯 이제 자신의 팔다리를 동원하여 온몸으로 설명하기 시작했다. "폴뚝만한 아이다, 사람 허벅지만한 전깃줄 서른여섯 가닥이 머리 위로 지나가면 그 밑에 있는 사람은 다 죽는다 안 카나? 그러면 우리는 우짜노?"

할매는 말라빠져 뼈만 남은 자신의 팔뚝을 잡아 비유하다가 아니다 싶었는지 얼른 다리를 뻗어 허벅지를 두 손으로 잡으며 박 씨와 눈을 맞추었다. 하지만 겨우 그 소리하려고 이 밤중에 왔냐는 투로 박 씨가 퇴박을 주었다. "이모, 걱정도 팔자다. 설마 전깃줄이 지나간다고 사람이 다 죽겠소. 전깃줄이야 한 줄이면 되지 서른여섯 가닥은 또 머할라꼬. 말이 되는 소리를 하소. 어데 가서 그런 소릴 하면 할망구 노망들었다 카요."

박 씨는 콧방귀를 뀌며 리모컨 옆에 있던 담배를 집었다.

할매는 답답해 죽겠다는 듯 "아이다, 아이다. 야가 머라카노. 내가 백지 그라는 줄 아나? 이런 손가락만 한 전깃줄 하나가 아니고 이만기 허벅지보다 더 굵은 전깃줄이라 안 카나. 전깃줄 아래는 웅하고 소리가 나는데 그게 무슨 파라고 카더라. 벌이 도망가고 사람들은 몽캉 암에 걸려 죽는다 카더라."

할매는 말라빠진 자신의 허벅지로는 잽도 안 된다는 듯 이번에는 두 손바닥을 벌려 굵은 원을 만들어가며 안간힘을 다해 온몸으로 설명했다.

박 씨는 기도 안 찬다는 듯 "이모, 어디서 그런 소릴 들었소?" 하지만 박 씨보다 할매가 더 어이가 없는지 잠시 입을 다물지 못하다가 한마디 던졌다. "야는 참 답답하네. 늙어빠진 내보다 아는 게 하나도 없노. 내일 당장 삼거에 내려가 알아봐라. 나는 무서버서 잠도 안 오구만."

다음날 삼거까지 갈 필요도 없었다. 표충사 길목 산채식당에 산나물을 갖다 주면서 들은 이야기는 보다 구체적이었다.

산채식당을 경영하는 국민학교 후배 장 사장은 흥분하여 입에 침을 튀겼다.

"인자 큰일 났소 마. 밀양은 다 죽은 것이나 다름없는 기라. 76만 5천 볼트 전기가 원동에서 바드리 백마산을 넘어 요오 아불로 해서 산내면으로 간다 안 카나. 76만 5천 볼트는 우리나라에서 최고로 센 전긴데, 송전탑 높이가 140, 아파트 45층 높이라 카더라. 그 밑에는 전자파 때문에 벌은 한 마리도 안 오고, 소가 유산을 하고, 또 머라더라, 사람들은 기형아를 낳고 인자 밀양은 종치고 끝났소. 마." 장 사장은 손까지 흔들며 더 이상 할 말이 없다는 표정을 지었다.

박 씨는 믿기지 않는 듯 반문할 수밖에 없었다. "야가 미쳤나? 누가 그라던데?"

딴에는 열변을 토했건만 자신의 말을 믿지 않자 장 사장은 "세이는 참 답답하네. 단장 사람들 모루는 사람 한 사람도 없다 아이가. 할매들도 다 아는데" 하고 빈정대는 투로 핀잔을 주었다.

아직 똥인지 된장인지 감이 잡히지 않은 박 씨는 어리둥절한 표정으로 말꼬리를 흐릴 수밖에 없었다. "나라에서 우째 그래 할라꼬……?"

장 사장은 가래침을 캑 뱉더니 다시 떠들어댔다. "참, 모루는 소리하고 있네. 아레 밀양 시청에서 주민 설명회 했다 안 카나. 갔다 온 사람 이바구가 한전에서는 보상 안 해줄라꼬 괜찮다 괜찮다 카는데, 세이도 만날천날 무시만 묵지 말고 생강 묵고 생각

한번 해보소. 우리나라에서 제일 굵은 전깃줄이 서른여섯 가닥이 지나가는데 괜찮겠소? 전깃줄 하나 굵기가 사람 허벅지만 하다 안 카나. 세이야, 우리 어릴 때 시내에 나가서 전봇대 보고 신기하다고 하면서 귀에 대고 웅 하는 소리 듣고 안 했나. 그게 다 전자파란 기다. 그 전깃줄은 손가락보다 가늘었다. 작은 제비새끼가 줄줄이 앉아 있던 그 줄 말이다. 핸드폰만 써도 전자파가 나와 인체에 안 좋다고 난린데 76만 5천에 사람 허벅지 굵기의 서른여섯 가닥! 아이고, 골이야." 장 사장은 끔찍하다는 듯 눈을 감고 진저리를 쳤다.

"그럼, 무슨 대책이 있겠지?" 하고 박 씨가 느긋하게 담배를 물자 장 사장은 또 열을 올렸다. "대책? 아레 설명회에서 전깃줄 좌우측 3미터만 법에 따라 보상해준다고 했다는데 한전 계산으로 하면 아불 종택이네 논 있지요. 그게 시가 8억 8천만 원 가는데 일 년에 680만 원 임대 형식으로 보상해준다 안 카나. 그러면서 괜찮다고 농사를 계속 지어라 카는데 그게 말이 되나. 그 밑에 있으면 사람 다 죽는데 말이야."

"야가, 미쳤나? 말이 되는 소리를 해라. 다 죽는다고…… 설마?" 하고 박 씨가 믿지 않자 장 사장은 박 씨를 무시하는 투로 다시 약을 올렸다. "세이는 산골짜기에서 흙만 파 묵고 살아서 세상 돌아가는 것을 정말 모른다."

박 씨는 무시당하고 있을 수 없다는 듯 이번엔 꼬치꼬치 캐문기 시작했다. "전자파 때문에 다 죽는다고 누가 그라던데?"

"아, 지금 당장 죽는다는 것은 아니고……, 아, 그 안 있소. 원자력인가 핵인가 연구하는 사람들 말이다. 그 사람들이 여기 와서 찌라시도 주고 갔소. 한 번 보소. 마, 충청도에서는 15만 4천 볼트, 여기보다 5배나 작은 전깃줄인데 소가 유산을 하고 이사 오는 사람도 없고 땅도 안 팔리고 벌은 한 마리도 안 온다 카더라. 그 사람들이 비싼 밥 묵고 미쳤다고 거짓말하겠소. 원자력인가 핵인가 연구하는 사람은 다 똑똑하고 서울대학 나오고 미국 유학 갔다 왔다고 합디다. 천천히 암에 걸려 죽는다는 이바구지."

장 사장은 가래침을 캑하고 또 뱉더니 담배를 물었다. 박 씨는 바싹 다가앉으며 관심을 가지기 시작했다. "주민 설명회에서는 뭐라 카든데?"

"아까 이야기 안 하든교. 뭐 들었소, 괜찮다고. 그라고 법, 법하면서 원칙이 이러하니 규정에 따라 보상해 줄 수밖에 없다고. 안심하고 농사를 계속 지어라 카는데 말이 돼요? 한전에서 주는 보상금이란 것은 농사는 계속 짓고 공짜 베이로 주는 돈이라 농민들에게 큰 선심 쓰는 것처럼 이바구했다 안 카요. 인자 밀양은 종치고 날 샜소. 땅이라도 팔리면 떠나는 게 상책인데 어느 놈이 미쳤다고 전자파 때문에 벌이 도망가고 암 걸려 죽는데 땅 사겠소?"

밀양 4개면 해당 지역 주민 약 2만 명 중 바쁜 농번기에 그것도 밀양 시내 한복판에서 실시한 설명회에 참석한 사람은 고작 126명에 불과했다. 단 한 차례 설명회만으로 전문용어가 태반인 공사개요를 일방적으로 설명하고 국가에서 하는 공익사업이라 법과 규정대로 하겠다는 한국전력의 말보다, 다음날 반핵운동본부와 낯선 사람들이 마을까지 찾아와서 직접 전단지를 나누어주고 알아듣기 쉽게 설명해준 말은 보다 신빙성 있게 들릴 수밖에 없었다.

낯선 사람들의 말에 의하면 정부에서 아랍에미리트에 새로 개발한 한국형 신형 가압경수로 에이피알(APR) 모델을 수출하기로 했단다. 기장에 있는 신고리 원전 3호기란다. 여기서 생산된 전력이 양산과 밀양, 창녕을 거쳐 북경남 변전소까지 연결되고 경남 북부지역에 쓴단다. 그 중간중간 총 160기의 송전탑을 세우는데 그중 밀양 땅에 세우는 송전탑이 52기란다.

한국형 신형 원전을 가동 설치하여 안전성을 점검한다는 얘기다. 그런데 신고리 원전 3호기가 2015년까지 가동되지 않을 경우 아랍에미리트에 벌금을 물도록 되어 있다는 거다. 그래서 정부에서 무리하게 시행한다는 얘기는 누가 들어도 그럴듯했고, 눈코 뜰새 없이 바쁜 농번기에 밀양 시내까지 시간을 내어 가서 들은 한전 설명회의 일방적인 주장인 "76만 5천 볼트는, 무조건 괜찮다, 사람 몸에 아무 피해 없다" 하는 말은 누가 들어도 공허하게 들렸고 "법이다, 원칙이다, 내부 규정이다"란 위압적인 말은 사람들을 분노케 만들 수밖에 없었다.

벌이 도망가고 소가 유산을 하며, 기형아가 태어나고 암에 걸리며, 토지거래도 안 되어 결국은 고향을 떠나야 한다는 뜬소문에 사람들은 불안에 떨지 않을 수 없었다. 한술 더 떠 신이 난 낯선 사람들은 원전사고로 폐허가 된 체르노빌과 쓰나미로 유령도시가 된 일본 후쿠시마 모양 될 것 같이 떠들었고, 기삿거리를 찾던 일부 인터넷 언론과 심심했던 누리꾼들은 유언비어를 만들고 장난삼아 퍼뜨린 헛소문은 일파만파로 퍼져나갔다.

무더위가 몰려와 깻잎이 쑥쑥 웃자라고 대추 열매 씨알이 굵어지자 고양이 손도 빌린다는 농촌에서 송전탑 얘기는 강 건너 불이요, 어릴 때 할아버지가 해주시던 호랑이 담배 먹던 옛날 이바구처럼 아스라해졌다.

주말이면 찾아오는 등산객 이외 낯선 사람이라고는 눈 씻고 봐도 없는 백마산 기슭 바드리. 봄에 붙여 놓은 송전탑 반대 깃발은 누구 하나 수거하는 사람도 없었고 관심을 가지는 사람도 없었다. 열댓 가구에 빈집이 태반인 마을 늙은이들도 이제 산불조심 깃발 모양 본체만체했다. 도회지로 나간 자식들만 가끔 조상 안부 묻듯 지나가는 말로 흘렸고 그들 역시 강 건너 불이었다.

대추 열매를 따고 있는 박 씨에게 범도 할매가 지팡이를 짚고 꼬부랑꼬부랑 다가왔다. 집에서 떨어진 대추밭까지 온 것을 보니 뭔가 궁금한 일이 있는 모양이다.

"만수야, 니 오늘 한전에서 온 편지 받았나?"

"편지요, 와? 전기세 안 냈는교? 농협에 자동이체 해놓았는데?"

"아이다, 뭐라 카더라? 돈을 준다는데."

"돈은 무슨 돈, 한전에서 무슨 돈을 준다는 거요? 바빠 죽겠는데."

"자, 이거 한번 봐라. 나는 안 보이서 당최 무슨 소린지 모르겠다. 아까 우체부가 돈 주는 거라고 카더라."

"봅시다."

박 씨는 핑계 삼아 일송정 나무 그늘에서 담배 한 대 피우고 쉴 참이었다. 일송정은 돌아가신 어머니가 홀로 선 큰 소나무에 붙인 이름이다. 아무도 수령을 모르는 일송정은 멀리서 보면 그 모습이 꼭 정자를 닮았다. 바로 앞에 어머니의 무덤이 있다. 일송정 밑에 앉으면 언제나 사방이 훤하고 어머니를 만나는 듯 편안했다. 어머니는 일송정 밑에 앉아 돌아가신 할아버지 아버지의 지난 얘기들을 들려주기도 했고, 일송정 푸른 솔은 늙어 늙어 갔어도 한줄기 혜란강은 천년 두고 흐른다는 노래를 아주 슬픈

곡조로 부르곤 했다.

한전에서 온 편지를 펼쳤지만 박 씨도 전혀 이해가 되지 않았다. 깨알 같은 글씨가 가물가물하고 붉은 글씨로 된 큰 글은 발전소 주변지역 지원 관한 법률이니, 송변전 건설특수 운영세칙이니 개별보상이니 마을별 단위 보상이니 장황한 설명뿐이었다. 왜 주는지, 얼마를 준다는 구체적인 금액은 암만 봐도 없었다.

눈을 끔벅이며 한참 집중해서 읽어보았지만 이젠 머리만 어지러웠다.

"아이고, 머리야. 하나도 안 보이네."

"만수야, 그카지 말고 이장한테 가서 물어보든지, 삼거에 한번 댕겨 오면 안 되겠나?"

"송전탑 그거 안 하면 좋겠는데. 내 참⋯⋯!"

무슨 뜻인지 알 수는 없지만 박 씨도 이제 좀이 쑤셔 대추만 따고 있을 수가 없었다. 이번엔 무엇인가 불길한 예감이 스멀스멀 엄습해왔고 등에 식은땀이 주르륵 흘렀다. 일이 손에 잡히질 않았다.

아니나 다를까, 표충사 가는 길목 산채식당 앞에는 장 사장과 몇몇 팔자 좋은 사람들이 열변을 토하고 있었다. 토박이로 살다가 땅값이 오르자 펜션을 지어 사장 소리를 듣기도 하고, 도시에서 퇴직 후 귀향하여 심심풀이로 농사를 짓는 이도 있었다. 모두

다 삼거국민학교 선후배들이지만 박 씨의 몰골과는 하늘과 땅 차이다.

박 씨는 겨우 눈인사를 하고 뒷전에서 귀동냥을 했다.

"나는 반대요, 반대! 무조건 송전탑은 안 돼요. 땅에 파묻든지, 마을을 둘러 가라 카시오."

"땅에 파묻는 것은 돈이 12조나 들고 시간도 없다카이."

"소문도 못 들었소. 일본 후쿠시마에서 원자력 사고 나고부터 원전은 이제 안 돌린다 안 카요. 원자력 사고 나고 사람들이 모두 마을을 떠나서 유령 도시가 되었다는 말 듣지도 못했소. 대체전력이란 것이 있는데 왜 우리나라는 원전만 고집하요. 또 전기세를 올려 전기를 아껴 쓰게 만들어야 하는 기라요. 우리가 언제부터 집집마다 에어컨을 팡팡 돌렸소. 가정용보다 공업용이 문젠데, 선진국에서는 전기 많이 쓰는 공장에서는 다 자가 발전인지 뭔가를 해서 스스로 해결한다고 하데요."

"야가 지금 자다가 봉창 두드리는 소리를 하고 있노. 밀양에 원자력발전소를 짓는다는 이바구는 아이다 아이가, 니는 뉴스도 못 들었나? 올해 전력대란으로 정전이 되면 블랙아웃인지 뭔지가 되고 도시가 멈춘데, 멈춰. 그라고 말은 바로 해라. 전기세가 아니고 전기 사용료인 기라."

"아, 그럼 도시 사람 편리하라고 시골 사람 다 죽인다 말이요?"

"죽이긴 누가 죽여. 다 유언비어라 카이. 지금 세상이 어떤 세상인데 사람을 죽인다 말이고? 그 놈의 구석긴지 신석기 당인지 그놈들이 퍼트린 헛소문이야. 아무 피해 없데. 또 충분한 보상도 해주고 밀양에 나노융합국가산단이 들어서면 전국에서 머리 좋은 사람은 밀양으로 다 이사 오고, 지역주민들 일자리도 생기고 소득도 늘어나서 살기 좋아진다는데. 당장 총 185억을 풀어 마을 숙원사업부터 한다고 안 카더나. 또 가구당 개별보상도 해주고 말이야. 니는 귓구멍이 있나 없나? 와 못 들었노?"

"우리가 지금 돈 때문에 반대하요? 이 땅이란 조상 대대로 묵고 살은 젖줄이요. 또 어머이 아부지가 여기 묻혀 있소. 또 내가 묻힐 땅이요. 나는 아무것도 필요 없소. 이 땅에서 농사짓고 살고 싶은 거요. 다른 사람은 몰라도 난 여기서 뼈를 묻을 작정이오. 모두들 늙어서는 시골로 귀농인지 귀촌인지 하는 게 요즘 도시 사람 소원이라 합니다. 한전 말대로 전자파가 괜찮다고 합시다. 문만 열면 아파트 45층 높이의 송전탑이 눈앞에 딱 버티고 서있는데……."

상상만 해도 숨이 멎는지 눈알을 부릅뜨고 헉하고 숨을 멈추었다.

"니 마음 나도 안다. 하지만 이것은 국가적 공사 아이가. 우리 입장만 생각하는 것은 아주 이기주의다 이 말이야. 도회지에 있는 아아들 얘기 들어보면 모두 우리 욕한다 안 카나, 님비라고.

자기들은 전기 안 쓰나 하고 욕한 데. 그래 45층짜리 송전탑이 들어선다고 하자, 인체에 아무 영양도 없고 지금도 전국의 다른 송전탑 밑이나 변전소 주위에 사는 사람들은 잘살고 있는데 뭐가 문제냐? 송전탑 밑에는 벼락도 안 친데. 다만 보기가 안 좋아서 쪼깨…….”

“님비 좋아하네. 이제 문만 열면 45층 아파트 높이의 송전탑이 딱하고 우리 집 마당에 버티고 서있는데 좋아할 사람 누가 있노? 돌아가든지, 그카지 말고 땅에 묻으면 될낀데 백지 그카고 있네.”

“파묻는 거는 현실적으로 불가능하고 돌아가는 것도 문제다 말이야. 그라면 그쪽 사람들도 데모할 낀데.”

“전기가 편리하고 좋아 모두 전기를 많이 사용하고 있는 게 문제야. 요즘은 전부 전기밥솥 안 쓰는 집이 없고, 도시 사람들은 가스도 안 쓰고 전자레인지를 쓰고 난방을 할 때도 모두 전기를 쓴다 말이다. 사람들이 뭔가 착각하고 있는데 편리하다고 삶의 질이 나아지는 것은 절대 아니다 말이야. 우선에 묵기는 곶감이 달다고 입에 단기 독인기라 독. 전기 사용을 줄여야 하는 기라. 편리하다고 물 쓰듯 하면 큰 사고 난다. 또 정부에서는 친환경 에너지를 적극 권장하고 전기 제품 생산을 억제해야 하는 기라. 나라에서는 원자력 발전소 짓지 말고 다른 방법을 찾아라 캐라. 너그들도 생각해봐라. 밀양 촌구석에 언제부터 전기가 들어왔나?

우리 어릴 때는 호롱불 켜고 생활했다. 전기 없어도 하나도 불편한 줄 모르고 잘만 살았다 말이야. 안 그렇나?"

올해도 어김없이 북풍이 불어오자, 나뭇잎은 다 떨어지고 앙상한 가지만 드러냈다. 해마다 큰 눈이라도 오면 길이 막혀 꼼짝도 할 수 없었다. 열 가구 남짓한 마을엔 빈집이 태반이고 그나마도 겨울이면 도회지 자식들 집으로 내려가 하루 종일 개도 짖지 않는 바드리 마을.

어디선가 엔진톱 소리가 요란했다.

해마다 겨울 벌목 작업은 면에서 지역주민에게 시켜 짭짤한 용돈 벌이는 되었는데 올해는 낯선 사람들이 하얀 안전모를 쓰고 엔진톱을 들고 왔다 갔다 하는 것이 아닌가. 박 씨는 순간 자신의 돈을 빼앗긴 것 같은 기분에 영 마음이 좋지 않고 섭섭했다. 꼭 일자리를 잃은 것 같고 무엇인가 자신의 잘못으로 인하여 면으로부터 왕따를 당한 느낌이 들었다. 허전한 마음에 뒷짐을 지고 엔진톱 소리 나는 곳으로 가 봤다. 일송정 쪽이었다.

'헉, 천지개벽을 한다더니……!'

순간, 벼락이라도 맞은 듯 온몸이 굳어 숨도 쉴 수 없었다. 박 씨 땅은 아니지만 대추밭 옆 어머니 무덤 뒤를 운동장만 하게 풀한 포기 남김없이 깎아버렸다. 수령을 모르는 큰 소나무 일송정의 모습은 흔적도 없이 사라져 버렸다. 박 씨는 자신의 눈을 의심했다. 분명 이 자리는 일송정이 우뚝 서서 산 아래를 굽어보고 있어야 하는 자리다. 일송정은 홀로 서 있는 큰 소나무에 돌아가신 어머니가 붙인 이름이 아닌가.

청상과부로 유복자 자식을 살리기 위해 두메산골 바드리로 숨어들어와 한을 가슴에 묻고 돌아가신 어머니. 그 어머니와의 끈을 낯선 사람들이 싹둑 잘라 놓았던 것이다. 순간, 얼굴도 본 적이 없는 할아버지와 아버지의 흑백 사진 속 모습이 번개처럼 뇌리를 스쳤고, 허리가 잘려 쓰러진 소나무 일송정 토막은 돌아가신 할아버지 아버지의 시신처럼 보였다.

'아……!'

박 씨에겐 우뚝 솟아 홀로 산 아래를 굽어보고 있던 일송정은 조국의 독립을 위하여 전 재산을 바치고 왜놈들과 싸운 할아버지의 호기요 정신이었다. 엔진톱에 쓰러져 나뒹굴고 있는 소나무 일송정은, 연좌제와 민족이란 단어를 입에 올렸다는 이유로 빨갱이라 낙인찍히고, 국민보도연맹이란 올가미에 걸려 골짜기에서 죽어간 아버지의 절규인 듯했다.

박 씨는 쓰러지듯이 그 자리에 주저앉았다. 눈앞, 일송정이 당당하게 서 있던 자리에 어머니의 살아생전 모습이 영화를 보듯 선명했다.

흰 수건을 머리에 쓰고 밭을 갈던 어머니는 학교에서 풀이 죽어 돌아온 아들의 손을 잡고 타이르며 달랬다.

"야야, 니는 절대로 나서면 안 된다. 알았제? 누가 물어도 대답도 하지 마라. 낯선 사람하고 눈도 마주치지 말거라. 어머이 말단디 알아들어야 된다."

"어머이, 아아들이 우리 아부지가 빨갱이라 카던데, 진짜 가? 빨갱이는 나쁜 놈 아이가?"

"누가 그런 소리 카더노? 아이다. 절대 아니다."

"어머이, 나는 핵교 가기 싫다 마."

"그런 소리 하지도 마라. 너그 할배는 독립운동을 하신 분이고, 너그 아부지는 서울에서 공부를 하셨단다. 단장에서는 농민계몽운동을 하셨다. 누가 뭐라고 해도 우리나라에서 제일 훌륭하신 분들이다."

"그런데 와, 사람들이 유월 달만 되면 빨갱이라 카노? 독립운동을 했으면 면에서 와 독립유공자의 집이라고 안 붙여주노. 태극기도 안 걸고. 순 거짓말. 독립유공자가 와 이 산골짜기에서 사노?"

"그런 소리 하지 마라, 누가 뭐라고 해도 너그 할배하고 아부지는 조국의 독립과 민족을 위해서 전 재산을 바쳤고 독립군으로 왜놈들과 싸우신 분이다."

"그라먼 어디서 일본놈들하고 싸웠단 말이고?"

"만주, 의열단에서 싸웠다. 더 이상은 묻지 마라. 니가 더 크면 말해 주꾸마. 그래 알고, 아아들이 빨갱이라 놀리도 참아라. 유월 달이 지나면 안 놀릴끼다."

넋 나간 듯한 박 씨의 귀엔, 어머니가 눈물을 흘리며 슬프게 부르던 선구자 노래가 들리는 듯했다. 일송정 푸른 솔은 늙어 늙어 갔어도 한줄기 혜란강은 천년 두고 흐른다…….

어른이 되어서 할아버지가 만주에서 의열단 독립군으로 고향 선배 김원봉金元鳳 광복군 부사령관과 독립운동을 했다는 사실을 알았다. 해방이 되고 할아버지는 서울에서 남한 단독정부수립반대운동을 하다 노덕술盧德述이란 수도경찰청 수사과장에게 좌익으로 몰려 고문을 당했다. 노덕술이가 누군가? 일제강점기 그 악명 높은 고등계 친일형사가 아닌가. 혐의가 없자 감옥에서 풀려난 할아버지는 여전히 민족 통일을 외치며 단독정부수립반대운동을 했다. 남한 단독정부가 들어서자 고향 선배 김원봉을 따라 비밀리 월북했다는 사실을 나중에 육이오가 터지고 나서 가족들은 알았다.
　아버지는 서울에서 공부를 하다 고향 단장으로 돌아와 결혼을 했었고 농민계몽운동을 하고 있었다. 그러나 남한 단독정부수립반대운동을 하던 할아버지가 서울에서 행방불명이 되자 아버지는 강제로 국민보도연맹에 가입되었고 요주의 인물로 감시를 받았다. 육이오가 터지고 삼랑진 골짜기로 끌려가 총살을 당했다.

청상과부가 된 어머니는 항상 경찰의 감시에 시달렸다. 어느 날 밤, 아버지와 친분이 있던 김형식이란 사람이 찾아왔다. 곧바로 경찰이 들이닥쳐 총격전이 벌어졌고 한밤중 마을은 아수라장이 되었다. 김형식은 도주했고 사람들은 빨갱이 집안이라고 욕을 하고 돌을 던졌다. 견디다 못한 어머니는 만삭의 몸으로 바드리 깊은 산속으로 숨어들었고, 그해 팔월 바드리에서 아들을 낳았다.

바드리와 백마산 넘어 다람쥐골 전사의 터는 빨갱이로 몰린 가족들이 연좌제를 피해 숨어들었고, 보광당普光黨 출신 신불산 빨치산 대장 하준수河準洙는 바드리와 전사의 터에 숨어든 사람들을 모아 사상교육을 시켰다.

경찰의 소탕 작전이 시작되면 바드리 뒷산 향로산을 따라 재약산 신불산 가지산으로 산짐승 모양 숨어 다녀야 했다. 인민군이 낙동강에서 물러간 뒤에도 한동안 토벌작전은 계속되었다. 산으로 숨어든 사람들은 무기라고는 없었고 그들은 빨치산도 아니었다. 살기 위해서 경찰이 오나 파수를 섰고, 경찰이 출동하면 깊은 산속으로 도망갈 수밖에 없었다.

동지 밤, 경찰과 낯선 사람들의 팽팽한 대치가 계속되고, 확성기에서는 앙칼진 76만 5천 볼트 송전탑 반대 구호가 끊임없이 흘러나왔다.

백마산 꼭대기에는 일찍 뜬 반쪽 달이 움직일 생각이 없는지 꼼짝을 않는 듯했다.

"아이고, 만수야 큰일 났다. 퍼뜩 나와 봐라. 사람들이 이 추운 한겨울에 땅을 파고 쇠사슬로 몸을 칭칭 감고 난리가 났다. 경찰이 올라오면 휘발유를 뿌려 불을 질러 다 죽어삔다고 난리다. 아이고, 이게 무슨 꼴이고 전쟁이 났는 갑다. 만수야, 니가 나가 말리야 안 되겠나. 퍼뜩 나와 바라.

아이고, 아이고. 저 사람들 와 저라노? 사람이 하는 일인데 안 되는기 어디 있노. 아무리 법이 중요하고 원칙이 중요하다지만 다 죽어삐면 무슨 소용있노. 앉아서 조근조근 이바구하면 안 될 일이 뭐 있노. 서로 생각이 다르다고 저렇게 부모 죽인 원수가 진 것 맹쿠로 싸우면 우짜자는 거고. 힘센 사람이 먼저 양보하고 따독이면 알아들을 낀데, 야야, 뭐하노? 좀 나와 봐라, 니가 빨리 말리야 안 되겠나. 퍼뜩 나와 봐라, 퍼뜩. 아이고, 큰일 났다. 저 사람들 다 죽겠다. 아이고 아이고!"

긴긴 동지 밤, 범도 할매는 밤새 지팡이를 짚고 마을을 돌며 통곡하다 쓰러졌고, 경찰의 작전이 전개되자 바드리는 아수라장이 되고 말았다. 누군가가 119에 연락을 했지만 구급차는 바드리 마을에 진입하지 못했다. 결국 범도 할매는 보도연맹에 가입되어 골짜기에서 억울하게 죽은 남편의 뒤를 따라 한 많은 청상과부의 생에 종지부를 찍고 말았다.

범도 할매가 죽은 뒤 누가 구급차를 막았는지는 밝혀지지 않았다. 경찰은 구급차를 바드리 마을에 들여보냈다 하고, 낯선 사람들은 구급차가 들어오지 않았다고 서로 엇갈린 주장만 해댔다.

경찰에 의해서 낯선 사람들이 하나둘 모두 잡혀갔다.

땅에서는 조용해졌지만 하늘에서는 연신 헬리콥터가 굉음을 지르며 자재를 실어 나르고 있다.

박 씨는 어머니 유골을 수습해서 범도 할매의 뼛가루와 함께 바드리와 전사의 터 양지바른 곳에 뿌리고 다닌다.

아직 대낮인데 바드리 백마산 꼭대기에 반쪽 달이 참 일찍도 떠 있다.

도로아미타불

터엉, 텅 텅 텅 터 어 ㅇ······.

아이 씨, 왕 짜증. 연이어 텅 텅 텅, 귀청을 뒤흔드는 목탁소리. 나는 이불을 잡아당겨 귓구멍에 쑤셔 박기라도 할 듯 틀어막고 본다. 이불을 칭칭 감고 이리저리 뒤척여 봐도 새벽 목탁소리는 물귀신보다 저승사자보다 무섭다. 잠시 후 텅, 텅, 터 어 ㅇ, 목탁소리가 저만치 물러가 새벽별 모양 아스라해지자 또 한 짜증. 오늘같이 추운 겨울엔 하루쯤 거를 법도 한데······ 만설인지 천설인지 골통 또라이 땡추는 잠도 없나? 잠도 없어. 눈[雪]도 하나 오게 못 하는 주제에······ 이불을 뒤집어쓰고 짜증이란 짜증은 다 내다가 벌떡 일어나 앉아 굿 아이디어. 하며 회심의 미소를 짓고는 다시 이불을 뒤집어쓰고 도로 드러눕는다. 나의 굿 아이디어란 오늘이 그 날이라고 할 참이다. 가만히 생각해보니 야호, 이거야말로 양동작전이 아닌가. 암만 생각해도 난 머리가 참 좋은 것 같다. 히죽히죽 거리다 이젠 주먹을 불끈 쥐고 발로 이불을 막 찬다.

가끔 새벽예불에 땡땡이치고 아침 공양 시간에 스님과 박 보살의 눈치를 살피는 척하다 연기 한번 끝내주게 한다. 도둑이 제 발 저리다했으니 일단 입을 쭉 내밀고 기어들어가는 목소리로 스으님 배가 아프고 그 날이라…… 하면 박 보살은 벌레 씹은 얼굴을 하다 금방 잡아먹기라도 할 듯 이것아, 누가 물어봤어, 물어봐. 이 철없는 것아. 고2나 되는 게 할 소리가 따로 있지. 아침부터 스님 앞에서 불경한 소리를 하고 지랄이냐 했지만, 스님은 그저 미소만 지을 뿐 아무 말이 없었다. 너무 자주 써먹은 수법이라 안 통할 법도 한데 나의 순발력은 대단했다. 옆에 앉은 박 보살이 눈알을 마구 굴리며 무슨 달거리를 일주일에 한 번씩 하냐, 할 때 박 보살이야 지랄을 하든 말든 미소만 짓는 스님을 향해 스으님 고기를 안 묵으면 생리불순이 오고 어른이 되어도 알라도 못 낳는다고 인터넷에 나와 있어요 하면서 일단 만설 스님을 우군으로 만들고, 스님과 박 보살의 약점을 파고드는 얄팍한 수법이다. 스님은 인터넷에 나와 있다고 하면 부처님만큼 믿는 것 같았기 때문이다. 사실 만설 스님과 박 보살은 컴맹이라 부팅도 할 줄 모른다. 몇 번 가르쳐 줘도 스님은 아예 안 된다. 자판의 자음과 모음을 연결하는 게 눈 감고 금강경 사경보다 어려운 모양이다. 그래도 귀동냥으로 인터넷의 방대한 정보와 편리함을 주워들어 가끔 인터넷 검색을 부탁할 때도 있다. 그땐 난 콧대를 세우고 마치 도술이라도 부린 듯 으스댔다.

올겨울 들어와서 그 날이라 핑계를 댄 적이 없어 아예 점심 공양 때까지 늦잠을 때려야겠다는 행복감에 빠져보았으나 통 잠이 오질 않는다. 자꾸 인터넷에서 본 이달의 애정운수, 하느님이 함박눈을 펑펑 뿌려주니 임이 사랑을 고백하고 백만 송이 장미를 받을 운 때문이다. 혹하고 벌떡 일어나 방문을 열어젖힌다. 이제 버릇이 되었다. 칠흑 같은 어둠 속에 별들은 살판이 났고 냉기가 뺨을 후려갈기자 0.5초 만에 도로 문을 닫는다. 음력으로 계산하면 오늘이 동짓달 열아흐레 아직 유효기간이 열흘 정도 남았으니…… 하고 문고리를 놓았지만 왠지 불안하다. 하느님은 음력을 세지 않고 양력을 셀 것 같았기 때문이다. 양력으로 치면 물 건너갔다. 하지만 점占은 원래 음력으로 치는 것이라고 마음을 다잡아 보지만 찝찝하다. 자리에 도로 누워 이불을 뒤집어쓰며 점인데…… 점. 믿지 말아야지, 말아야지 하면서도 자꾸 신경이 쓰이는 것은 어찌할 도리가 없다. 억지로라도 믿고 싶은 애정운이기 때문일까. 지혜는 인터넷 점이 꼭 맞는다고 내보다 더 믿는다. 재미로 보는 점도 가끔은 족집게 같이 맞아 떨어지기도 하니까. 정말 사람 헷갈린다. 내가 점괘를 안 믿을 수 없는 것은 그놈의 화투패 때문이다. 똥이 떨어지면 꼭 그날은 누가 법당에 천 원짜리 몇 장은 놓고 가 한 장 슬쩍 하기도 하고, 난초가 떨어지면 옛날부터 찾아오던 노보살들이 과일이며 떡을 이고 와 오래간만에 포식을 한다. 매조가 떨어지면 만설 스님이 심부름도 시키고 말도 거니…… 참 미치고 환장할 노릇이다.

더듬더듬 머리맡에 있는 라디오를 틀어 소리를 낮춘다. 일기예보를 듣기 위해서다. 하라는 일기예보는 안 하고 박산지 전문간지 하는 사람들이 꼭두새벽부터 세계적인 불황 속에 우리나라 경제가 제일 빨리 회복되었다는 자랑만 계속 늘어놓는다. 박 보살도 없고 오늘 같은 날 절호의 기흰데! 하늘에서 눈이라도 펑펑 쏟아졌으면 짱이겠지만 올겨울 들어 눈은 고사하고 비도 한 방울 안 온다. 아까 0.5초 동안 본 새벽하늘은 싹수가 노랬다.

만설 스님이 손수 해주는 공양을 누워 받을 생각을 하니 기분 째질 것 같아야하는데 왠지 뒷맛이 섭섭하고 어찌 생각하면 야속해 약만 살살 오른다. 일전 그 날, 예불에 참석한 것이 마치 큰 손해를 본 것 같아 억울하기도 하다. 영희야 예불시간이다, 하고 한 번쯤 문을 두드릴 법도 한데, 아니면 문 앞에서 내가 나올 때까지 목탁이라도 쳐주면 못 이기는 척하고 일어나려고 했는데 목탁소리는 사라져 가는 새벽별 모양 아스라해지고 말았다.

잠은 멀리 달아나고 눈알이 말똥말똥해지자 눈엣가시 같은 공양주 박 보살 일이 슬쩍 걱정이 되었다. 박 보살이 영원히 안 돌아왔으면 좋겠는데 길어야 보름 빠르면 일주일 만에 돌아올 것이 뻔하다. 박 보살은 약간의 월급을 받기로 하고 있다. 그저께 였다.

　스님. 스님도 무시만 묵지 말고 생강 묵고 생각 한번 해보시오. 신도들이 오면 사주나 점이라도 봐주고 하다못해 듣기 좋은 말이라도 해줘야 자꾸 올게 아닌교. 소원도 빌지 마라. 49재도 싫다카는 절은 조선 천지에는 없소. 그까짓 금강경 반야심경 백번 사경해 줘도 촌구석 무지렁이들이 뜻을 압니까. 내 말 좀 들으소 스님. 옛말에 입은 거지는 얻어먹고 벗은 거지는 굶는다꼬, 거지꼴을 하고 있으면 누가 시주를 하겠소. 까마구나 친구하자고 오지. 오늘 내 말 나온 김에 다 했뿔기다. 마- 스님. 염불이라도 현철이 노래하듯이 하든지. 스님은 인물 좋겠다 말 잘하고 염불만 잘하면 보살들이 쥑이준다, 쥑이준다 하고 몰려올 낀데. 그렇다고 우리 절이 기도빨 잘 받는다고 소문이라도 낫나? 입시 철 합격 축원 기도는 와 또 싫다고 하능교? 뭐라 꼬요, 자기 자식 합격하면 다른 사람이 떨어진다 꼬요? 우째 거기 잘못된 겁니까? 입 있으면 말 한번 해보소. 그래. 천일인지 만일인지 굴속에서 묵언 기도하이 부처님이 그래 시키든교. 나라에서 공짜로 닦아주겠다는 찻길은 왜 싫다고 하능교, 싫다고. 요즘 걸어서 절에 오는 사람 어디 있는 줄 아능교. 절까지 걸어 와야 한다는 말은 호랭이 담배 피우던 시절 이바구고, 시님들도 짊어지고 다니는 걸 망은 무겁다고 택배로 부치고 혼자 택시 타고 가는 시상에. 신도 없는 절은 굶어 죽기 십상 인기라. 강간뻐스가 쑥쑥 들어가는 절 은 벼룻박에 금칠을 하고 날린 데 말이야. 내 말 벌로 듣지 마소. 어디 말씀이라도 해보시오. 시님. 돌부처처럼 앉아 있지 말고. 시님이야 도를 토했는지 삶아 묵었는지 내사 마 알 수 없지만, 난 도 뭘 묵어야 불도를 닦든지 빨든지 할 게 아닌교. 아이고, 내 팔 자야. 마-지지리도 복 없는 년이 누굴 탓하겠노. 복 없는 년은 봉 놋방에 누워도 고자 옆에 눕는다꼬. 내가 그 꼬라지네. 내사 마 갈끼요. 내가 가. 절 싫으면 중이 떠난다꼬, 내사 마 갈끼요. 그 동안 밀린 월급이라도 주시오. 나도 차비가 있어야 갈꺼 아닌교. 차비!

있는 흥, 없는 흥을 숨도 안 쉬고 다 퍼붓고 하산했지만 완전 하산은 아니고 지금 파업 중이다. 올해 발표한 파업성명은 빡시 다. 해마다 심해지는 것 같다. 박 보살이 발표한 파업성명의 강 도는 파업기간과는 반비례한다. 파업은 겉으로 보면 경영 참여 같이 보이지만 능청스럽고 진짜 밥맛이다. 박 보살은 요즘 같은 불황에 정리해고 0순위지만 스님이 해고를 시키지 않아 분수를 모르고 기고만장이다. 앞뒤 사정을 감안해 자진사표를 내면 좋 으련만 날 샜다. 박 보살의 파업은 해마다 치르는 동투冬鬪다. 소 한 지나고 대한쯤 되면 집 나간 여편네가 돌아오듯 스님이 좋아하는 떡을 한 보따리 이고 돌아와 부처님 전에 죽어라 자신의 잘못을 빌며 오뚝이 같이 절만 해댄다. 박 보살의 별명은 만 배 보살인데 말이 쉽지 만 배. 24시간 쉬지 않고 물과 간식만으로 해야 가능하다. 백만 배를 한다고 떠들어대는데 아마 죽기 전에 백만 배는 할 것 같다. 난 백팔 배도 힘들어 죽겠던데.

나는 부처님을 좋아하지 않는다. 이젠 원망하고 있다. 어릴 때부터 아무리 소원을 빌어도 한 번도 부처님은 내 소원을 들어준 적이 없다. 난 공부를 잘하게 해 달라고 하지도 않았고 좋은 대학에 들어가게 해 달라고 해본 적도 없다. 부자가 되길 바라지도 않는다. 키가 커지기를 빈다든지, 멍게 같은 얼굴 여드름이 없어지거나, 몸매나 얼굴이 샤방샤방하게 해 달라고 하지도 않았다. 이제 불상만 보면 열선 뻗는다. 그러니 법당 대청소를 할 때면 내가 생각해도 가관이다. 걸레로 대충 닦고 나서 아미타불 얼굴에 침을 퉤퉤 뱉고는 불상 코도 비틀고 눈알도 쑤시다가, 이게 무슨 부처님이야 백날 천날 빌어도 소원도 들어주지 않는 엉터리 사기꾼. 걸레로 아미타불 눈을 가리고는 주먹을 쥐고 한 방 먹일 폼을 잡다 박 보살과 대판 싸우기도 했다.

잠이 오지 않자 친구 지혜와 보미가 생각이 난다.

영희야 헉헉, 이 산 이름이 뭐고 헉헉, 좀 쉬었다 가자. 씨 졸라 힘드네. 지혜는 곧 숨이 넘어갈 것 같다. 보미는 숨쉬기가 바빠 말도 못 한다. 정각산正覺山이야. 높지도 않고 유명한 산도 아니지. 낙동정맥의 영남 알프스의 주능선에서 벗어난 볼 폼 없는 산이지. 절벽이라고는 산을 절개하다만 듯, 몇 군 데 있지만 보기 흉해. 옛날 일본 사람들이 주석을 판다고 산을 여기저기 파헤쳐 아직 엉망이야. 다만 이름하나는 대단하다. 정각正覺. 지혜와 보미가 땀을 닦으며 영희 너 참 유식하다는 눈빛으로 정각이 뭔데? 하는 눈빛이다. 정각, 올바른 깨달음이란 뜻이래. 나도 잘 몰라. 입적하신 큰 스님이 산은 초라해도 큰 사람이 나올 거라고 늘 말씀하셨어. 보미와 지혜는 눈을 크게 뜨고 합창하듯 큰 사람 좋아하네. 야 귀신만 나오겠다. 꼭 화성에 온 것 같다. 골바람이 쌩 불자 보미와 지혜는 추운지 무서운지 목을 움츠렸다.

가시나야. 니가 중 될끼가? 나온 나 마. 뭐 할라고 절에 붙어 있노? 우리하고 같이 알바하면 혼자 묵고 살 수 있다 안하나. 내 시키는 대로만 하면. 우리 봐라, 부모가 없어도 돈 잘 번다 아이가. 니도 돈 벌어 원룸에서 혼자 살면 안 되나? 옆에 있던 지혜도 영희 니 또라이 아이가. 그러니까 아이들이 니보고 초딩이라고 놀리지. 답답하다. 가시나 생각하는 게 꼭 초딩이야, 초딩. 내가 하루 있어 보니까 절에 있는 것은 고문이다. 고문 중에 제일 무서운 고문이다. 절은 감옥이나 다름없다. 꼴값 떨지 말고 내려가자.

작년 겨울 시내 사는 중학교 때 친구 지혜와 보미가 하룻밤 자고 도망가다시피 산을 내려가면서 한 말이다. 지혜와 보미도 부모 없이 고아원에서 자랐다. 그래서 우리 셋은 친하게 지냈다. 지혜와 보미는 무슨 알바를 하는지 중학교 졸업하고도 잘살고 있다. 매일 예쁘게 화장을 하고 돈을 물 쓰듯이 한다. 남자아이들 모양 담배도 피우고.

눈엣가시 같은 박 보살이 없어져 시원할 줄 알았는데 하루 못 보니 이상하게 자꾸 생각이 난다.

박 보살이 파업에 들어간 다음 날인 어제다. 사람은커녕 가랑개미 하나 구경 못 하니 심심해 죽을 지경이었다. 바람만 불어도 문을 열고 누가 왔나? 빼꼼 밖을 내다본다. 휑……. 가슴이 짠……. 이불을 뒤집어쓰고 이리 뒹굴고 저리 뒹굴며 라디오 볼륨을 올려 빅뱅의 최신곡 할렐루야를 따라 흥얼거리고 있는데 뉴스 속보로 기상특보 방송이 갑자기 나왔다.

지금 서울은 기상관측 후 사상 초유의 폭설이 쏟아지고 있습니다. 오늘 새벽부터 내리는 눈은 서울 26센지, 경기 포천 23센지, 강화 25센지의 적설량으로 수도권 일대가 교통이 마비되어 경찰은 상습 결빙지역인 인왕산길, 북악산길 교통통제를 하고 있습니다. 기상청 발표에 따르면 내일도 호남, 중부, 강원 영서 지방에 폭설을 예고했습니다. 농가에서는 비닐하우스 등 시설물 관리에 철저히 대비해 주기바랍니다. 또한 기온도 내일부터 뚝 떨어져 내일 아침 철원 영하 29도 서울 영하 17도……

폭설!

나는 정신이 번쩍 들었다. 급히 방문을 열고 밖으로 나왔지만
가을 하늘보다 청명하고 햇살은 싱싱했다. 다시 방으로 들어가
얼른 노트북을 켜고 다음에 접속해 기상예보를 검색해보았다.
경남 밀양지방은 맑음이다. 내일을 검색해도 맑음, 모레도. 서울
을 검색해보니 폭설, 폭설. 폭설이란 단어가 화면에 끊임없이 쏟
아지고 있는 것이었다. 그래, 순간 머리를 스치는 것이 있었다.
눈. 눈이 와야 되는데 눈, 눈이…… 중얼거리며 스님 방으로 달음
박질했다. 평소 스님은 종일 가부좌를 틀고 참선을 하는데 방문
을 활짝 열어젖히고 햇볕을 한껏 지피고 있었다. 누더기 장삼을
걸친 채 공짜 햇볕의 자비에 탄복이라도 한 듯, 세상에서 가장 행
복한 얼굴로 허공만 바라보고 있는 것이었다. 스님 얼굴이 막 한
증막에서 나온 듯 잘 익었다. 내가 숨넘어가는 소리로 스님, 만
설 스님하고 부르자 스님은 고개를 약간 돌려 미소를 지으며, 영
희야…… 너도 저 공짜 햇볕을 실컷 받으렴. 얼마나 좋으니, 하
는 표정이었다. 나는 다짜고짜 스님, 서울엔 지금 폭설이 온대
요. 폭설. 눈 말이에요. 눈이 내일도 오고 모레도 온대요. 눈 안
오는 것이 스님 탓인 양 귀먹은 사람에게 말하듯이 소리를 지르
자 스님은 짐짓 장난꾸러기 영희가 나 혼자 공짜 햇볕을 받으니
심술이 났구나, 하는 표정으로 도리질을 하더니 ……하늘이 저

리도 청명한데. 영희야, 여기 앉아 햇볕을 같이 쬐어 보자꾸나 하는 것이었다. 나는 스님, 여기 말고 서울말이에요. 서울?…… 그래. 걱정 마. 밀양은 눈 안 와……. 나는 볼메어 스님 일기예보를 들었는데 밀양은 눈 안 온대요. 스님은 눈을 감으며 안심한 듯 그저 ……응, 하는 것이었다. 나는 스님 곁으로 바싹 다가가 스님이 부처님에게 여기도 눈 좀 오게 부탁해 봐요 하고 말하자, 스님은 빙그레 왜, 내가 햇볕을 쬐는 게 싫어. 아뇨. 그럼 왜? 눈이 꼭 와야 할 일이 있어요 하자, 스님은 다시 눈을 감고…… 하지만 부처님이 어찌 눈을 오게 할 수 있나. 눈은 하늘에서 오니 하느님에게 부탁해야지. ……눈이 오면 길만 미끄러워, 하는 것이었다. 나는 눈이 안 오면 큰일이라도 날 것처럼 두 눈을 크게 뜨고 스님, 눈이 와야 되요. 눈이 와야 백만 송이 장미도 받고…… 좌우지간 눈만 오게 해주세요. 스님은 도리머리를 치며 난 그런 재주 없어 햇볕이 좋은데? 나는 벽창호 같은 스님에게 부탁해봤자 답이 없다는 것을 깨닫고 이러고 있을 때가 아니란 생각에 법당으로 들어갔다. 얼른 향을 피우고 초에 불도 붙였다. 먼저 석가모니불을 향해 삼배를 하고 어떤 경을 염불해야 빨리 눈이 올까? 예불문인가. 아니지, 발원문. 이것도 아니고 천수경도 아니고 반야심경도 아니고 금강경인가. 금강경? 하고 곰곰이 생각해보았으나 어릴 때부터 건성으로 들은 경전들이지만 눈 혹은 설雪자 들어가는 경전은 들은 적이 없는 것 같았다. 아무리 골을 짜 봐도 법화경인지 아물아물하지만…… 초등학교 다닐 때 만설에게 들은 옛날이야기 중 수미산에는 눈이 많이 쌓여있다는 말을 들은 기억뿐이었다.

내가 초등학교 다닐 때 만설은 밤마다 옛날이야기를 많이 해주었다. 심청이 얘기, 호랑이에게 잡혀먹은 할머니, 나무꾼 할아버지와 빨래하는 할머니의 똥 이야기, 나는 또, 또 하며 배를 잡았던…… 내가 옛날얘기를 해달라고 떼를 쓰면 만설은 난처한 표정을 지으며 반복했던 기억만 났다.

나는 어릴 때 모양 깡충깡충 뛰어 다시 만설 스님에게 다시 갔다. 스님은 여우 꼬리 만한 볕을 아쉬워하며 심 봉사 모양 눈을 감고 코를 쿵쿵거리며 멀리 영남알프스의 은은한 산 내음을 셈이라도 치고 맡는지 한순간도 놓치지 않았다. 나는 축농증이라도 걸린 듯 콧소리로 스으님 눈 오라고 같이 염불해요. 예에. 스님은 눈을 살며시 뜨고 영희가 박 보살이 없으니 심심하구나. 눈이야 하늘에서 하는 일인데 내가 오라 가라 할 수 있나. 스님, 옛날에 비가 안 오면 절에서 기우제를 지내면 비가 왔다면서요. 그렇게 기도하면 안 될까요. 영희가 어지간히 눈 오기를 바라는 모양인데. 눈 오면 뭐 좋은 일이라도 생겨? 예. 스님. 눈 오면 스님이 절 좋아한대요. 꽃도 주고……. 난 용기를 내어 진지하게 말했지만 스님은 눈 안 와도 영흴 좋아하는데. 꽃이야 봄이 되면 내가 이 만큼 따 주마, 하고 두 팔을 하늘만큼 땅만큼 벌리는 것이다. 그렇게 좋아하는 거 말고 진짜로 좋아하는 거 말이에요. 아니야. 난 진짜로 영휘 좋아해. 난 부루퉁해 몸을 꼬고, 눈이 오면 스님이 절 진짜로 좋아하고 꽃도 준다고 했어요. 스으님 빨리 눈 오는 기도해요. 내가 몸을 흔들며 어릴 때 모양 떼를 쓰자 스님은 어깨를 좌우로 흔들며 영휘가 또 이 달의 운수를 본 모양이구나. 그건 다 재미야 재미. 그렇다고 생각하면 그렇지만……. 스님. 인터넷 말이에요. 인터넷에 나와 있는 걸요. 인터넷……? 예, 인터넷. 내가 인터넷이라고 힘주어 말하자 스님은 눈을 끔벅이더니 좋아 같이 염불하자. 눈 오라고 간절히 염불하면 반드시 눈이 올 거야. 그럼 내 옆에 가부좌해라. 스님, 무슨 염불을 하면 눈이 빨리 올까요? ……응. 영휘가 제일 좋아하는 염불이 뭐더라? 나는 신이 나 신묘장구대다라니라고 자신 있게 대답했다. 눈으로 사인을 주고받은 스님과 나는 동시에 나모라 다나다라 야야 나막알약 바로기제 새바라야 모지사다바야……,

스님과 나의 독경소리는 산허리에 막 걸린 겨울 해를 넘지 못하게 하고, 맑은 하늘에 잔잔히 퍼져 북쪽 하늘의 눈구름을 불러 모으고 있었다.

마하사다바야 마하가로 니가야 옴살바 바예수 다라나 가라야 다사명 나막 가리다바 …….

앞산 능선에 메아리가 되어 다시 돌아오는 은은한 독경소리는 도솔천에서 들려오는 애잔한 듀엣의 하모니 같았다.

낮에는 그런대로 참고 있던 지혜와 보미는 밤이 되자 심심해 죽는다. 캄캄한 산속에서 밖으로 돌아다닐 수도 없고 수다거리가 다 떨어지자 텔레비전도 없지, 라디오도 재미없고, 노트북 음악소리도 모깃소리 같아 들을 수 없다고 아까부터 MP3 안 가져온 것을 몇 번이나 후회했다. 보미가 이불 밖으로 고개를 빼고 난 아무리 생각해도 니가 이해 안 간다. 나는 눈알을 굴리며 와? 하고 물었다. 니 절에서 우째 사노? 그냥 살지 뭐. 니 우짜다가 절에서 살기 시작했노? 하고 지혜가 턱을 괴며 물었다. 나는 길게 한숨을 쉬며…… 나도 몰라 입적하신 주지 스님에게 들은 얘기로 갓난아기 때부터 만설 스님이 날 업어 키웠다고 했어……. 보미가 아까 그 중 말이가? 중이 뭐고, 중이. 나는 중이란 소리에 얼굴을 찌푸리며 보미를 나무랐다. 보미는 미안하다. 중님이라 해야 되나? 아니 스님이란 말이 갑자기 생각이 안 나서 히 히 히……. 하며 혼자 배를 잡았다. 지혜가 그 스님 꼭 빅뱅의 리더지 드래건 닮았데. 영희야 아까 밥 먹을 때 그 스님 필 팍 꽂히던데 소개팅 좀 안 될까? 내가 눈에 쌍심지를 켜자 보미와 지혜는 동시에 가시나 절에 있는 이유를 알겠다. 찜했다 이거지, 하고 합창을 했다.

내가 기억나는 것은 초등학교 들어가기 전 가부좌를 틀고 참선 수행을 하던 만설 행자에게 같이 놀자고 떼쓰던 일이나, 만설 등에 업혀 정각산 능선을 따라 진달래꽃을 한 아름 따 먹기도 하고 머리에 꽂고 뽐내던 일이며, 한글을 배우던 일들이 최초의 기억이다. 사람의 정이 그리웠던 나는 무척이나 만설을 따랐다. 내가 초등학교에 입학하자 아침마다 만설이 한 시간 반을 걸어 학교까지 데려다주었다. 아이들은 나를 신중이라고 노래를 부르며 놀려 댔다.

영희야, 영희야, 대가리 깎아라, 대가리 깎아라. 절에 가면 떡 준단다. 영희는 때때중, 영희는 때때중.

영희야, 영희야 시집가거라. 시집가거라. 중한테 시집가면 떡 준단다. 영희는 신중, 영희는 씬중.

나는 학교에 다니면서 다른 아이들과 비교가 되었고 절이 싫어졌다. 죽기보다 듣기 싫었던 말이 때때중, 신중이었고 중한테 시집 간다는 말이었다. 나는 학교에 가지 않겠다고 울기도 많이 했다. 만설이 비 오는 날 우산을 가지고 학교로 데리러 오면 혼자 억수 같은 비를 맞고 산으로 도망갔다. 만설이 따라와 우산을 씌워주면 난 중질 안 해. 난 중질 안 한다고. 소리치며 도망갔다. 아무리 내가 화를 내도 만설은 화내는 법이 없었다. 그저 멀대 같은 키에 소눈깔만 한 눈만 껌벅였다.

초등학교 4학년 가을 운동회 점심시간 혼자 차가운 도시락을 먹고 있는데 만설이 두 시간이나 걸리는 중국집까지 가서 내가 제일 먹고 싶어 하던 만두를 사 왔다. 나는 만설과 같이 앉아 좋아라 하며 허겁지겁 만두를 먹었다. 학교 개구쟁이들이 야, 중이 만두 묵는다. 중이 만두 묵어 하며 멀리서 또 노래를 불렀다. 영희야, 영희야 시집가거라. 시집가거라. 중한테 시집가면 만두 준단다. 영희는 신중, 영희는 씬중…… 나는 만두와 간장을 만설 옷에 흩뿌리고 달아나버렸다. 그 길로 나는 집이 아닌 절을 나와 거지가 되어 시내를 구걸하며 돌아다녔다. 일주일 후, 만설이 시내 경찰서로 나를 데리러 왔다. 나는 만설 품에 안겨 거이거이 울었다. 만설은 영희야 배고프지? 하고 나의 등을 토닥거려주었다.

그해 12월 24일 밤, 내가 하도 졸라 만설은 응했지만 마음이 안 놓이는지 교회 입구까지 마중을 나왔다. 영, 영희야. 느티나무 뒤에 숨어서 날 기다린 만설은 루돌프사슴 코가 되어 코가 빨갛다. 스님하고 달려가 만설 스님 손을 잡았다. 손이 완전 얼음덩어리다. 스님 오래 기다렸지 예? 아니. 안 추워, 심심하기도 하고. 스님. 까자. 내가 교회에서 받은 과자를 내밀자 큰 눈을 뜨고 만설은 응, 어디 맛 좀 볼까…… 아니지, 큰스님 먼저 드려야 하는데…… 하고 망설이는 것이었다. 스님, 큰스님 까자 드리면 내가 교회 갔다 왔다는 것이 뽀롱 나잖아요. 혼자 과자를 먹는다는 게 왠지 죄스럽다는 표정을 지은 만설은 눈을 감고 한참 과자 맛을 음미하더니 눈을 번쩍 뜨고는 와, 맛있다. 영희야 교회는 이렇게 맛있는 과자 매일 준데? 내일도 갈래? 맛있지 예. 내일은 연극도 한데요. 스님, 내일 크리스마스엔 같이 가요. 목사님이 같이 오라고 했어요. 두 사람이 가면 두 배로 많이 받을 수 있잖아요. 두 배로……? 만설이 하도 맛있게 먹자 나는 어린 마음에도 만설이 안쓰러웠다. 큰스님은 밥, 차 이외는 아무것도 만설에게 먹지 못하게 했다. 사탕이나 맛있는 것을 먹으면 수행에 지장을 준다는 이유였다. 밥도 육신을 지탱하는 약으로 삼고 하루 두 끼 조금만 주었다. 한창 먹을 나이인 만설에게 나는 떡이며 누룽지를 몰래 주곤 했다.

산길로 들어서자 칠흑 같아 한 치 앞도 분간할 수 없었고 곳곳이 빙판이었다. 으스스 소리를 지르며 금방이라도 귀신이 목덜미를 잡아챌 것 같았고, 앞에 걸어가는 만설이 혹 천년 먹은 여우가 변장한 만설이 아닐지 하는 생각에 쉬지 않고 말을 걸어도 여훈지 진짜 만설인지 무섭기만 했다. 내가 워낙 무서워하자 만설은 날 등에 업었다. 만설의 등은 넓고 포근했다. 비릿하면서도 풋풋한 싫지 않은 냄새에 몽롱했고 입안에는 달콤한 침이 고였다.

12월 25일은 만설과 같이 삼거리교회에 갔다. 같이 있으면 친구들이 놀린다는 것을 잘 아는 만설이 교회까지 날 따라나섰던 것이다. 영희야, 난 아무래도 들어갈 수 없겠지? 친구들이 놀리면……. 괜찮아요. 목사님이 절에 다니는 사람들도 오라고 했다니까요. 그래도 승복을 입고 머리까지 깎았는데 들어가면 또 친구들이 놀려. 영희 친구들은 모두 내 얼굴 알잖아. 또 씬중이라고 놀리면 어쩌지. 괜찮아요. 난 이제 아이들이 놀려도 아무렇지도 않아요. 정 그럼 모자 푹 쓰고……. 스님은 난처한 표정으로 옷은? 하고 아주 난감해했다. 나는 눈동자를 두어 번 굴리다 ……스님, 내가 목사님에게 물어보고 올게요. 그래, 목사님은 좋은 방법이 있을 거야. 그게 좋겠다. 잠시 후 나는 목사님이 준 산타클로스 모자, 빨간 윗도리와 선물 보따리를 들고 왔다. 목사님이 얼른 입고 들어오라 했어요. 놀란 스님이 내가 산타클로스? 큰 키의 만설이 빨간 산타 복장을 하고 수염과 하얀 눈썹을 붙이자 정말 잘 어울리는 산타클로스 할아버지가 되었다. 산타복장에 선물보따리를 멘 만설의 손을 잡고 교회를 들어서자 무대에서 동방박사 역을 하던 목사님은 여러분 지금 우리가 기다리던 산타클로스 할아버지가 들어오고 있습니다, 하며 우릴 보고 외치자 아이들은 우르르 몰려왔다.

　나는 한참 이불 속에서 모로 누웠다 바로 누웠다 하며 만설 스님과 나의 어린 시절로 되돌아가기도 했고 나의 미래를 상상해보기도 했다. 그러다 늘 또라이, 초딩이라고 구박을 하던 지혜의 말이 밀물처럼 또 몰려왔다. 니도 돈 벌어 혼자 살면 안 되나……. 지혜는 얼굴도 예쁘고 돈도 잘 쓴다. 지혜도 부모 없이 고아원에서 자랐는데 알바를 한다는데? 무슨 알바인지 모르지만 아저씨들이 돈을 준단다. 늘 다방 아가씨들 모양 찐한 화장을 하고 다닌다. 담배도 피우고 원룸에서 없는 것 없이 살고 있다. 아저씨들이 무엇 때문에 지혜에게 돈을 줄까……? 점심 먹고 시내 지혜에게 가볼까? 영화 보여주고 맛있는 것 사준다고 오라고 했는데…….

내가 철이 들기 시작하던 초등학교 5학년 때 봄, 만설은 돌연 묵언 천일기도의 원을 세우고 정각산 꼭대기 박쥐가 우글거린다는 동굴로 들어가고 말았다. 그 후 천일이 지나도 만설은 굴 밖으로 나오지 않았다. 혹 만설이 죽지는 않았는지 걱정했지만 며칠에 한 번씩 굴 입구에 먹을 것을 놓아두면 없어지는 것을 봐, 큰스님은 늘 만설이 죽지는 않은 모양이지 때가 되면 나오겠지, 하다 결국 만설 얼굴을 못 보고 입적했다. 나는 무서워 동굴에 들어가지 못하고 굴 입구에서 큰스님이 입적하셨다고 울며 소리쳐도 만설은 기척이 없었다. 큰스님의 다비식이 끝나고 다음 날, 굴에서 나온 만설 스님의 몰골은 해골에 누더기를 걸친 형상이었으나 얼굴은 온화해 보였다. 나는 여중 2학년의 소녀가 되어있었다. 굴에서 나온 만설 스님이 미소를 지을 때 나는 가슴이 뛰었고 얼굴을 붉혔다. 그러나 옛날의 만설이 아니었다. 영희 많이 컸구나, 하고 말 한마디 해줄 법도 한데 계속 묵언 수행을 하는지 말이 없었다. 그저 박 보살 혼자 난리가 났다. 온갖 호들갑을 다 떨고 마치 조강지처라도 되는 듯. 이제 우리 정각사는 신도들이 줄을 서고 큰 가람이 될 거라고 기대에 부풀었지만, 총림 본사 스님들과 종단의 높은 스님들이 몇 분 오시고는 일반 신도들은 코빼기도 볼 수 없었다. 가끔 유명하다는 사람들이 몇 명 왔지만 만설 스님은 그들을 만나지 않았다.

 하느님이 함박눈을 펑펑 뿌려주니 임이 사랑을 고백하…… 한데, 어찌 어제한 만설 스님의 말과 염불이 통 미덥지 않다. 스님은 눈에는 관심이 없고 오직 햇볕 편이다. 곰곰이 생각해보니 부처님과 눈, 사랑은 관계가 없다는 생각이 들기 시작했다. 그래, 눈은 하느님 소관이야. 담당이 하느님이라고. 또 사랑도 말이야. 예수님은 사랑을 강조했잖아. 부처님은 자비지. 난 지금 사랑이 절실하고 눈이 와야 사랑도 이루어질 것이란 생각에 큰일 났다 싶어 벌떡 일어나 이불을 뒤집어쓰고 두 손을 모아 하나님에게 기도를 해야겠다고 마음먹었다. 근데 어떻게 기도를 해야 하는지 난감하다. 하늘에 계신 아버지…… 라고 하니 좀 쑥스럽기도 하고 어색하다. 이러고 있을 때가 아니다. 염치불구하고 용기를 낸다. 하느님 아버지, 눈이 오게 해주십시오. 눈만 오고 소원만 이루어진다면 몸은 비록 절에 있지만 마음은 항상 하느님을 따르고 믿겠습니다. 저 부처님 안 좋아하는 거 아시죠. 진짜입니다. 그리고…… 그동안 속에 있던 말들을 부처님 전보다 더욱 간절히 하고 또 했다. 내가 하느님에게 기도를 하고 나니 자꾸 박 보살이 생각났다. 이상하다. 별로 보고 싶지도 않은데……. 정말 이번엔 돌아오지 않을까? 정각선방에선 박 보살보다 내가 고참이다. 박 보살은 정각사가 잘나가던 시절 공양주로 약간의 월급을 받기로 하고 왔다. 그땐 초하루나 보름이면 일이십 명은 보통이고 평일에도 신도가 끊이지 않았다. 박 보살은 불심이 대단하다. 아마 부처님을 따라가다가 차비가 없어 못 따라간 것 같다고 나는 생각했다.

아무리 잠을 청해보지만 두 눈은 더욱 말똥거렸고 정신은 맑아 왔다. 아마 새벽 4시가 지났을 것이다. 법당에서 만설 스님의 예불문과 천수경 염불소리가 들려야 하는데 어찌 조용하다. 이불을 당겨 목을 빼고 법당 쪽으로 귀를 세웠다. 문풍지소리와 풍경소리만 딸랑딸랑 들릴 뿐 목탁소리, 염불소리도 들리지 않았다. 순간 긴장이 된다……? 이상하게 방 안 공기가 그리 차지 않다는 것을 느꼈을 때 아차, 어젯밤 법당 전기히터를 가지고 온 것이 생각났다. 그래서 그런지 냉장고 같은 방 안이 훈훈했던 것이다.

법당은 춥다. 보통 추운 게 아니다. 마룻바닥은 얼음판 같고 웃풍이 심해 완전 한데다. 새벽예불은 준비를 단단히 하지 않으면 얼어 죽기 십상이다. 어쩌지, 지금이라도 전기히터를 법당으로 가지고 가, 말아. 지금 법당으로 들어가면 한 시간은 추위에 떨어야 할 것이고, 모처럼 이불 속에서 뒹굴뒹굴하는 재미도 만끽하지 못하겠지만 스님을 생각하면 고생해도 싸다는 생각이 들었다. 아이고 모르겠다. 다시 이불을 뒤집어썼다. 하지만 마음이 편치 않다. 자꾸 스님이 측은해지고 잠은 십 리나 달아나 버린 것 같다.

만설 스님이 굴에서 나오고 절 살림은 점점 궁핍해졌다. 마가 끼었는지 만설 스님이 불교신문에 종단의 잘못을 지적하자 총림 스님들이 찾아와 만설 스님과 큰 소리로 싸운 적이 있었다. 그러자 총림에서 주던 지원금마저 끊어지고 말았다. 그 후 만설 스님은 정각사正覺寺를 정각선방正覺禪房으로 개칭했다. 탁발도 할 수 없는 노릇이고 가끔 스님이 금강경이며 반야심경 사경을 해 입에 풀칠을 하는 정도다.

나는 몇 번이고 히터를 핑계 삼아 지금이라도 법당으로 갈까, 하고 일어서 문설주에 붙어 흔들리는 문풍지에 손 다리미질만 하고 만다. 이가 맞지 않은 문틈 사이로 황소바람이 들어와 손끝이 시리다. 날이 새려면 아직 두세 시간은 있어야 한다.

나는 일어선 김에 불을 켜고 화투패를 떼어본다. 오월 난초다. 다시 잽싸게 손을 놀려 패를 떼도 또 난초다. 시큰둥해져 도로 이불을 뒤집어쓰고 누워 눈이 오게 하려면 부처님에게 기도해야 할지 하느님에게 기도해야 할지 고민하다 나도 모르게 잠이 들었다.

　꼭 영화의 한 장면처럼 방문이 활짝 열리자 우담바라를 든 만
설 스님이 펑펑 내리는 눈을 맞고
　"영희-야!"
　부르며 미소를 짓고 있는 것이 아닌가.
　"스님."
　하며 깼다. 그런데 눈을 뜨니 꿈이다.
　벌떡 일어나 두 손으로 방문을 확 열자 눈이 부시고 온 천지가
하얗다. 하늘에서는 하얀 떡가루가 마구마구 쏟아지고 있었던
것이다. 함박눈이다. 나는
　"스님. 스으님."
　하며 스님 방으로 뛴다. 나는 연신
　"스님, 눈이 와요. 눈."
　소리친다.
　만설 스님은 방문을 활짝 열어놓고 문턱에 걸터앉아 한 다리
를 무릎 위에 올린 반가부좌를 했다. 한 손으론 턱을 괴고 한 손
에는 분홍 종이 연꽃을 받쳐 들고 금빛미소를 짓고 있는데 마치
금동보살반가사유상이 앉아있는 것 같다. 나는
　"스으님……!"
　하고 두 손을 모은다. 감격해 연꽃을 받으려 손을 내미는 순간

어디서,

"시님, 시님. 히 히 히."

하는 귀에 익은 소리가 들린다.

고개를 돌려 소리 나는 쪽을 보자 박 보살이 머리에 엄청 큰 눈 보따린지, 떡 보따린지를 이고 눈 쌓인 하얀 계단을 날 듯 오르고 있는 것이 아닌가.

아버지와 아들

'참아라, 철수야.'

아버지가 늘 하는 말이다. 아버지는 잘 참는다. 억울해도 참고 손해를 봐도 참았다. 참는 데는 정말 선수다. 먹고 싶은 것이나 아프고 힘든 것을 참는 것은 기본이고, 동국이 아버지가 개 때리듯 때렸을 때도, 월급을 못 받고 공장에서 쫓겨 나왔을 때도 늘 참기만 했다. 심지어 도둑놈이란 누명을 썼을 때도, 사기를 당해도, 엄마가 바람이나 집을 나갔을 때도 참기만 했다. 아버지는 세상 모든 일을 참는 걸로 해결하고, 오로지 참기 위해서 사는 사람이니 선수라기보다 도사급이다. 나는 늘 그게 불만이다. 왜 내까지 참아야 하는지. 참아라 철수야 하면 나는 청개구리 모양 때려라 철수야로 들었고, 심지어 죽여라 철수야로 듣기도 했다. 세상에서 가장 지겨운 사람은 아버지다.

나는 아침부터 아버지를 따라 정말 지겹게 걷고 있었다. 마치 저승사자를 따라가듯. 길은 돌길이 아니면 진흙탕이어서 운동화에 흙이 엉겨 붙어 무겁고 미끄러웠다. 오르막에서는 나무 지팡이에 의지하여 기다시피 산을 올랐다. 젖은 청바지는 다리에 착 달라붙어 걸음을 더디게 만들었고 작은 배낭은 축 처져 천근만근이었다. 출발할 때는 더워 반소매로 왔는데 이제 바람이 불면 제법 추워 잔뜩 선 팔 털에는 이슬이 오소소 맺히고 소름까지 돋았다. 숨이 차고 입에서는 단내가 푹푹 나와 물이 마시고 싶어 죽을 지경이었다.

안개 낀 산은 아무것도 보이지 않고 그저 나문지 바윈지 알 수 없는 시커먼 형체들뿐이었다. 바람이 불면 나뭇가지들은 시커먼 짐승 모양 으스스 소리를 마구 질렀다. 뭔가 불쑥 튀어나올 것만 같아 무서워 고개를 돌릴 수 없었고 앞서가는 아버지 엉덩이만 보고 무작정 걸었다. 그러다 조금 처지기라도 하면 아버지가 안갯속으로 사라질 것 같아 억지로 다릿심 주어 따랐다.

점심때부터 몰려온 안개는 지리산을 포위해 좀처럼 물러갈 줄 몰랐고 산을 올라가면 갈수록 짙은 안개가 더욱 압박해왔다. 여기가 어딘지 앞으로 얼마를 더 가야 하는지 알 수 없었다. 이제 돌아갈 수도 없고 딱 돌아버릴 지경인데 산길은 점점 가팔랐다.

앞서가는 아버지도 억지로 걷는 것 같았다. 집 생각이 간절했다. 왜 이런 고생을 사서 하나. 왕짜증이 절로 나왔고 입에서는 시, 씨. 소리가 마구 튀어나왔다. 정말 지긋지긋하게 걷고 또 걸었다.

초등학교 6학년 때, 여름방학을 마치고 각자 방학 동안 여행한 곳을 발표하는 시간이었다. 우리 반 시민이는 자기 아버지랑 지리산 등산을 갔다 왔다고 산마루에서 찍은 사진들을 보여주며 발표했다. 등산을 좋아하는 담임선생님은 지리산을 수없이 갔다 왔다며 입에 침을 튀기며 열변을 토했다. 천왕봉에서 시작되는 파노라마를 얘기할 때는 꼭 다큐멘터리 영화를 보는 듯했고, 특히 아침 일출을 표현할 때는 눈에 잡히는 듯 가슴이 뭉클했다. 어릴 때 높은 산에 올라가 호연지기를 얻으면 용감한 사람이 된다고 한번 가볼 것을 선생님은 적극 권했다. 부연설명으로 한국전쟁 때 지리산 빨치산의 생존에 대하여 직접 체험이라도 한 듯, 상세하게 아주 재미있게 얘기해주었는데 나는 정말 관심 있게 들었다.

나는 빨치산이 경찰과 싸우며 총을 쏘고 사람들을 죽였다지만 좋은 사람인지 나쁜 사람인지는 생각하고 싶지 않았다. 다만 빨치산 이야기를 듣고 낯설지 않은 상상들이 몸속 깊은 곳에서부터 구역 구역 밀려 나오는 것은 어쩔 수 없었다. 아버지에게 들은 베트남 전쟁의 베트콩을 연상시켰고, 빨치산이란 막연한 흔적을 보고 싶었기 때문이었다.

내가 친구가 없어 혼자 심심해하면 아버지는 할아버지에게 들었다는 베트남 전쟁 얘기를 자주 해주었다. 그럼 나는 총싸움을 하자고 아버지를 졸랐다. 나는 항상 베트콩이었고 아버지는 맹호부대였다. 이유는 할아버지의 젊은 시절 사진 중에서 계급장 없는 군복을 입고 기관총을 든 모습은 멋있었고 용감해 보였기 때문이다. 태어나서 한 번도 할아버지를 본 적은 없지만 나의 우상이었고, 날 놀리는 아이들을 혼내 주고 아버지와는 전혀 다를 것 같았기 때문이었다.

나는 크면서 지리산 빨치산이 되어 이 골짜기 저 산을 뛰어다니는 상상을 즐겼다. 얼굴도 모르는 빨치산에게 밥 주고 옷을 주는 꿈을 꾸기도 했고 때로는 할아버지를 따라 베트남 정글을 누비는 공상으로 시간을 보내기도 했다. 할아버지는 정글 속에서 못 하는 것이 없었다. 람보보다 용감했고 람보와 싸우면 늘 이겼다. 그런 상상 속의 할아버지 모습은 나의 즐거움이었다. 그러다 한 번도 가보지 않은 지리산 지도를 펴놓고 천왕봉이며 칠선계곡 세석평전 백소령 피아골 노고단 하며 크고 작은 산마루들과 계곡의 이름을 구구단 외우듯이 소리 내어 달달 외웠다. 그럼 아버지는 언제 꼭 한번 지리산을 같이 가자고 약속은 했지만 번번이 그 약속은 지켜지지 않았다.

내 머리가 점점 커지고 아버지를 미워하자 외톨이가 된 아버지는 등산에 취미를 붙였고 시간만 나면 근교 산을 혼자 찾았다. 그런데 올 추석엔 연휴 동안 지리산을 가자고 했다. 호기심 반 아버지 권유 반에 따라나섰던 것이다.

난생처음 해보는 등산이 이렇게 힘들 줄 꿈에도 상상 못 했다. 졸라게 힘들 정도가 아니라 죽을 맛이다. 지도를 보고 구구단 외우듯이 달달 외운 지명들을 머릿속에 나열해 보았지만 산길을 가는 데는 아무 도움도 안될 뿐만 아니라, 심심하면 방구석에 앉아 뛰어다니고 날아다닌 상상 속의 지리산은 나를 더욱 힘들게 만들었다. 그냥 집에 누워 과자나 먹으며 프로 야구나 볼 걸 아이 씨, 하고 몇 번이나 후회를 했고 시간이 지나자 생각할수록 너무나 억울했다. 롯데가 이겼는지 졌는지, 이대호가 홈런을 몇 개나 쳤는지, 가르시아는 오늘도 삼진을 당하고 방망이를 부러트렸는지? 그게 궁금하고 집에 누워 텔레비전을 본다는 게 얼마나 편안한 일인지 억울해 죽을 것만 같았다. 앞선 아버지도 힘든 모양이었다. 조금 전까지 힘내, 철수야…… 힘내자 하더니 이제는 그저 헉헉 숨넘어가는 소리만 토할 뿐 말이 없었다. 나는 신경질적으로 말했다.

"아이 씨, 힘들어 죽겠어. 목도 마르고 쉬었다 가. 아 아빠."

"그 래, 쉬 었 다 가 자."

아버지도 곧 숨이 넘어 갈듯 말했고 계속 숨을 헉헉 토해내며 배낭을 내려 물통을 열어 주었다. 물통은 아까보다는 영 가벼웠고 목이 타던 나는 단숨에 물을 다 마셔버렸다. 아버지는 빈 물통을 흔들어보고는 마른침을 삼키며 혀를 내밀어 물방울을 받았지만 물은 한두 방울 나오다 말았다. 아버지는 물 대신 담배를 물고 힘껏 빨아 당겼고 목젖을 태우듯 연기를 토해냈다.

평소에는 잘 참던 아버지도 명절이 되면 힘들어했다. 연휴 내 갈 곳이 없어 베트남에 종일 전화를 하는 게 아버지의 유일한 낙이었다. 아버지가 베트남 산업연수생으로 한국 땅에 머문 지도 어언 19년이 넘었다. 아버지는 19년 전 불법체류자 신세로 한국 여자를 만나 날 낳았고 엄마는 내가 유치원 다니기 시작할 무렵 집을 나가버렸다. 매사에 소심한 아버지의 한국 생활은 고행의 나날이었고, 한국 국적을 취득한 지금도 어깨 한 번 펴고 사는 것을 나는 본 적이 없었다. 내가 몇 번이나 할아버지와 가족들이 있는 베트남으로 돌아가 살자고 해도 아버지는 갈 수 없다고 했다. 돈을 좀 모아서 베트남으로 가야 하는데 순진하고 약지 못한 아버지는 몇 번 사기를 당해 빚을 많이 졌다. 그 빚을 갚기 전에는 베트남으로 돌아갈 수도 없을 뿐만 아니라 나 때문에 어떻든지 한국 땅에 뿌리를 내리고 싶어 했다.

쪼그리고 앉아 담배를 빨아대는 아버지의 모습은 초라하기 짝이 없었다. 까만 얼굴은 더욱 꺼멓고 광대뼈가 많이 나왔다. 큰 눈은 쑥 덜어가 며칠을 굶은 사람 같고, 검은 뿔테 안경에 물방울까지 맺혀 더욱 추레하게 느껴졌다. 유난히 긴 목은 가늘어 작은 머리를 지탱하기도 힘겨워 보였고, 거우 160을 넘긴 작은 체구에 쪼그리고 앉아 담배를 피우는 모습은 늙은 원숭이와 흡사했다.

내가 어릴 때, 이 세상에서 가장 좋아하는 사람은 아버지뿐이었다. 아버지는 만물박사였고 못하는 게 없었다. 아버지는 집에서 항상 하얀 조리 모자를 쓰고 먹을 것을 만들어 주었다. 내가 잘 먹는 김치를 맛있게 담았고 된장찌개, 빈대떡, 우거짓국을 잘 끓였다. 나는 어린 나이에도 다른 친구들이 좋아하는 햄버거나, 프라이드치킨을 좋아하지 않았고 가장 한국적인 음식을 잘 먹었다. 아버지는 내게 젖을 떼고부터 김치며 된장만 먹였다고 했다. 내가 아빠 왜 얼굴이 까매? 하면 대답은 늘 응, 아빠가 우리 철수만 할 때 김치 된장을 안 먹어서, 라고 대답했다. 김치나 된장을 안 먹으면 아버지 모양 얼굴이 까매지는 줄 알았다. 어린 나이에 친구들보다 얼굴이 까맣다는 것을 창피하게 여겨 김치와 된장을 잘 먹었다. 난 속으로 왜 아빠 어릴 때 김치 된장을 안 먹어 얼굴이 까매졌을까? 하고 안쓰러워하기도 했다. 초등학교에 가면서부터 내 생각은 달라지기 시작했다. 학교에서 친구들과 똑같은 밥과 반찬을 먹는데도 내 얼굴은 까맸고 친구들은 하얗다. 아무리 봐도 내 얼굴이 친구들이랑 뭔가 달라 보였다. 아버지도 마찬

가지였다. 잠자는 아버지 얼굴을 아무리 들여다봐도 약간 검다는 것 말고도 달랐다. 거울 앞에 서서 내 얼굴을 뚫어지게 봐도 약간 검다는 것 이외도 분명 달라 보였다. 영희와 시민이의 얼굴이 다른 것과는 달랐다. 집에 돌아와 아빠, 친구들이 베트남 애라고 놀려 하면 아버지는 그때부터 참아라 철수야라는 말로 날 달랬다. 나는 친구들이 어떻게 알았을까? 아버지가 베트남 사람이라는 걸. 그게 궁금했다. 아빠 누가 아빠 베트남 사람이란 것을 알아? 하고 물었더니 아버지는 응, 시민이네가 알걸 하고 대답했다. 나는 옆집 시민이네가 멀리멀리 이사 갔으면 했다. 아니 시민이네가 모두 죽었으면 했다. 그러나 시민이네는 이사를 가지 않았고 죽지도 않았다. 혹시 시민이가 다른 아이들에게 우리 아버지가 베트남 사람이라고 고자질하면 어쩌지 하고 밤새도록 걱정하기도 했다. 그래서 나는 시민이 말을 잘 들었다. 시민이에게 과자도 자주 사 주었다. 그러나 시민이가 고자질하지 않아도 사람들은 아버지나 날 보면 단번에 알았다. 아버지와 내 얼굴에 나만 안 보이는 글이 쓰여 있나, 생각하고 하루에도 몇 번씩 세수를 하기도 했다. 베트남 사람인 아버지가 왜 한국에 살까? 베트남은 어디에 있는 나라일까, 등으로 매우 혼란스러웠다. 초등학교 육학년이 되어서 아이들의 놀림은 늘어만 갔다. 참고 크면 나중에 우리나라 사람이 될 줄 알았다. 나는 태극기 그리기를 좋아했고 학교에서 애국가를 부르면 내 목소리가 제일 컸다. 아침마다 옥상에 올라가 애국가를 큰 소리로 불렀다. 앞집 할머니가 시끄럽다고 야단을 치면 큰 물통 속에 머리를 박고 4절까지 다 불렀으나 나는 대한 사람이 아닌 다문화 사람이 되어있었다.

잠시 쉬었더니 추웠다. 손으로 팔을 비비고 몸을 한 번 떨고는 추워요 빨리 가요, 하며 일어섰다. 아버지도 담뱃불을 얼른 끄고 배낭을 메고 일어났다.

몇 발을 옮기자 길가 시커먼 나무들 키가 아주 작아지더니 풀 한 포기 없는 공터가 나왔다. 안개는 더욱 심해 한발 앞선 아버지의 모습이 뿌옇게 형체만 보일 뿐이었다. 심지어 발밑 땅도 보이지 않고 마치 구름 속에 들어와 있는 것만 같았다. 시간상으로 아마도 삼도봉 갈림길이란 느낌이 들지만 주위에 보이는 것이 없어 위치와 방향을 어림할 수가 없었다. 지도에서 본 기억으론 삼도봉에서 뱀사골 산장은 1킬로도 안 되는 지적의 거리였으나 도저히 감을 잡을 수가 없었다. 아버지와 나는 장님 모양 양팔을 벌리고 더듬더듬 한참 이정표를 찾아보지만 결코 보이지 않았다. 이정표가 있다고 했는데, 라고 서로 중얼거릴 뿐이었다.

삼도봉이란 확신은 없었으나 어림짐작했다. 아버지는 안개 속을 더듬거리다 겨우 공터 가장자리 나뭇가지에 매달려 바람에 흔들리는 빨간 헝겊쪼가리 하나를 발견했다. 희미하게 백두대간 종주란 글이 쓰여 있는 아주 오래된 헝겊쪼가리였다. 뿌연 안개

속에서 바람에 흔들리는 빨간 헝겊쪼가리는 등대 같았다. 이, 이쪽이다. 이쪽으로 가자. 아버지는 떨리는 목소리로 자신 없게 말했다. 길은 좁은 내리막길이었다. 양손으로 나뭇가지를 잡고 조심조심 내려가 보지만 만만치 않았다. 내려가는 길은 쉬운 줄 알았는데 다리 근육이 뭉쳐 힘을 줄 수 없었고 안개비에 젖은 바위는 미끄러워 게걸음으로 디뎠다. 내가 자꾸 처지기 시작하자 아버지는 내 배낭을 받아 앞뒤로 배낭을 두 개 메고 앞서 내려갔다. 공터에서 한 이삼십 분은 내려온 것 같았으나 길이 아니라는 느낌이 자꾸 들고 무성한 나뭇잎에 가려 길이 보이지 않을 때가 더 많았다.

잠시 후, 바람이 심하게 불기 시작하면서 안개는 거짓말같이 순식간에 걷히고 마치 감았던 눈을 떠는 듯했다. 아직 물러가지 못한 안개들은 무리를 지어 산허리를 돌아다니는데, 그 모습이 파도를 타는 검은 고래 등 같았고 어떤 곳은 굴뚝에서 피어오르는 희뿌연 연기 같기도 했다. 이제 이슬비가 오기 시작하더니 춥고 배도 고팠다. 내려가기도 하고 올라가기도 하며 방향 감각도 없이 같은 곳을 빙빙 돈다는 느낌도 들었다. 그저 도깨비에게 홀려 산속을 헤매고 있다는 느낌이 들기도 했다. 시간이 지나자 안개는 완전히 걷혔으나 시야는 나무에 가려 방향을 잡을 수가 없었다. 바람은 심하게 불고 빗방울이 점점 굵어졌다. 무성한 나뭇잎에 맺힌 빗물을 건드리면 모두 떨어져 속옷까지 젖어 축축해졌다. 분명 길이 아닌 것 같다는 느낌이 들었을 때 더 이상 길은 없었고 앞은 절벽이었다. 수십 미터나 되는 낭떠러지였다. 마치 영화에서 본 쥐라기 공원 같았다. 비바람이 심하게 얼굴을 때리자 눈앞이 캄캄했다.

앞서가던 아버지는 그 자리에 주저앉고 말았다. 나는 순간 어머니 얼굴이 떠올랐다. 너그 아버지 하는 짓이 다 그렇지. 바보, 등신, 머저리. 늘 어머니가 아버지를 빈정대는 소리였다. 나는 정말 산길도 못 찾는 무능한 아버지란 생각이 들었다. 왜 길도 모르는 지리산을 오자고 했을까. 무척 원망스러웠다. 시민이는 자기 아버지와 초등학교 6학년 때 쉽게 갔다 온 지리산인데, 왜 아버지는 길을 못 찾아 날 고생시키는지? 선생님은 수없이 지리산을 갔다 와도 길을 잃었다는 말을 한 적이 없었는데, 빨치산들은 길도 없는 산을 뛰어다녔다는데……?

아버지는 핸드폰을 몇 번이나 열어보았지만 '서비스 불가 지역'이란 자막만 떴다. 왔던 길을 다시 올라가기는 정말 싫었지만 오들오들 떨면서 할 수 없이 아버지를 따랐다. 잡목을 헤치고 산을 기다시피 올랐다. 걸음은 느렸고 손과 얼굴은 나뭇가지에 긁혀 엉망이 되었다. 이제 내려왔던 길도 잃어버린 것 같았다. 비는 계속 내리고 사방이 어두워지기 시작하자 덜컹 겁이 났다. 앞에서 배낭을 두 개 메고 잡목 사이로 길을 만들어 가던 아버지가 갑자기 주저앉아 머리를 땅에 박고 숨을 헐떡거리는 것이 아닌

가. 나는 쓰러진 아버지를 일으킬 생각도 않고 물끄러미 바라보았다. 순간 내 머릿속에는 심심하면 공상하던 장면들이 영화처럼 상영되었다. 아버지는 토벌대가 쏜 총알에 마지막 숨을 헐떡이며 다시는 일어설 수 없는 빨치산이 되어있었고, 맹호부대에 쫓겨 도망가는 베트콩이 되기도 했다. 순간 할아버지였다면 람보보다 용감하게 싸우고 도망쳤을 것이란 상상이 아버지를 더욱 지겹게 만드는 것 같았다.

내 이름은 김철수다. 18년 전 내가 태어나자 아버지는 동네 철학관에서 돈 2만 원을 주고 가장 한국적인 이름을 지었다고 했다. 그런데 초등학교에 입학하자 아이들은 날 김철수가 아닌 다문화라고 불렀고, 어떤 아이는 날 베트콩이라 부르기도 했다. 아이들이 놀리는 베트콩은 내가 생각하는 것과는 완전히 달랐다.

6학년 때 우리 반 반장 동국이 새끼가 국어책에도 안 나오는 튀기라는 단어를 찾아내 놀려 댔다. 튀기가 무슨 뜻인지 몰라 아버지에게 물었더니, 아버진 그냥 좋지 않은 말이라며 한쪽 귀로 듣고 한쪽 귀로 흘려버리라고 했다. 궁금해서 아버지가 늘 보던 국어사전을 찾아보니 튀기는 혈통이 다른 종족 사이에서 생겨난 새끼나 아이 잡종 혼혈아 잡종아, 수나귀와 암소 사이에서 난다는 짐승이라고 되어 있었다. 튀기는 암소보다도 수나귀보다도 안 좋은 것 같았다. 내가 우리나라 사람이라고 악을 쓰면 친구들은 아버지를 리콜해라 그럼 우리나라 사람이 된다 하고 놀려 됐다. 하루는 동국이 새끼가 서바이벌 게임용 총을 가지고 와 쉬는 시간에 사격 연습을 하며 친구들에게 자랑했다. 꼭 컴퓨터 게임에서 본 총 같았고 총알은 작은 고무공인데 속에 빨간 물감이 들어 있어 과녁에 맞으면 흔적이 뚜렷했다. 친구들 앞에서 람보 흉내를 낸다며 뽐내던 동국이 새끼는 나를 보자 '베트콩 튀기' 하면서 내 가슴에다 총을 쏘았다. 흰 셔츠를 입은 가슴에 벌건 피 같은 총알 자국이 선명하자 심장이 터져 피가 쏟아지는 줄 알았다. 나는 이대로 있으면 죽을 것만 같았다. 죽지 않기 위해서는 뭔가 행동을 취해야 한다는 생각은 들었지만 뭘 어떻게 해야 할지 몰랐다. 찰나에 떠오른 것은 할아버지였다. 베트남 할아버지였다면 생각하자 어디에서 힘이 났는지 총을 빼앗아 동국이 새끼 얼굴에 탕! 쏘았다. 동국이 새끼가 억하고 두 손으로 얼굴을 가리며 주저앉았다. 한 발을 쏘고 나니 속이 시원했다. 동국이 새끼가 주저앉는 모습을 보니 눈에 보이는 것이 없었고 여러 발을 동국이 새끼의 얼굴에 마구 탕 탕 쏘았다. 기분이 날아갈 것 같았다. 탕 탕 탕! 연발로 마구 갈겼다.

어둠 속을 헤매어 큰 바위 옆에 비 피할 곳을 겨우 찾았으나, 비를 피한다기보다 그저 한쪽 바람을 피할 수 있는 장소였다. 날이 저물자 바람이 더욱 심하게 불고 지리산은 몹시 추웠다. 바람에 나뭇가지가 흔들리면서 산짐승이 우는 것 같은 소리를 냈고 무서워 고개를 돌릴 수도 없었다.

이제 비는 조금씩 잦아들었다. 아버지는 어둠 속에서 땔나무들을 주워왔지만 비에 젖은 나무에 불 피우기는 불가능해 보였다. 아버지는 끈질기게 나뭇가지에 불을 피웠지만 연기만 날 뿐 불은 결코 붙지 않았다. 아버지가 불 피우기를 계속하는 동안 나는 벌벌 떨며 생라면을 먹기만 할 뿐 아무 일도 할 수 없었다. 목이 말라서 손에 묻은 물방울을 혀로 핥았다. 아버지는 어둠 속에서 큰 바위에 흐르는 빗물을 나뭇잎으로 받았다. 똑똑 떨어지는 물방울이었다. 아주 오랜 시간 끝에 겨우 라면 한 개를 끓일 수 있는 물을 모았다. 아버지와 나는 코펠 뚜껑의 온기에 두 손을 올리고 말이 없었다. 라면을 먹어 허기는 좀 가시는 것 같았으나 등과 손발이 시리고 온몸이 우들우들 떨렸다. 손을 계속 비볐지만 뼛속까지 한기가 파고들었고 온몸이 쑤시고 아파왔다. 아랫니와 윗니가 자동으로 부딪히면서 옴 몸이 덜덜덜 떨렸다. 그저 어, 어, 하고 소리를 내며 바람에 떨리는 나뭇잎 떨듯 와들와들 떨기만 했다.

서서히 손과 발에 감각이 사라져 가고 있었다. 몸을 비비다 옆에 있는 아버지를 꼭 안아보지만 움츠리고 꼼짝도 하지 않는 것 같았다. 비에 젖은 아버지의 몸은 얼음장 모양 차가웠다. 바람이 심하게 불면서 비는 완전히 그치고 밤하늘은 맑게 개였다. 나는 잔뜩 움츠린 체 꼼짝도 하기가 싫었다.

잠시 후, 정신은 몽롱했고 춥다는 느낌도 아무 감각도 없었다. 나도 모르게 서서히 감각이 사라지고 있었다.

내가 동국이 새끼에게 총을 쏘는 순간 아버지 얼굴이 떠올랐다. 아, 안 돼. 참아라 철수야! 태어나서 처음 아버지 말을 거역했다. 그 결과는 너무나 상쾌했다. 한 발을 쏘니 베트남 할아버지가 응원하는 것 같았다. 참지 마라. 철수야 또 쏘아라. 또 쏘아라. 자동으로 갈겨. 베트남 할아버지의 우렁찬 목소리가 귓가에 울리는 듯했다. 기분은 쿨했고 하늘로 날아오를 것 같았다. 동국이 새끼가 죽든 살든 그것은 문제가 되지 않았다. 만약 그때 진짜 총이었다고 해도 동국이 새끼를 쏘았을 것이다. 그러나 그 기분은 그리 오래가지 못했다. 총을 쏜 대가는 비참했고 아버지는 짐승이 되었다. 동국이 새끼 아버지는 내가 보는 앞에서 주먹으로 아버지 얼굴을 마구 때렸고 아버지는 무조건 맞았다. 무릎을 꿇고 빌었다. 직업이 경찰인 동국이 새끼 아버지는 나를 소년원에 보낸다고 공갈을 치며 나중에 막가파식 살인범이 될 거라며 악담을 했고 아버지를 추방시킨다고 소리쳤다.

결국 담임선생님의 중재로 해결됐지만 단 몇 초의 통쾌함은 나와 아버지를 비참하게 만들었다. 그날 아버지는 한국 속담에 때린 놈은 오무리고 자고 맞은 놈은 발 뻗고 잔다는 말이 있다며 나를 위로했다. 나는 정규학교를 자퇴하고 대안학교 들어가서부터 이젠 안 참기로 작정을 했다. 그래, 참지 말자. 참는다는 것은 힘들고 괴로운 일이다. 참지 말고 싸우자. 그러나 나는 친구들보다 키도 작고 힘도 없어 싸움은 반 남자아이들 중에서는 꼴찌일 것 같았다. 한 번도 친구들과 싸워 본 적이 없는데 자동으로 꼴찌가 되어 있었고 모두 다 그렇게 생각했다. 심지어 여자아이들을 다 합쳐도 꼴찌일 것 같았다. 우리 반 여자아이들은 덩치가 크고 힘이 세 보였다. 그러니 싸움을 하면 때리기보다 주로 맞는 편이었다. 싸움을 먼저 걸어도 나중에 보면 더 맞은 것 같았다. 먼저 시비를 걸어 맞고 나면 속이 시원했다. 남을 때렸을 때보다 맞을 때가 더 좋았고 동국이 새끼를 총으로 쏘았을 때만큼 통쾌하고 상쾌하고 유쾌했다. 맞고 나면 아버지가 불려가지 않아서 좋았고 두 다리를 죽 뻗고 골아떨어졌다. 아무리 아파도 울지 않았다. 그러나 언젠가부터 이 세상 모두가 미워지기 시작했다. 먼저 아버지가 미웠고 학교 친구들도 미웠다. 행복해 보이는 놈들은 모두 미웠다. 총이 있으면 모두 쏘고 싶었다. 좋은 차를 보면 총을 쏘아 구멍을 내고 싶었다. 예쁜 강아지를 보면 때려 주고 싶었다. 심지어 더운 날 그늘에 앉아 쉬는 동네 할아버지 할머니들도 미웠다. 그늘을 만들어 주는 나무도 미웠고 톱으로 싹둑 잘라버리고 싶었다. 뙤약볕 아래서 한동안 두 주먹을 불끈 쥐고 나무를 노려봤다. 아버지 얼굴이 떠올랐다.

나는 고등학생이 되고 키도 아버지보다 크면서 남에게 맞는 것도, 남을 미워하는 것도 유쾌하지도 상쾌하지도 통쾌하지도 않았다. 세상 모두가 싫었다. 사람들이 모두 미웠다. 아버지는 생각만 해도 지긋지긋했다. 그저 혼자만의 시간이 좋았다. 방구석에 앉아 공상으로 시간을 죽이며 기관총 들고 베트남 할아버지를 따라다니기도 했고 빨치산이 되기도 하면서…….

　"철수야 일어나 움직여. 잠들면 죽어. 철수야."
　추위에 떨다 막 잠이 들려고 할 때 누가 날 깨웠지만 눈도 꼼짝하기가 싫었다. 이젠 춥다는 느낌도 없고 정신은 몽롱했다.
　"철수야, 철수야 눈 떠. 빨리. 철수야 자면 안 돼. 일어나. 눈 떠 어서. 철수야."
　비몽사몽 간에 정신은 차릴 수가 없었다. 나를 부르며 깨우는 소리가 환청같이 귓가에 맴돌기도 했고 천지를 진동하여 메아리같이 들리기도 했다. 눈을 감았는지 떴는지는 알 수 없었지만 너무나 선명히 얼굴들이 보였다. 엄마 얼굴도 보였고, 반 친구들, 내가 좋아하는 영희 얼굴도 자꾸 보였다. 동국이 얼굴도 보였고, 앞집 할머니 얼굴도 보였다. 이상했다. 누가 나를 꼭 끌어안는 것 같았고 매우 귀찮았다. 만사가 다 귀찮고 싫었다. 누가 내 얼굴을 잡고 내 뺨을 몇 차례 때리는 것 같았지만 아프다는 감각이 둔했다. 그저 내 볼을 만진다는 느낌뿐이었다. 가만히 눈을 뜨니 어둠 속에 아버지 얼굴이 어슴푸레했고 얼굴이 일그러져 보이기도 하다가 괴물같이 보이기도 했다. 아버지는 혼자서 발악을 하고 있는 것 같았다.

천지가 화려하게 붉은색으로 보이다가 온몸에 힘이 빠지고 포근한 솜이불 위에 쓰러지는 것 같았다. 분명 무슨 큰일이 난 것 같은데 그저 정신은 몽롱했고 기분은 좋고 꿈을 꾸는 것 같기도 했다. 아버지 얼굴이 서서히 사라져 버렸다.

누가 마구 내 몸을 주무르고 있는 것 같아 어렴풋이 정신을 차렸다. 어떤 사람이 팔 얼굴 가슴 여기저기를 숨을 헉헉대며 마구 주무르고 있었다. 그 사람은 마치 숨이 끊어진 사람을 살리려는 응급실 의사와 같았다. 이제 서서히 몸이 뜨뜻해지면서 아주 기분이 좋아졌다. 그 사람은 헉헉거리며 뭐라고 중얼거리는 것 같았지만 무슨 말을 하는지는 도저히 알아들을 수가 없었다.

꿈인지 생시인지 알 수는 없었지만 눈을 뜨니 앞에 있는 사람이 뚜렷이 보였다. 그 사람은 낡은 군복을 입고 있는데 노인 같았다. 전혀 낯설다는 느낌이 들지 않았고 사진 속에서 본 베트남 할아버지와 무척 닮았다는 생각이 들었다. 눈에는 광채가 나고 아주 용맹해 보였다. 노인은 이제 숨을 몰아쉬며 아주 당당한 자세로 내 앞에 섰다. 나는 비틀거리면서 군복 입은 노인 앞에 앉았다. 군복 입은 노인은 한 손을 허리에 올린 채 한 손은 주먹을 쥐고 웅변하듯이 말을 했지만 내 귀에는 하나도 들리지 않았다. 그 저, 살아야 돼 하는 소리만 귓가에 맴돌았다. 그런데 그 목소리는 어디서 많이 듣던 목소리였다.

"살아야 돼."

그 목소리는 밤하늘에 쩌렁쩌렁 울렸고 천지가 단번에 잠에서 깨어날 것 같았다. 어둠 속 노인의 몸에서 김이 무럭무럭 났다.

내가 자리에서 일어나자 노인은 아주 만족한 눈빛으로 내 어깨를 힘껏 안아 주었다. 노인의 몸은 아주 따뜻했다. 처음 보는 사람은 분명 아니었다. 군복 입은 노인이 물 한 컵을 내밀었다. 난 갈증을 느끼고 단번에 받아 마시니 정신이 번쩍 들었다. 군복 입은 노인의 얼굴에 아버지 얼굴이 겹쳤다.

"아, 아부지!"

하고 부르며 찰나에 정신을 차렸다. 꿈이었다.

날 안고 있는 아버지의 몸에서는 김이 무럭무럭 나고 있었고 손에는 작은 물 컵이 들려 있었다. 아버지는 마치 42.195킬로미 터를 달려온 사람처럼 기진맥진하여 마지막 숨을 토해내고 있는 것 같았다.

시간이 얼마나 흘렀는지는 알 수 없었고 그저 풀벌레들의 울음소리가 천지를 진동했다. 성에 낀 안경을 닦듯 눈까풀을 깜짝거려 맑은 밤하늘을 보았다. 무척 아름다웠고 달빛에 눈이 시렸다. 검푸른 밤하늘에 붓으로 금을 그리듯 산마루는 흐르고 별들은 촘촘히 박혀 손을 뻗으면 하나를 딸 수 있을 것 같았다. 끝없이 휘몰아친 마루금 위로 줄지어 흘러가는 것이 구름인지 산인지 달인지 참 시원하기도 했다.

하늘은 점차 우윳빛으로 물들어 산마루 나무 풀 이끼 흙 바위들이 하나둘 자리를 잡자 새소리가 점점 요란해졌다. 거의 죽다 살아난 날 중심으로 하나하나 어제와 똑같이 원래 자리로 돌아왔다. 모두들 밤새 아무 일도 없었다는 듯…….

아버지는 밤새 큰 바위를 타고 방울방울 받은 물을 내밀었다. 난 정신없이 반을 단숨에 마셨다. 연이어 숨을 가다듬고 남은 물 반을 또 마셨다. 아버지는 한 모금도 안 되는 물을 물통에 채우고 배낭을 앞뒤로 두 개를 메고 일어섰다. 그리고 다 죽어가는 목소리로 말했다.

"가자."

"……"

다시 간다는 말에 나도 모르게 눈물이 나왔다.

"철수야, 어서 가야지."

"어디로? 길도 모르면서…….”

쪼그리고 앉은 채 눈물을 흘리면서 아버지를 흘겨보며 쏘았다. 아버지는 한동안 아무 말을 안 하다가 고개를 돌리며 말했다.

"어서 가…….”

하고는 몸을 돌려 혼자 걷기 시작했다. 나는 소매로 눈물을 닦고 눈을 깜박거려 아버지의 뒷모습을 흘겨보았다. 아버지의 뒷모습에 꿈에 본 군복 입은 노인과 겹쳤고 나는 최면에 걸린 사람 모양 벌떡 일어나 소리쳤다.

"내 배낭 줘. 씨이 씨.”

아버지가 메고 있던 내 배낭을 확 낚아챘다. 아버지의 검은 뿔테 안경 속 큰 눈에서는 눈물이 주르륵 흘러나오고 있었다.

나는 연신, 씨 씨이 씨. 울며 앞장서 걸었다. 방향도 없이 무작정 잡목을 헤치고 걸어나갔다. 밤새 마른 바지가 아침 이슬에 젖어 다시 축축해졌고 어제의 악몽이 되살아나는 듯했지만 나는 이를 악물고 죽기 살기로 걸었다.

이제 날이 완전히 밝았으나 보이는 건 역시 숲과 잡목뿐이었다. 한동안 나무 사이로 잡목을 잡고 헤엄치듯 올랐다. 파란 하늘이 크게 보이자 잡목은 없어지고 키 큰 억새풀들이 군락을 이루고 있었다. 앞서가던 아버지가 갑자기 소리쳤다.

"길이다, 길. 철수야.”

나는 귀와 눈이 번쩍했다. 빠른 걸음으로 아버지에게 다가가 보았다. 아주 희미한 좁은 길이었고 분명 사람이 다닌 길 같았다. 사람이 지나간 흔적이었고 누군가도 이 길로 간 것이 틀림없다는 생각이 들었다. 능선만 올라서면 길이 있을 것 같았다. 분명 방향이라도 찾을 수 있을 것 같다는 희망이 파도처럼 밀려왔고 절로 걸음이 빨라졌다. 아버지는 나보다 더 기뻐했고 두 눈에는 자신감이 가득 차 있는 것 같았다.

사방이 확 트인 완만한 능선길을 따라 걷자 아침 공기가 박하사탕같이 시원해 가슴과 코가 탁 트이고 마치 걸음이 거저 걸어지는 것 같았다. 꼭 가을 소풍 가는 기분이 들었다. 잠시 후 산마루에 올라서는 순간 아버지와 나는 신대륙을 발견한 양 입을 다물 줄 몰랐다.

분명 천지창조의 순간이었다. 태초에 세상이 이러했을까? 겹겹이 둘러싸인 산들은 온 세상 산들을 다 모아놓은 듯했다. 산들은 나이가 다 다른지 키를 맞추지 못하고 들쑥날쑥 끝없이 펼쳐진 그 모습이 더더욱 장관이었다. 동쪽 새파란 하늘을 열고 붉은 해가 불끈 솟아오르고 있었다.

아, 선생님에게 말로만 들은 삼대가 덕을 쌓아야 볼 수 있다는 지리산 일출. 햇살은 정통으로 날아와 단번에 나의 심장에 꽂히듯 날카로웠다. 나도 모르게 입에서 소리가 나왔다.

"와, 천왕봉."

지도로 상상만 하던 천왕봉을 찾자 구구단처럼 외우던 산마루들 이름이 입에서 줄줄, 제석, 연하, 삼신, 촛대, 영신, 칠선, 덕평,

토끼, 삼도, 반야, 노고단, 만복대, 고리봉하고 나왔다.

"아, 지리산⋯⋯!"

아버지와 나는 입을 벌리고 그 자리에 서서 한동안 아무 말이 없었다. 눈앞에 펼쳐진 대자연의 파노라마에 정신을 잃었다. 하지만 이렇게 마음이 편안할 수 없었다. 지옥 같은 어제의 일들은 새빨간 거짓말 같고 아무 생각도 걱정도 없어지는 것 같았다. 아버지는 꼼짝 않고 깊은 사색에 든 듯했고 그 모습은 어제와는 전혀 달라 보였다. 아버지의 옆모습에 어젯밤 꿈에서 본 노인의 모습이 겹쳤다. 어디선가 환청처럼 어젯밤 노인의 목소리가 귓가에 다시 메아리치는 듯했다.

산마루를 타고 멀리서 바람이 불어왔다. 나는 두 팔을 벌리고 한껏 바람을 받았다. 한동안 말이 없던 아버지가 입을 열었다.

"철수야, 거참 신기하지. 오늘 아침 떠오르는 태양과 거대한 지리산을 보고 씻은 듯 어제의 악몽들이 사라지니 말이야. 만약 어젯밤 죽음의 문턱에서 우리가 용기가 아닌 포기를 했다면⋯⋯."

"아부지가 절 살렸잖아요."

아버지와 나는 꼼짝을 않고 지리산 마루금을 주시했다.

"⋯⋯ 아부지니까. 이제 아부지 미워하지 마라."

"⋯⋯!"

나는 눈도 깜짝하지 않고 지리산 마루금을 주시했다. 넓디넓은 파란 하늘, 겹겹이 둘러싸인 산들은 저마다 눈에 보이지 않는 작은 알갱이들을 마구마구 쏟아 내는 것 같았다. 작은 알갱이들은 바람을 타고 나의 몸 구석구석을 파고드는 듯했다. 시간이 지나자 내 몸이 공중부양이라도 하듯 붕 떠는 기분이었다. 자꾸 내 몸과 마음이 깃털처럼 가벼워져 날아갈 것 같았다. 나는 어린아이 모양 두 팔을 벌려 날갯짓을 해보았다. 그리고 엉뚱한 상상을 하기 시작했다. 단번에 산 아랫마을까지 날아갈 수 있다면…….

실지렁이 같은 산길은 끊어졌다 이어지길 반복했고 중천에 뜬 햇살은 숨이 막힐 정도로 무더웠다. 지리산 밤과 낮의 온도는 극과 극이었다. 한동안 묵묵히 숲을 헤치고 길을 만들어 나가던 아버지가 총에 맞은 사람처럼 갑자기 쓰러졌다.

"어, 욱."

아버지는 쓰러져 발목을 잡고 엄청난 고통을 호소했다. 지친 아버지가 미끄러지면서 발목을 삔 것 같았다. 나는 황급히 아버지 발목을 잡고 주물렀지만 아버지는 참을 수 없는 고통을 호소했고 발목이 부어오르기 시작했다. 아버지는 혼자서 일어서지도 못했다. 순간 나는 어젯밤의 악몽이 되살아났다. 만약 아버지가 움직일 수 없다면…… 나는 상상도 할 수 없는 상황에 단호히 고개를 저었다.

잠시 후 숨을 돌린 아버지는 식은땀을 닦으며 겨우 말했다.

"처, 철수야. 난 움직일 수도 없구나. 전화도 안 되고 큰일이다. 이 길을 따라가면 분명 사람들을 만날 수 있을 것이다. 구조요청을 해라. 너까지 여기서 시간을 보낼 수 없다."

나는 아버지를 두고 혼자 가라는 말에 겁이 덜컥 났다.

"안돼요. 아부지."

하지만 아버지는 혼자서 일어설 수도 없었다. 순간 어젯밤의 악몽과 지리산의 일출이 번갈아 뇌리를 스쳤다.

나는 어디서 힘이 났는지 원시인처럼 단번에 지팡이로 쓸 만한 나뭇가지를 바윗돌로 잘라 아버지에게 내밀었다. 그리고 아버지가 지고 온 배낭을 받아 앞뒤로 두 개를 메고 아버지를 부축해 일으켜 세웠다. 나의 단호한 행동에 아버지도 무척 놀라는 눈치였다. 아버지는 안간힘을 다해 일어섰고 발목의 통증을 참고 겨우 발을 디디기 시작했지만 걷지 못했다. 보다 못한 나는 아버지를 업어보았지만 길도 없는 산속에서 아버지를 업고 간다는 것은, 어젯밤 비에 젖은 나무에 불을 피우는 것처럼 불가능에 가까웠다.

나의 적극적인 행동에 아버지는 참을 수 없는 고통을 참으며 기다시피 날 따라고, 나는 배낭을 두 개 메고 앞에서 아버지가 걷기 쉽게 길을 만들어나갔다.

온몸에서 땀은 비 오듯 쏟아졌고 나는 무아지경에서 무작정

앞만 보고 길을 만들어갔다.

어디서 두런두런 사람소리가 났다.
"아, 아부지, 사람소리에요."
"그래, 나도 들었다."
소리 나는 쪽으로 나가자 고속도로 같은 지리산 주능선 길이
확 눈에 들어왔고 넓은 공터엔 삼도봉이란 십자가 모양의 이정
표가 떡하니 양팔을 벌리고 있는 것이 아닌가.
이정표 아래 노부부가 앉아 밀감을 먹다 말고 놀란 표정으로
아버지와 나를 쳐다보았다.

신입사원

문은 열려 있었다. 오늘따라 가볍게 열렸다. 내가 이 시간에 올 줄 알고 미리 열어놓은 것 같이 잘 열렸다. 나는 큰마음 먹고 안으로 들어선다. 마치 입사 첫날, 신입사원이 사무실 문을 열고 들어서듯이.

아파트 문이 반쯤 열리면서 안에서 밀려 나오는 기류가 온몸을 밀어내는듯하더니 압력밥솥 바람 빠지는 소린지, 지하철 소린지 알 수 없는 소리가 온몸을 마구 흔들어댔다. 순간 문손잡이를 잡고 안간힘을 다한다. 입을 악물고 심호흡을 두어 번하고는 눈을 감았다 떠본다. 단 몇 초의 강진이 사라지듯이 현기증과 이명이 꼭 거짓말처럼 사라졌다. 며칠 전부터 가끔 일어나는 현상인데 오늘은 좀 심하다. 이제야 흐릿하게 거실 가구들이 하나둘 시신경에 초점을 맞춰주었고 집엔 아무도 없었다. 텔레비전과 고물 선풍기만 발악을 하고 있었다.

나는 소파에 쓰러지듯이 앉았다. 텔레비전 홈쇼핑 가족들은 먹고 죽기로 작정을 했는지 갈비를 뜯고 또 뜯어대고 있었다. 집사람은 요즘 종일 홈쇼핑 방송을 보고 또 본다. 집사람은 보이지 않고 오늘따라 너저분한 흔적들뿐이다. 늘 집을 지키며 날 반겨주던 집사람이 없다는 현실이 불안감으로 밀려오자 갑자기 오한이 오고 소름이 쫙 돋아 오르는 듯했다. 소파에 깊숙이 몸을 묻고 담배를 물었다. 여진 같이 다시 골이 흔들리는 듯했고 압력밥솥 바람 빠지는 소리 같은 게 귓가에 스쳤다.

봄까지만 해도 구조조정 얘기는 직원들 입에서만 오르내리기 시작했으나 김 사장이 명예퇴직을 하면서부터 소문은 보다 구체적으로 진행되고 있었다. 사장 직무대행은 일본 전회장의 조카 윤 상무가 맡았고 첫 업무는 팀장들 면담으로 시작했다. 구조조정이라는 소문이 나돌았다. 팀장들은 윤 상무와 면담을 하고 나오면 그 내용에 대하여 나름대로 머리를 굴리며 분석하느라 혈안이 되어 있었고, 8명의 팀장들 중 제일 나이가 많은 나를 마지막으로 불렀다.

윤 상무는 전임 김 사장에게 인계받았다는 내가 기안한 호텔 경영 활성화 방안 〈시니어 회원 모집〉에 관한 내용으로 말문을

열었다. 나는 기회다! 싶어 미리 준비해간 기안서 카피 본을 펴
들고 약간 흥분하여 설명했다. 상무님, 우리 호텔의 위치적 문제
점을 정면으로 돌파해야 한다고 생각합니다. 아시다시피 경쟁 3
사는 모두 백사장을 끼고 있어 지역 고객이나 FIT 고객 점유율이
높습니다. 우리는 여행사를 통한 단체 고객이나 수도권 및 지방
고객 점유율이 높지 않습니까. 그럼 우리의 목표는 지방 고객입
니다. 무엇보다 해운대가 지역 고객에게는 이제 리조트란 개념
보다 다운타운에 가깝지만 지방 고객에게는 리조트가 분명합니
다. 특히 60세 이상 퇴직 연령층에게 해운대는 자신들의 추억을
상기시키는 국내 최고의 휴양지임이 틀림없지 않습니까? 우리
의 해수 온천과 다양한 부대시설을 휴양과 기력을 회복하는 호
스피탈로 부각시켜, 언론 홍보 및 텔레마케팅을 통해 수도권 고
객 2만 명을 목표로 시니어 회원을 모집하자는 계획입니다. 나
는 숨도 안 쉬고 말을 쏟아 놓았다. 나도 알아요. 기획은 좋은
데…… 윤 상무는 말을 막았다. 얼굴을 비비며 서울 판촉에서 가
능할지…… 호텔 설립목적과도 동떨어지기도 하는 것 같고……
윤 상무는 머무적거렸다. 탐탁지 않은 눈치였다. 나는 자세를 세
우고 다가앉아 다만 국내 어느 호텔도 시도하지 않은 차별화 전
략이라 위험성도 내포하고 있는 게 사실입니다. 또 시니어 호텔
이란 이미지도 특1급 호텔로서는 부담이 안 될 수는 없습니다.
하지만 실속이 중요하지 않습니까. 상무님만 지원해주시면 저

가 총대 메겠습니다. 윤 상무는 웃기만 할 뿐 가타부타 말이 없었다. 듣거나 말거나 나는 계속했다. 윤 상무는 손가락을 만지며 이제 딴짓을 했다. 이 기안을 전임 김 사장은 찬성했지만 자신의 거처문제도 걸려있어 결정을 못 내리고 명예퇴직하고 말았다. 기안에 따르면 수도권뿐만 아니라 2차로 중국, 러시아 등 외국인을 대상으로 의료관광을 연계한다는 계획도 들어있어 구체적인 예산과 추정매출, 영업이익을 강조하며 열변을 토했다. 윤 상무는 빙그레 웃으며 나의 추진력이면 성공할 것 같다는 운을 띄운 뒤 자신의 카지노 유치에 대한 계획을 꺼냈다. 벌써 몇 번 듣는 소리다. 또한 카지노 사업은 돌아가신 창업주의 숙원 사업이라고 힘주어 강조했다. 전 직원이 다 알고 있는 내용이다. 올 초 정부는 광역자치단체에 추가로 한 곳 더 외국인 전용 카지노를 허가하겠다고 발표했다. 부산이나 서울에서는 카지노를 유치할 수만 있다면 백 번 해야 하는 사업인 것은 분명한데 당사의 힘으론 유치가 불가능하다고 난 생각하고 있었다. 왜냐하면 카지노란 정치권에서 밀어주지 않으면 안 되는 게임이 아닌가. 정말 따낼 수만 있다면 기를 쓰고 아니 돈 보따리를 싸 들고 가서라도 해야 하는 사업임이 분명하다. 외국인 전용 카지노 유치에 일찍부터 눈독을 들이고 있던 경쟁 호텔은 대그룹이고 정부로부터 음으로 양으로 많은 특혜를 받고 있는 호텔이라는 것은 알 만한 사람은 다 아는 사실 아닌가. 당사가 지금 카지노 경쟁에 뛰어들어봤자 짜고 치는 고스톱에 말려드는 것은 뻔한 일이라고 나는 생각하고 있었다. 이것이야말로 도박이라기보다 아니, 들러리 쓰는 꼴이 되고 만다고 생각했다. 그래서 전임 김 사장도 반대한 계획 아닌가. 나는 윤 상무의 카지노 유치 계획에 긍정도 부정도 아닌 답변을 하고 나왔다.

어, 이 사람 어디 갔지? 문도 잠그지 않고 편의점 갔나? 쓰레기 버리러 갔나? 갑자기 불길한 마음에 급히 고개를 빼 들고 거실 여기저기를 살폈다. 고물 선풍기는 고개를 삐딱하게 돌린 채 죽을 때까지 자신의 임무만 충실히 하겠다는 듯 혼자 덜덜덜 돌고 있고, 배 터져 죽기로 작정을 했는지 홈쇼핑 가족들은 끈질기게 갈비만 뜯고 있는 화면이 눈에 거슬렸다. 순간 신경질이나 리모컨을 확 잡았다가 집사람이 좋아하는 방송이란 생각에 가만히 눌렀다. 세상이 조용하다. 평소 집사람은 부지런해서 집 청소를 윤이 나도록 깨끗이 하는데 싱크대에는 설거지를 하지 않은 그릇들로 지저분하고 거실 바닥에는 보다만 책이며 드라이기, 신문, 각종 전단지 등이 널려 있었다. 한쪽 구석엔 얼마 전 시골 처제가 보낸 매실이 한 소쿠리 고봉으로 솟아 자리 잡고 있었다. 요즘 집사람은 시간만 나면 매실만 닦고 있다. 평소 깔끔한 성격이라 정성을 다해 매실을 닦는구나, 하고 생각했지만 오늘 매실을 보니 좀 심하다는 생각이 들었다. 이상하다? 파란 매실이 윤이

나도록 깨끗한데 왜 자꾸 닦지? 농약 때문인가? 어떤 것은 너무 닦아 뭉그러진 것도 있었다. 나는 매실을 하나 씹어본다. 시다. 얼굴을 찡그렸다.

어딜 갔지? 집안이 너무 조용하다는 불안감에 왠지 미아가 된 것만 같아 다시 몸을 움츠려 소파에 더욱 파묻었다. 정면으로 벽에 걸린 가족사진에 절로 눈이 간다. 결혼을 앞둔 큰딸, 삼수 만에 대학생이 된 예쁜 둘째 딸, 집사람, 선글라스를 걸친 날라리 같은 나, 작년 용평 스키장에서 찍은 다복한 모습이다. 두 딸은 짙은 화장을 하고 고급 고글과 화려한 스키복을 입어 마치 부잣집 딸들 같지만 집사람은 평상복 차림이다. 매일 보는 가족사진인데 오늘따라 집사람이 무척이나 초라해 보인다.

오늘은 아침부터 더운지 선풍기를 틀어놓고 멍하니 홈쇼핑 광고를 보고 있는 집사람 모습을 보고 출근했다. 올핸 유난히 더위를 타네. 요즘은 통 배웅도 안 하고. 직접 물어보지는 않았지만 집사람은 서너 달 전부터 폐경인 모양이다. 나는 매일 아침마다 똥을 누며 담배를 피워 꽁초를 휴지통에 버리기 때문에 휴지통에 버린 생리대 양을 알 수 있었다. 두 딸과 집사람이 버린 생리대가 예전에는 매일 있다시피 했었는데 서너 달 전부턴가 그 양이 삼 분의 이로 줄었다. 차마 집사람에게 물어보기도 그렇고 해서 혼자 그리 짐작하고 있을 뿐이다. 쉰이 넘은 나이라 이상할 것도 아니었으나 좋은 일도 아니고 해서 굳이 확인하고 싶지 않았다. 그래서 그런지 사진 속 집사람 얼굴이 늙어 보인다. 집사람은 요즘 자꾸 몸에 열이 나고 덥다고 한다. 아마 갱년기인지 기억력도 많이 떨어지는 것 같다. 가끔 이명이 들린다고 하고 두통도 호소한다. 쓸데없는 사소한 일에 집착을 하며 반복적으로 손빨래를 하기도 하고, 고집이 세어져 아무것도 아닌 일로 아이들과 다투기도 한다. 텔레비전을 볼 때는 항상 선풍기를 벽 쪽으로 향해 틀어 놓는데 선풍기 앞쪽보다 뒤쪽이 시원하다는 것이다. 그때마다 나는 별 대수롭지 않게 생각했지만 딸아이들이 엄마 이상하다며 실랑이를 하는 것 같았다. 매실만 해도 그렇다. 같은 매실을 한 달씩이나 닦는 것도 그렇고, 많은 설탕을 사 나르는 것도 지금 생각하니 이상하다는 생각이 자꾸 들었다.

나는 올봄부터 구조조정의 불안감에 밤잠을 못 자고 뒤척일 때가 많았다. 몇 년간 독하게 끊었던 담배를 다시 피우기 시작하자 집사람은 하늘이 무너지는 듯한 표정으로 물었다. 왜 회사에 안 좋은 일이 있어요? 두어 달 전 집사람은 115동 경리 박 팀장 아내에게 확정되지도 않은 회사 구조조정에 관한 소문을 전해 들은 모양이었다. 느닷없이 나이 많은 사람들 다 내보낸다면서요. 왜 나이 많은 사람이에요, 오래된 사람이 아니고…… 하며 무척 놀라는 눈치였다. 그럴 만도 한 것이 IMF 때도 나는 전 직장에서 명퇴를 당했기 때문이다. 난 한동안 실업자로 집사람은 파출부, 야쿠르트 배달이며 가구당 350원을 받고 도시가스 검침원으로 우리 가족은 겨우 입에 풀칠을 했으니까. 집사람은 성격이 소심해 하나를 생각하면 둘 셋으로 연결해 대하소설을 쓰는 스타일이다. 한동안 퇴근하면 내 눈치만 살피더니 큰아이 혼담이 오가자 요즘은 아예 말문을 닫은 듯하다. 큰아이는 중학교 때부터 친하게 지내던 민수와 결혼을 하겠단다. 나도 민수를 좋아한다. 민수는 중학교 때부터 우리 집에 가끔 놀러 왔고 날 따라 등산도 몇 번 같이 간 아주 넉살이 좋고 신통한 친구다. 그런데 무엇보다 걸리는 것이 민수네가 큰 병원을 하고 있고 민수도 의사란 것이다. 지금은 군의관으로 전방에 있다. 가을쯤 결혼하자는데 겉으로 좋아했지만 속으론 고민이 안 될 수 없었다. 그 소리를 들었을 때 집사람의 눈빛도 걱정 반 기쁨 반이었다. 집사람은 처제에게 전화로 민수 자랑을 늘어놓았으나 전화기를 내려놓고는 땅이 꺼지도록 한숨을 쉬었다. 민수네가 우리 집 형편을 알까……? 내일모레 민수가 휴가 오면 양가 상견례가 약속되어 있다.

지난주 오후였다. 휴대폰이 울려 발신 번호를 확인하니 노조강 위원장이었다.

팀장님 지금 급박하게 돌아가고 있습니다만 너무 걱정 마십시오. 팀장님은 꼭 저가 지켜 드리겠습니다. 그래, 말이라도 고맙네……. 아닙니다. 노조에서 이제 모두 팀장님 밀고 있습니다. 사람들이 말은 안 해도 꼭 팀장님 같은 분이 회사를 살려야 한다고 모두들 속으로 생각하고 있습니다. 고맙네, 그래도 윤 상무 생각이 중요하지, 아, 아닙니다, 오늘 아침에 윤 상무님하고 이야기 많이 했습니다. 상무님도 팀장님 인정하고 있는 눈치던데요. 상무님에게 팀장님 말씀 많이 했습니다. 상무님도 노조 무시하고 구조조정 못 합니다. 참, 아까 전화하셨던데? 아니야, 그냥 뭐……. 팀장님 지금 파트장급 팀장급 일단 모두 사직서 제출하라고 할 것 같습니다. 일단 사직서 제출하세요. 뒷일은 저가 책임지겠습니다. 저만 믿고요. 가능한 이번 결정에 불만 내포하지 마세요. 그래야 저가 팀장님 밀 수 있습니다. 아무튼 고마우이. 강 위원장만 믿네…….

그날 오전에 구체적으로 구조조정 명단이 작성되었다는 소문이 돌았다. 일단 파트장급 이상 일괄 사표를 받는다는 소문이 돌았다. 퇴직수당으로 6개월 치를 준다는 말이 있었으나 더러는 근무 연수에 따라 준다는 말도 있었다. 1년 치를 주면 자진 사표를 내겠다는 젊은 용기 있는 과장이 나는 부러웠다. 간부직원들은 모두 일손을 놓고 자판기 앞에서 담배만 죽이고 있었다.

낼모레 예비사돈 상견례다. 며칠 전부터 유명 미장원에 가자고 두 딸아이가 수없이 잔소리를 해서 일 년에 한 번 갈까 말까 하는 미장원에 갔나? 입고 갈 옷을 걱정하던데 미지네 갔나? 나는 오래간만에 싱크대에 널린 설거지를 했다. 대충 거실도 치우고 딸아이들 방에 들어가 책상 정리도 하고 바닥에 널린 머리카락도 집사람이 하던 것처럼 테이프로 하나하나 모았다. 집사람이 보면 난리 난다. 그래서 설거지며 청소를 해본 기억이 별로 없었다. 매실을 마른 휴지로 한 알 한 알 닦던 집사람 모습을 떠올리며 너무 닦아 뭉그러진 매실을 다 골라 놓고 보니 해거름이다.

어. 여자들 머리는 시간이 걸린다고 하던데 그래도 이건 좀 심한데 전화도 없이. 전화를 떠올리는 순간 가슴이 찡했다. 요즘 개나 소나 입 붙은 사람은 다 들고 다니는 핸드폰이 집사람만 없었다는 사실을 지금 깨달았으니, 집사람에게 관심이 없었다는 죄의식 때문에 땅이 꺼지도록 한숨이 절로 나왔다. 딸아이들이 쓰던 핸드폰도 몇 개 있고, 아니 적당한 것 하나 살 수도 있었는데. 혹시나 하고 두 딸아이에게 전화를 해보니 엄마하고 같이 있다는 얘기는 없고 모두 늦는다는 말뿐이다.

아까 거실 청소를 하다 본 집사람의 필체인 듯한 종이를 다시 집었다. 딸아이 결혼 비용을 대충 적은 것 같은데 계산이 모두 틀린다. 더하기와 곱하기가 전부 틀리다. 며칠 전 자꾸 구구단이 안 된다고 중얼거리던 집사람 얼굴이 떠올랐다. 내심 딸아이 결혼 문제로 스트레스를 많이 받는구나 싶었다.

나는 학창시절부터 지금까지 시간이 나면 취미로 산을 찾았다. 집사람은 등산을 싫어해 결혼한 지 30년 동안 아마 같이 등산을 간 적이 두세 번일까? 기억이 별로 없다. 그런데 두 달 전 팔공산 갓바위를 가고 싶다며 쉬는 날 시간 있으면 데리고 가 달라고 부탁한 적이 있었다. 난 건성으로 응 같이 가자, 하고는 휴일마다 산 친구들과 먼 산에 갔었다. 아마 결혼 후 처음 같이 가자 부탁을 했는데 말이야. 종교도 없는 사람이 왜 갓바위를 가자고 했지? 무슨 소원이 있나? 꼭 데리고 한 번 가야지. 꼭 정말. 주마등처럼 이것저것 미안한 일, 관심 없었던 일, 화낸 일, 무시한 일, 신혼 때 기 싸움한다고 싸운 일들이 머리를 스쳤다. 순간 현관문을 열고 해해거리며 어머, 일찍 왔네. 싱싱한 상추를 싸게 사 왔지. 많이 줘서. 마치 상추 싸게 산 게 무슨 로또라도 당첨된 듯 기뻐하며 집사람이 들어서는 상상을 해본다. 자꾸 현관문 쪽으로 눈이 간다. 왜 이렇게 집사람의 행방이 궁금하고 기다려지나? 혼자 있자니 오늘은 너무나 쓸쓸하고 외롭다. 이제 시간이 지나니 무섭다. 그래, 집사람 얼굴을 보면 제일 먼저 내일이라도 팔공산 갓바위 가자고 말해야지. 갓바위 가서 집사람 소원을 같이 빌어야지, 라고 마음먹고 밖으로 나왔다.

초복 해거름, 난 아파트 입구까지 뒷짐을 지고 허접허접 걸었다. 눈이 나쁜 나는 장바구니를 든 중년 여자를 보면 혹시 집사람인가 하고 양미간을 찌푸렸다. 걷다 보니 큰길 상가까지 나왔다. 길거리엔 푸성귀를 놓고 파는 할머니들의 모습이 정겹다. 집사람은 행상을 하는 할머니들의 자질구레한 얘기들을 아주 재미있게 들려주곤 했다. 이상할 정도로 할머니들은 비밀 얘기며 며느리, 영감 흉까지 스스럼없이 얘기하곤 했던 모양이다. 집사람은 팔다 남은 푸성귀를 싼값에 사 왔었고 간혹 할머니들의 인생 상담도 하는 것 같았다.

트럭에 수박장수가 잘 익은 수박을 팔고 있었다. 수박을 보니 시골 처가가 생각났다. 지금도 처가에서는 여름이면 수박 풍년이다. 처가는 작은 과수원을 경작했었다. 한때 정부의 권유로 농협에서 많은 돈을 융자받아 매실 농사를 많이 지었다. 무리하게 야산을 사 개간하고 온 식구들이 매실 농사에 매달렸다. 그런데 첫 수확을 해 일본으로 수출한 매실에서 다량의 농약이 검출되었던 모양이었다. 가격 폭락과 일본 수출길이 막히면서 많은 손해를 보고 장인어른은 화병으로 돌아가셨다. 그때가 집사람이 고등학교 다닐 때라고 했다. 그래서 집사람은 매실을 아주 싫어한다. 올해는 처제가 매실을 보내왔다. 하지만 처음 집사람은 매실을 쳐다보지도 않았다. 딸아이들과 내가 매실이 몸에 좋으니 담아 먹자고 수없이 노래를 불렀다. 집사람은 마지못해 매실에 관심을 보이기 시작했다. 깨끗한 매실을 한 알 한 알 휴지로 닦기 시작하더니 이젠 매일 매실만 닦고 있다.

집사람이 좋아하는 아이 몸통만 한 수박과 프라이드치킨 한 마리를 사 들고 집으로 급히 돌아왔다. 집사람이 보면 좋아하겠지. 마치 큰 칭찬 받을 일이라도 한 양 아주 의기양양하게 문을 열었다.

······ 어둡고 텅 빈 거실은 허무만 가득하고 겁이 덜컥 난다. 가슴이 뛰기 시작한다.

도대체 어딜 갔단 말인가? 이 사람이 사고가 났나? 이렇게 집을 비우는 사람이 아닌데? 순간 자꾸 불안해지고 안 좋은 쪽으로 상상이 된다. 집사람이 옆에 없다면 어떻게 살아야 하나? 그저 망망할 뿐이다. 나는 압력 밥솥을 사용할 줄 모르고 세탁기도 작동할 줄 모른다. 어떤 옷은 드라이하고, 어떤 옷은 물빨래를 해야 하는지 전혀 모른다. 요리는 겨우 라면 정도밖에 끓일 줄 모른다. 은행에 돈이 얼마 있는지 각종 공과금은 어떻게 처리해야 하는지 아는 게 하나도 없다. 자신 있는 것은 잘 조직화된 인재와 자본을 바탕으로 호텔의 마케팅 전략을 수립하고 매출을 증진하는 짓. 직원들의 서비스를 관리 감독하고 교육시키는 짓. 그 짓도 이제 헛소리에 불과하다. 그저 배낭을 메고 이 산에서 저 산으로 떠돌아온 껍데기 같은 나. 필터까지 타버린 담배꽁초에 정신을 차렸지만 집사람은 없다. 온 집 안 구석구석에 배인 집사람의 체취, 내 옷과 내 몸에서 풍겨 나는 듯한 집사람의 내음, 이렇게 진할 줄 예전엔 미처 몰랐다. 공기 같은 집사람이 없으니 이제 숨쉬기까지 불편한 것 같다. 거실 창문을 열어젖히고 나는 베란다로 나갔다. 그리고 집사람 부재란 불안에 떨며 아무것도 할 수 없는 자신의 무능함에 아파트 17층 벽을 타고 바닥까지 엉금엉금 기어 내려가고 싶은 충동에 빠져들기도 했다.

며칠 전 퇴근길. 요의를 느끼고 화장실 문을 열 듯 급하게 손잡이를 돌려 문을 열었다. 찜통 같은 열기가 얼굴을 때렸다. 불은 꺼져있었지만 텔레비전 불빛에 거실 안이 어른어른했고 홈쇼핑 가족들은 조기를 못 먹고 죽은 귀신이 붙었는지 그 비싼 조기를 계절도 없이 처먹고 있었다. 나는 거실 안으로 들어서면서 경순아, 하고 신경질적으로 집사람을 불렀다. 왜 불도 안 켜 놓고 창문은 닫아 집을 찜통 모양 만들었나, 하는 호통의 신경질이었다. 급하게 베란다 문을 열고 불을 켜면서 깜짝 놀랐다. 집사람이 한쪽 구석에 쪼그리고 앉아 있었던 것이다. 놀래라 와 이러고 있어. 나는 곧 잡아먹기라도 할 듯 눈알을 부리부리 굴렸다. 그런데 집사람은 한술 더 떠 세상에서 가장 못 할 짓을 한 놈 쳐다보듯 날 노려보더니 대뜸 한다는 소리가 윤 상무님이 추진하는 카지노 유치 왜 자기만 반대해. 어떻게 살라고? 하며 쏘는 것이었다. 난 순간 영문을 몰라 무슨 귀신 씨나락 까먹는 소린가 했다. 넥타이를 풀면서 가만히 생각하니 어디서 무슨 소리를 듣고 온 모양인데, 집사람이 회사 소문을 들을 수 있는 곳은 경리 박 팀장 아내뿐이다. 그럼 내가 카지노 유치에 반대한다고 회사에 소문이 나 있구나라는 생각에 앞이 캄캄했다. 물론 카지노 유치가 불가능하다고 생각은 했지만 누구에게도 카지노 유치 반대나 불가능하다는 말을 한 적은 없었다. 다만 카지노 유치에 아무 의견을 내놓지 않았을 뿐이다.

이 사람이 정말 연락도 없이 왜 안 하던 짓을 하지. 다시 핸드폰으로 딸아이들에게 엄마의 행방을 알고 있는지 이번엔 바로 물었다. 두 딸 모두 아무 걱정 없이 남 얘기하듯 어디 바람 쐬러 갔겠지, 하며 대수롭지 않게 말했다. 아빠가 웬일로 엄마를 걱정하느냐고 도리어 날 이상하다고 놀려댔다. 안 하던 짓을 하니 아이들도 내가 이상해 보인 모양이다. 순간 내가 너무 과민한가? 내가 지금 과대망상증에 빠졌나? 잠시 헷갈리기도 했지만 엄마에게 무심한 딸년들이 괘씸하고 야속했다. 엄마는 피와 살을 깎아 가시고기 모양 자기들을 키웠는데. 시댁의 구박을 받으며 할머니의 표현대로라면 조선에 없는 듯 키웠는데 말이야…….

윤 상무가 호출한다는 비서실 미스 채 전화를 받고 급히 7층 사장실로 올라갔다. 비서실 미스 채가 두 군데 전화를 받는다고 정신이 없었다. 난 기다렸다. 비서실 게시판에 붙은 서울, 제주, 인천, 부산의 카지노 홍보 포스터가 눈에 들어왔다. 얼마 전까지는 없었던 포스터였다. 바카라, 룰렛 테이블 앞에서 대박을 터트린 노랑머리 미인이 뒤로 넘어갈 듯한 표정이 어색하기만 했다. 미스 채가 인터폰으로 내가 왔다고 보고를 했지만 기다리라고 하는 모양이었다. 다시 카지노 홍보 포스터로 눈길을 돌렸다. 주사위가 바닥에 떨어져 구르고 있는 사진인데 멈추기 직전 찍은 사진이었다. 현재 주사위는 전면에 점 하나, 점 둘, 점 셋이 보였다. 주사위가 멈춘다면 점 하나 아니면, 점 둘 아니면, 점 셋일 것이다. 어떤 것이 나올까? 잠시 후 윤 상무 사무실 문이 열리고 시끄러웠다. 객실팀장, 기획팀장, 총무팀장이 윤 상무 사무실에서 나오는 표정이 무척 바빠 보였고 왠지 난 한가한 느낌이었다. 윤 상무에게 인사를 하고 짐짓 문 옆에 섰다. 책상 위에는 서류들이 수북하고 바빠 보였다. 윤 상무는 서류를 뒤적이면서 저거 도로 가지고 가요, 하며 짜증스러운 말투와 동시에 턱으로 입구 옆 박스를 가리켰다. 난 영문을 몰라 다시 물었다. 상무님 이게 뭡니까? 윤 상무는 노골적으로 짜증을 내며 내게 물어보면 어떡해요. 하며 급하게 서류를 챙겨 알만한 분이 입장 곤란하게 만들어요, 하며 휑하니 사무실을 나가 버렸다. 박스를 자세히 보니 매실 박스였다. 도대체 매실 박스와 나와 무슨 연관이 있는지 궁금했다. 매실 박스 속에 뭐가 들어 있나 하고 박스를 열어 보니 박스 속에는 매실이 들어 있었다. 윤 상무가 가지고 가라고 했으니 일단 매실 박스를 들고나와 비서실 미스 채에게 영문을 묻고는 망연자실할 수밖에 없었다. 오전에 집사람이 매실 박스를 들고 윤 상무를 찾아와 울며 날 명예퇴직 시키지 말라고 사정했다는 것이었다. 집사람이 윤 상무를 찾아온 사실은 회사에 쫙 퍼졌고 집사람 복장은 집에서 신는 화장실용 플라스틱 슬리퍼를 신었고 잠옷 대용하는 아이들 추리닝을 입었다는 소문이 돌았다.

나는 냉장고 문을 열고 냉수를 병째 벌꺽벌꺽 마셨다. 다시 정
신을 집중하여 집사람의 행방을 추리하기 시작했다. 분명 집사
람은 매실을 만지다 집을 나갔을 것이다…….

전번 주 토요일 저녁나절, 큰딸과 집사람 세 사람이 오래간만
에 대천공원 산책을 했었다. 집사람은 넋 나간 사람 모양 흔하디
흔한 무성한 왕벚나무 이파리를 보며 감탄을 하는 것 같기도 하
고 대수롭지도 않은 것들을 빤히 관찰하기도 했다. 돌아오는 길
에 딸아이가 입이 궁금하다고 해 편의점에 들렀다. 나는 맥주와
담배를 사고 딸아이는 빙과와 과자를 골랐다. 그런데 집사람은
설탕을 한 포 안고 나오는 것이었다. 딸아이가 집에 설탕이 많이
있는데 왜 또 사느냐고 핀잔을 줘도 집사람은 설탕을 놓지 않았
다. 그때 나는 설탕값이 오르는 모양이지 하며 웃고 말았다.

짚이는 것이 있어 급히 뒤쪽 베란다 문을 열었다. 10kg, 5kg,
3kg 설탕 수십 포가 구석에 가득 쌓여있는 것이 아닌가. 그래, 분
명 설탕을 사러 갔어. 마트로, 마트. 순간 머리가 삐쭉 서고 온몸
에 소름이 끼치며 등허리에 식은땀이 흘렀다. 난 몽유병 환자 모
양 어두운 열대야를 헤치고 집사람을 찾아 마트로 뛰기 시작했
다. 길가의 사소한 쓰레기까지 시신경을 모았다. 집사람의 흔적
이 있는지, 혹 교통사고의 흔적이 있는지. 귓가엔 초침 돌아가는
이명이 울리기 시작하고 집사람이 여보 날 살려 줘요. 무서워요
하는 소리가 들리는 것 같기도 했다. 지하철 달리는 소리도 들렸

다가, 급브레이크 잡는 소리, 사람들이 웅성대는 소리, 집사람이 애원하는 소리가 짬뽕이 되어 아주 크게 들리기도 하고 모깃소리 같이 울리기도 했다. 가슴이 쿵쿵 요동쳤다.

지금 집사람은 생사의 갈림길에서 고통을 받고 있을지도 모르는데 내가 할 수 있는 일은 그저 거리를 방황하는 것뿐인가? 별별 상상 속에서, 나는 집사람에게 아무 도움도 줄 수 없는 존재인가? 그저 마트 앞에서 오고 가는 사람의 얼굴을 확인하는 아주 무의미한 행동을 하고 있다는 것을 깨닫고는 집으로 무겁디무거운 발길을 돌렸다. 불길한 예감은 꼬리에 꼬리를 물고 온 세상을 돌아다녔다. 설마, 설마……! 아니 지금 내가 도대체 정신이 있어 없어. 미친놈 무슨 상상을 하는 거야 하며 머리를 크게 흔들고 길가에 침을 세 번 뱉었다.

우리 아파트 단지는 ㄷ자 형태의 동들이 세 줄로 나란히 사다리꼴 모양 연결되어 있는데, 우리 집은 114동으로 사다리꼴 마지막 세 번째 들머리로 들어와야 한다. 두 번째 들머리와 세 번째 들머리가 비슷해 사람들이 헷갈릴 때도 종종 있다. 일전 두 번째 104동 사람도 술에 취해 우리 집에 와 문을 두드리며 104동 1702호로 착각하고 실수한 적이 있었다. 나도 정신없이 두 번째 들머리로 들어섰다가 아차 하고 돌아서려는데, 내 눈엔 분명코 집사람이 104동 들머리 벤치에 넋 나간 사람 모양 앉아 있는 것이 아닌가. 나는 극적인 기쁨과 동시에 마치 못 볼 것을 본 양 물러설 수밖에 없었다. 집사람이다. 분명 아이들의 엄마, 나와 30년 살아온 아니 29년 동안 날 위해 아이들을 위해 희생한 한 마리의 가시고기가 땅 위에서 아가미를 크게 벌리고 물을 찾고 있는 것이었다.

"경, 경순아, 아……!"

내가 버릇이 되어 집사람을 부르는 큰 아이 이름이지만 왠지 목소리에 힘이 없고 자신이 없었다. 인적을 느끼고 설탕을 안은 집사람은 배시시 웃는 듯 울상을 하고는 날 쳐다보았다.

"……"

가무잡잡하고 자그마한 얼굴, 오래되어 다 풀린 파마머리, 색바랜 하얀 블라우스 소매를 걷어 올린 집사람이었다. 고개를 돌리며 배시시 웃는 얼굴은 분명 집사람이었는데 우는 듯한 얼굴은 집사람이 아니다. 아니 집사람이 아니길. 내가 과대망상증에 헛것을 보였으면. 그러나 밤눈이 어두운 내가 어둠 속에서도 단번에 알아볼 수 있는 분명코 집사람이었다.

"경순……아!"

"……"

황급히 집사람 앞에 쪼그리고 앉아 집사람과 눈을 맞추어 보았지만 집사람의 눈동자는 초점을 잡지 못하는 듯했다. 집사람은 입을 삐죽이며 울 듯 말 듯 하다가 날 소 닭 보듯 했다. 나는 순간 눈앞이 하얘지더니 보이는 것이 없었다.

"왜, 여기 있어? 언제부터. 설탕은 왜 또…… 왜?"

흥분하여 소리치며 두 손으로 집사람의 어깨를 잡고 마구 흔들었다. 집사람은…… 여보 나도 몰라라고 모기만 한 소리로 말했다. 이제 집사람의 눈동자는 자리를 잡는 듯했다. 그리고 큰 눈망울에서 눈물을 보이기 시작하더니 연이어 닭똥 같은 눈물을 펑펑 쏟아냈다. 집사람은 정신이 오락가락하고 있었다.

"경순아. 정신 차려 왜, 왜 그래."

어디 넘어져 머리를 다쳤나 하고 머리를 잡고 여기저기를 확인했지만 외상은 없었다. 순간 좋지 않은 쪽으로 상상이 되기 시작했고, 그 이유는 아까 잠깐 마주친 눈동자가 말해주고 있었다. 요즈음 집사람의 이상한 행동들이 번개처럼 머리를 스쳤다. 입을 악다물고 집사람을 일으켜 세우자 치마에서 지린내가 확 풍겨 올라왔다.

아……!

아니야. 이것은 장난이야. 분명 장난이야. 난 상상도 하지 않으려고 애를 쓴 장난에 감전되지 않으려고 몸을 마구 떨었다.

"경순아. 아무 일도 아니야. 아무 일도 아니야."

집사람 손을 꼭 잡고 나부터 먼저 정신을 차리고 침착해지려고 애를 썼다. 무거운 설탕을 내가 받으려 하자 집사람은 가슴에 꼭 안고 주지 않았다.

"배고프지? 가자."

"……"

나는 예식장에서 마지막으로 잡아본 집사람의 손을 잡고 장님 길 안내하듯 어둠 속을 다박다박 걷기 시작했다.

다음날 날이 새기가 무섭게 집사람을 데리고 친구가 원장인 참조은병원 신경정신과 앞에 앉았다. 상상도 하기 싫어 그건 아니야. 처가에 그런 병 얘기도 못 들었어 미친놈. 이제 내가 미쳤구면. 천벌을 받지 어찌 그런 상상을 해. 그래 내 생각이 틀렸을 거야 분명. 나는 연신 어금니를 물고 시곗바늘만 주시했다.

친구 한 박사는 여러 가지 진찰을 하고는 집사람을 환자 대기석에 기다리게 하고 나와 둘이 앉았다. 한동안 집사람의 MRI 사진인 듯한 화면을 유심히 바라본 친구는 천천히 무거운 입을 열었다.

"자네 회사 일이 그렇게 바빠? 직장 바꾸지. 이직하라고. 평생 직장으로 말이야."

나는 한 박사의 엉뚱한 질문에 당황하지 않을 수 없었다.

"아니 인마, 아침부터 농담이야. 남은 지금 심각한데."

"난 자네 정신부터 감정 해 보고 싶어. 정신 있어 없어. 도대체 이해가 안 가."

한 박사는 대뜸 화를 내며 주먹을 쥐고 팔을 벌벌 떨었다. 나는 순간 가슴이 덜컹하며 앞이 캄캄했다. 설마 설마 하던 것이 현실이구나, 아니면 내가 상상하던 것보다 더 심각할지도 모른다는 생각에 억장이 무너지는 것 같았다. 한 박사는 잠시 진정한 후 다시 입을 열었다.

"내가 화가 나서 흥분했다. 의사가 보호자 앞에서 흥분하면 안 되는데 자네가 너무 바보 같아서……. 내 말 잘 들어. 지금부터 제수씨는 보호자가 필요해 단 몇 초라도 항상 옆에서 누군가가 보살펴주지 않으면 위험하다고. 알겠나. 누가 보호해 주겠나. 이제 자네가 평생 해야지. 무심한 사람, 저 정도 될 때까지 몰랐나? 난 정말 이해가 안 돼. 왜 이제 병원에 왔나. 증세가 나타난 지 몇 달 되었을 터인데. 한두 달 정도 만 일찍 와도 이렇게까지는……. 아주 심각해."

다시 이명이 왔다. 하지만 이젠 이명 따위에 시간을 빼앗길 순 없었다. 한 박사가 하는 말이 잘 들리지 않았다. 내 눈에는 그냥 한 박사 입만 아주 크게 보이지만 무슨 말을 하는지는 다 알아들을 것 같았다. 집사람이 아주 심각하다는 것.

"완치는 불가능하지만 어느 정도 완화 시킬 수 있어. 이제 자네가 어떻게 보살펴주느냐에 따라 진행 속도가 늦어질 수도 있지 자네와 가족들에게 달렸어. 가족 모두 제수씨가 환자라 생각하고 간호하면 큰 불편 없이 집에서 생활할 수도 있을 거야. 절대 혼자 두지 마. 혼자 두면 자꾸 어디로 돌아다녀. 집을 찾지 못할 수도 있고, 가족을 알아보지 못하고 엉뚱한 행동을 반복할 거야. 갓난애 모양 재를 저지르기도 하고 심하면 대소변을 가리지 못

할 수 있어.”

　그럼, 아, 경순아……!

　나는 찰나의 악몽에서 깨어나려고 밖으로 뛰어나왔다. 빨리 밖에 있는 집사람을 이 악몽에서 깨워야만 한다는 생각밖에 없었다. 지금 깨우지 않으면 영원히 깨우지 못할 것 같은 생각 때문에 눈앞에 보이는 게 없었다. 그러나 환자 대기석에는 집사람이 없었다. 병원 복도는 썰렁하고 아무도 없었다. 간호사들도 보이지 않았다. 급히 병원 로비 쪽으로 뛰었다. 집사람을 빨리 찾아야 한다는 마음에 현관문을 열고 무작정 밖으로 미친 사람처럼 뛰어나왔다.

　대로변 인도엔 인파로 가득했다. 목을 빼고 사방을 두리번거렸다. 건널목엔 많은 사람들이 신호를 받아 길을 건너고 있었다. 인파 속에서 집사람을 발견하고 뛰어갔다. 신호가 빨간 불로 바뀌자 왕복 팔 차선 도로에 신호를 기다리던 차들이 일제히 출발했다. 손을 들고 무작정 도로 속으로 뛰어들었다. 차들이 마구 경적을 울려 댔다. 요리조리 차들을 피하며 뛰었다. 달려가 잡고 보니 집사람이 아니다. 미안하다고 고개를 숙이고 돌아섰다. 온몸에 힘이 쭉 빠지고 눈앞이 깜깜했다. 눈앞에 별들이 빙글빙글 돌고 어지러웠다. 가로수에 손을 짚고 머리를 기대어 눈을 감았다. 귓가에 날 부르는 집사람의 목소리와 압력밥솥 바람 빠지는 소리, 지하철 소리가 짬뽕이 되어 마구 울렸다. 마른침을 삼키고 눈을 뜨고 안경을 고쳐 썼다. 그러나 입사 첫날 큰 실수를 하고 어쩔 줄 모르는 신입사원 모양 무엇을 어떻게 해야 할지 몰라 막막하다.

구급차 한 대가 미어, 미어, 미어, 미어, 미어…… 사이렌을 울리며 급하게 병원을 빠져나간다.

대한보다 춥다는 소한

가장 김봉식이 흔적도 없이 사라져 버렸다.

박 여사는 도망갔다고 눈을 흘겼고 동주는 가출했다고 난리 쳤다. 동수는 아무리 생각해봐도 아빠가 가족을 버리고 도망갈 무책임한 사람도 아니고, 빚쟁이들에게 독촉을 받고 있다는 것은 어렴풋이 눈치를 채고 있는 일이지만 열흘째 연락이 두절되고 행방이 묘연해 혹시나 하고 경찰지구대를 찾았다.

봉식 나이쯤 되는 대머리 까진 경찰이 처음엔 이것저것 관심을 가지더니, 실종 신고서를 접수하면서 몇 마디 시켜보고는 마지못해 헛입만 쩝쩝 다시기 시작했다. 동수는 바싹 다가앉으며 아빠 김봉식의 실종을 사실화했다. 아빠가 열흘째 연락이 없고 핸드폰도 안 됩니다. 대머리 까진 경찰은 얼굴을 뒤로 젖히며 귀찮은 듯 마지못해 접수를 받는 듯했다. 응 그게 말이야…… 도망은 말이야, 계획적이지. 죄를 짓고 종적을 감추어 꼭 잡아야 하고, 가출이라면 그냥 이것도 아니고 저것도 아닌 집이 싫어 나가는 거야, 어린아이도 아니고 우리가 찾아줄 수는 없어. 그런데 쉰 중반의 정상적인 어른이라 다분히 가출이라고 접수받기는 그렇고…… 실종이라고 하면 접수를 받을 수는 있는데 실종이라고 하면 일이 복잡해지지.

동수는 경찰의 실종이라는 소리에 힘을 얻어 고개를 끄덕이며 더욱 다가앉았다. 예, 실종입니다. 실종. 경찰은 손으로 대머리를 쓰다듬으며 말했다. 무슨 확정적인 단서가 있어? 그러니까 뭐 아버지의 요즘 행동에서 혹시 이상하다고 느낀 점이 있으면 말해봐?

손바닥을 비비며 아빠의 이상한 점들을 추리하기 시작했다. 아빠가 빚쟁이들에게 독촉을 받는 것 같았지만 고개를 저었다. 아까 아빠의 직업을 말할 땐 망설였다. 무직인지 사업을 하는 것인지 분명하지 않았기 때문이다. 은행 근무를 하다 실직을 당했다는 말을 하면서는 아빠가 왠지 불쌍하다는 생각도 들었다. 경찰은 손가락으로 콧구멍을 쑤시다 동수가 우물쭈물하자 대답을 독촉했다. 그러니까 말이야, 혼자 고민을 자주 한다든지 이상한 전화가 자주 왔다든지…… 아니면 누구에게 협박을 받았다든지,

그것도 아니면 집에서 어머니하고 심하게 부부싸움을 했다든지 아무것이나 좋아 생각나는 것 말해 봐. 경찰은 이제 심심하든 참에 동수와 농담 따먹기라도 하고 싶은지 자꾸 말을 시켜다.

아빠가 실직을 당하고 큰아버지 회사에서 일을 한 후부터 집에 돈을 가지고 오지 않아 박 여사가 심하게 바가지를 긁은 일은 어제오늘 일이 아니고 각종 고지서 독촉장이 매일 날아오는 일도 술을 마시고 횡설수설하며 곰장어가 불쌍하다고 한 말은 취중에 한 말이고, 아빠가 실직을 하고 나서부터 어떻게 보면 전부 이상한 일 같기도 하고 뭐가 뭔지 판단이 안 섰다. 그러다 불쑥 입에서 나온 말은 동주가 민기 형과 결혼하겠다는 말을 듣고 아빠가 실종되었어요. 경찰은 두 눈을 빡히 뜨고 한참 쳐다보더니 물었다. 동주가 누군데? 예…… 저, 누나예요. 동수는 절대 동주를 누나라고 부르지 않는다. 누나? 야. 세상에 딸이 결혼을 선언한다고 집 나가는 아버지가 세상에 어디 있니. 너 지금 말이라고 하니. 왜, 아버지가 누나 결혼을 심하게 반대했나? 말을 하고 보니 이건 말이 안 된다고 생각했다. 그러나 우리 집에서는 말이 된다. 만약 동주 때문에 집을 나갔다면 그럼 가출 아닌가. 하지만 아빠에게는 큰 사건이 아닐 수 없었다. 아빠는 민기 형에게 집 형편을 더하지도 말고 빼지도 말고 바로 말하라고 여러 차례 말했다.

동주는 세상에서 둘도 없는 된장녀다. 민기 형에게 잔뜩 거짓

말을 한 것을 박 여사도 알고 아빠도 안다. 어디까지 거짓말을 했는지 상상을 할 수 없을 정도다. 집에 없는 금송아지도 있다고 했고 큰아버지가 하던 공장을 아빠가 사장이라고 했다. 박 여사도 덩달아 그럼 그 공장은 아빠가 사장이나 다름없지. 큰아버지가 빚으로 넘어가는 것을 아빠가 대출받아 살렸지. 암, 우리가 사장이지 사장하고 떠들었다. 큰 공장도 아니고 빚으로 도산한 상태다. 지금은 빚보증인으로 평생을 다닌 은행에서도 잘렸고 사채업자에게 독촉을 받고 있는 것으로 동수는 대충 눈치로 알고 있다.

반대한 건 아니지만 상견례 날 잡았다는 말을 듣고 아빠가 실종되었어요. 내일이 상견례예요. 대머리 경찰은 다시 몇 올 안 남은 머리카락을 쓰다듬으며 말했다. 넬이 누나 상견례라면 돌아오겠지 집에 가서 기다려봐라. 아니면 아버지가 실종되었다는 결정적인 단서를 가지고 오든지.

경찰은 실종 신고서의 인적사항을 한글을 처음 배운 사람처럼 한 자 한 자 읽어 나갔다. 김, 봉, 식, 나이 오십오 세라…… 그러다 동수를 내쫓을 방법을 찾았는지 한 가지 제안을 했다. 혹시나 뺑소니 사고나 접수되면 연락하마.

동수는 미궁에 빠진 사건 하나를 맡은 형사 모양 봉식의 행방을 추리하며 지구대를 나왔다.

소한 추위가 매섭고 하늘은 잔뜩 찌푸려 금방 눈이 쏟아질 것만 같다.

김봉식은 장기 하나를 떼어 주고 나오는 길이다. 신장인지 심장인지 간인지 무엇을 떼어 주었는지 자신도 잘 모른다. 긴 악몽을 꾸는 것 같기도 하고 자신의 존재 자체를 의식하지 못하는 것 같기도 하다.

내가 지금 무신 짓을 했지? 하는 생각에 이제야 겁이 덜컹 났다. 뭔가 큰일을 저지른 것 같은데……? 하고 자신에게 반문도 해본다.

내가 장기를 팔았나……? 하고 아무리 생각해봐도 자신을 이해할 수가 없다.

난 장기를 팔 만큼 모질지 못하다. 혹 장기를 팔았으면 응당 그 대가를 받았어야 하는데 주머니엔 아무것도 받은 것이 없으니 분명 팔지는 않았다. 그럼, 장기 기증이란 말인가? 그것도 아니다. 아직까지 헌혈도 한번 해보지 않았는데 만약 고통받거나 죽어가는 사람을 위해 장기를 기증했다면 뿌듯하고 기분이 좋아야 하는데 몸 한구석이 뻥 뚫려 허전하고 썰렁하니 기증도 아닌 것이 분명해.

사채업자들은 약점을 잡고 악랄하고 철저하게 계획대로 진행했다. 일단 바보로 만들고 아무 판단과 저항을 할 수 없게 바싹 올가미를 죄었다. 그리고 나서 공갈과 협박으로 도마 위에 올리고 생선회를 치듯 배를 쑥 갈라 장기를 떼어 갔다. 무엇을 몇 개 떼어 갔는지도 모른다. 처음 사채업자들은 눈을 요구했고, 눈은 줄 수 없다고 사정하자 놈들은 몇 차례의 공갈과 흥정으로 아주 큰 선심이나 쓰는 듯 그렇게 사정하니 우리가 양보하지. 신장 하나면 이자도 안 돼. 밑지는 장사라고 당신이니까 우리가 옛정을 생각해서 이 정도에서 끝내는 거야. 우릴 원망하지 말고 형이나 원망해. 형이나. 하며 사인을 강요했다. 누구보다 사채업자의 생리를 잘 아는 봉식은 신장 하나를 떼어주고 나머지 빚을 탕감한다는 조건에 큰 은혜를 입은 양 머리를 조아리고 감사할 수밖에 없는 형편이 되었다. 암암리 거래되는 사채시장에서는 금융권 출신인 김봉식이 장기를 떼어주었다고 소문이 날 것이고, 누구도 그들의 사채를 갚지 않는다는 것은 신체를 보장할 수 없을 것이라 생각할 것이다. 그들에겐 법이라는 것도 통하지 않았기 때문이다.

신장이 사람의 몸속에서 어떤 기능을 하는지? 하나가 있는지 둘이 있는지 어디에 붙었는지? 하나가 없어도 신체에 별문제는 없는지? 자세히 알고 싶지도 않고 하나쯤 없어도 살아가는 데 큰 지장은 없을 것이라 생각했다. 왜냐하면 살아 있는 사람의 신장을 이식하기도 하고 가끔 사고판다는 소문을 들었기 때문이다. 병원이나 역 화장실 같은 데서 신장 매매 상담 스티커가 붙은 것을 몇 번 본 적이 있었고 신문이나 방송에서 환자에게 기증했다는 미담을 들은 적도 있었기 때문이다.

신장을 떼어가 꼭 필요한 환자에게 쓰겠지. 그럼 좋은 일 아닌
가? 아마, 신장은 각막이나 간보다는 인체의 생리적 기능 중 덜
중요할 것이다라고 생각하니 그나마 다행이라 생각하기도 했다.
봉식은 병원 계단을 내려오면서 자위하느라 애써 중얼중얼거린
다.

예정대로라면 삼일 더 입원해야 한다. 그러나 단 일 초라도 도
살장 같은 병원에 머물고 싶지 않았다. 도살장 안에서 봉식은 사
람이 아니었고 짐승에 불과했다. 텔레비전에서 살아있는 곰의
쓸개에 호스를 연결해 웅담을 채취하는 장면을 본 적이 있었는
데 자신이 곰이라는 생각이 들었다. 먹이를 주고 약을 줘. 인간
들에게 필요한 장기를 만들어주는 세포 덩어리에 불과하다는 생
각이 자꾸 들었던 것이다.

오전엔 검사를 한다고 피를 또 뽑아갔다. 봉식은 겁이 덜컥 났
다. 내가 죽어도 아무도 모른다. 내가 병원에 온 것을 아는 사람
은 사채업자들뿐이다. 놈들이 내가 써 준 각서를 변조해 또 다른
장기를 떼어 가면 어쩌지 하는 생각에 구역질이 나고 금방이라
도 오장육부를 토해낼 것만 같아 마른 침을 억지로 삼키고 입을
꽉 다물었다.

용기를 내어 병원 문을 열자 기다렸다는 듯 소한 추위가 멱살
을 낚아채듯 달라붙는다.

동수가 겸사겸사 지하도며 여기저기를 기웃거리다 뭉치 먹이를 사 집으로 돌아오니 박 여사는 민소매 차림에 팩을 뒤집어쓰고 누웠고, 동주는 옷이란 옷은 다 거실에 펼쳐놓고 패션쇼 중이다. 옷이며 액세서리들이 다 명품들이다. 마치 명품 가게에 들어온 것 같다. 가게를 차리면 식구들 몇 달은 먹고살 수 있을 것이란 생각이 들자 짜증부터 난다.

　박 여사의 요즘 일과는 신세 한탄으로 하루를 보내지만 동주는 살판났다. 전신거울에 깨금발로 서 앞태를 보고, 돌아 뒤태를 보며 백칠 십의 키를 이삼 센티만 더 컸으면 하고 부루퉁해 있다가 동수가 들어오자 아빠 경찰서에 신고했니? 하고 묻는다. 동수는 대답할까 말까 하다 길게 말하고 싶지 않아 대충 얼버무린다. 가출한 어른은 찾아줄 수 없데. 그래서 실종 신고만 하고 왔어. 탈바가지 같은 팩을 쓰고 누워있던 박 여사는 입에서 욕이 자동으로 나온다. 실종 좋아하네, 어디로 도망갔다니까. 이놈의 화상 들어오기만 해봐라. 다니면서 독박만 쓰고…….

　박 여사 가슴에 딱 달라 붙어있던 뭉치는 냄새를 맡고 동수에게 달려와 꼬리를 친다. 동수는 개 사료를 바닥에 팽개치며 발로 뭉치를 차 버린다. 놀란 뭉치가 얼른 박 여사 품으로 도망간다. 동주는 얼굴을 경극의 가면 바꾸듯이 바꾸며 걱정한다. 그럼 내일 상견롄 어떡해? 야야, 걱정 마라. 오늘 밤엔 꼭 돌아온다. 오늘이 니 할머니 제사니 그 화상 할머니 제사는 꼭 챙긴다. 걱정 마라 걱정 마. 내일 입고 갈 옷은 정했니? 난 아무리 생각해 봐도 작년에 산 코트가 영 어색한데 생각 같았으면 카드로 하나 긁었으면 싶지만⋯⋯. 엄마. 지금 백화점가서 일단 하나 사 입자. 상견례 끝나고 모레 마음에 안 든다고 반품시키면 되잖아. 좋아하네. 그건 낡은 수법이야. 카드는 연체가 되어 쓸 수도 없고, 아이고 내 신세가 완전 거지 신세네, 거지. 어떻게 하든지 민기네와 사돈을 맺어야 하는데 방법은 그것밖에 없어. 너 민기는 꽉 잡았지? 동주는 또 경극의 가면 바꾸듯 얼굴을 바꾼다. 엄마 내가 누군데 염려 마. 하지만 시어머니가 마음에 걸려 자꾸만 트집을 잡으니 말이야. 동, 동주야, 결혼식 할 때까지는 눈 딱 감고 참아라 참아. 그저 죽는시늉이라도 하고 말이야. 결혼식 날까지만 어깨 힘주지 나중엔 국물도 없다, 할마시. 지금이 어느 시대라고 시어머니가 설쳐 설치기는. 미친년. 엄마, 만약 아빠 내일까지 안 오면 어떡하지? 니 아빠 생각하면 나도 머리 아프다. 온다니까. 만약 안 오면 적당히 둘러대라 급한 회사 일로 유럽으로 출장 갔다고 하든지, 너 주특기 아니냐. 민기에게 아빠 집 나갔다고 말 안했지? 엄마도, 내가 짱구야 말하게. 오빠 아무것도 몰라. 그럼 다행이고 나중에 민기나 데리고 온나. 내가 다짐을 확실히 받아놓게. 처음부터 니 시어머니에게 기죽으면 안 되는데. 왜 우리가 기죽어. 엄만 얼굴로 밀어붙여야 하는데? 박 여사는 동주의 말에 벌떡 일어나 얼굴 팩을 벗기고 거울을 본다. 왜 내 얼굴이 어째서…… 하기사 니 아빠 만나서 이게 뭐니. 목이며 눈가 잔주름이……. 거울을 뚫어지게 들여다보던 박 여사는 한다는 소리가 너 결혼하면 내 얼굴 보톡스는 책임져야 한다. 염려 마. 참, 엄마. 구두부터 명품 전부 빌려주는 집이 있던데 마사지 갔다 오면서 나중에 한번 가보자. 응. 빌려 입는 건 싫다. 저녁때 민기나 오라고 해라. 살살 꼬여서 카드나 좀 쓰게. 내가 전에 아예 민기 카드를 니가 가지고 다니라고 했잖아. 오빠 카드 내가 많이 써서 안된다니까. 야, 이년아. 어디 날 위해서 그러니 다 너희들을 위해서 하는 짓인데. 너 자꾸 그러면 민기에게 확 불어버린다. 남자관계. 다른 놈들은 다 청산했어?

뭉치가 개 사료 냄새를 맡아보고 시큰둥해 돌아오자 박 여사는 뭉치 사료를 이제 보았는지 동수를 향해 소리친다. 야, 이건 똥개 사료잖아. 좋은 걸로 사 오랬더니…… 자식이 쩨쩨해가지고 꼭 지 아버지 닮았어. 뭉치가 안 먹으면 어쩌지?

박 여사와 동주의 대화를 듣고 있자니 동수는 머리가 아파온다. 도대체 우리 집 여자들은 무슨 생각을 하고 있는지. 두 사람의 머리를 절개해 골이라는 게 있는지, 있으면 어떤 모양인지 확인하고 박물관에 기증하고 싶은 심정이다.

동수는 아무리 생각해도 아빠가 걱정이다. 혹시 하고 핸드폰을 열어 아빠 번호를 누른다. 핸드폰이 꺼져 있다는 기계음만 윙

윙거린다. 열흘 전부터 심심하면 누른 아빠 번호다.

　병원을 나서자 봉식은 반사적으로 몸을 움츠린다. 엉거주춤 낮익은 시선을 피해 움츠린 채 망설이는 봉식을 소한 바람은 버스 정류장으로 확 등을 떠민다. 어, 추워……. 숨을 내쉴 때마다 아직 아물지 않은 옆구리 수술 자국 사이로 칼바람이 들어와 몸 구석구석을 파고들어 꽁꽁 얼어붙는 것 같다. 한 손으로 수술 부위를 꼭 감싸지만 걸을 때마다 욱신욱신 거린다.

　모든 것이 낯설고 새로워야 하는데 달라진 게 하나도 없다. 자신이 아닌 다른 사람이 되어 있든지, 아니면 천지개벽이 일어나 세상이 바뀌어 있든지. 하지만 어제의 일들이 너무나 생생하다. 빚보증 금액도 십 원 한 장까지 기억나고, 오늘이 어머니 기일이라는 것도. 항상 박장대소하는 형 홍식의 대머리 얼굴도, 바락바락 악쓰는 박 여사, 신데렐라를 꿈꾸는 철부지 동주, 무던한 동수 얼굴, 얼마 전까지 근무하던 은행 업무 모습까지 눈앞에서 어슬렁어슬렁 길을 막고 비켜설 줄 모른다. 막상 병원을 나왔지만 어디로 가야 하는지 무엇을 해야 하는지 판단이 서질 않는다. 그저 아무 생각 없이 쉬고 싶을 뿐이다. 바람 부는 대로 걷고 있지만 집으로 가고 있는 자신을 발견하고는 진저리를 친다.

　버스 정류소까지 바람에 밀려왔다. 패밀리마트의 빨간 커피 자판기가 입에 익어 침이 고인다. 병원에 있는 며칠 동안 마시고 싶었던 커피였으나 선뜻 커피 자판기 앞으로 다가가지 못하고 고개를 돌리고 만다. 병원을 나서기 전부터 다짐한 것이 있었기 때문이다. 그런데 커피는 완전 복병이다. 다시 커피 자판기를 쳐다보며 혹시나 하고 주머니 속을 더듬어 본다. 분명 사천삼백 원일 것이란 계산이 먼저 머리에 박히고 역시 손가락에 와 닿는 감각은 지폐가 넉 장 동전이 셋 한 푼의 오차도 없다. 이 돈으로 디스 플러스 한 갑을 사면 이천이백 원이 남고, 동네 포장마차에서 이천 원짜리 소주 한 병과 삼백 원에 오뎅 한 개 먹으면 백 원이 모자란다는 셈은 아까부터 되어 있었다. 그럼 이천백 원짜리 디스 플러스 대신 이천 원짜리 디스를 사면되는 일이다. 그런데 삼백 원짜리 커피를 한 잔 마시면 소주와 담배, 오뎅 중 하나를 포기해야 한다. 평소 술을 즐겨 마시지는 않지만 오늘만큼은 소주를 마셔야겠다고 다짐은 이미 하고 있었다. 오뎅을 먹으면 국물을 공짜로 먹을 수 있어 마른 침을 삼키고 커피를 포기한다. 커피도 마시고 싶지만 지금 당장 만사를 제쳐두고 소주 한 병을 마셔야겠다는 다짐을 용감하게 다시 확인한다.

아, 다행이다. 오늘 같은 날 소주 한 병도 마실 수 없었다면 나는 정말 비참했을 터인데……

바람에 낙엽 모양 사람들은 자꾸 버스 정류소로 우르르 휘몰려온다. 목도리 마스크 두툼한 코트로 무장한 사람들은 버스나 택시로 금방금방 사라져 버린다. 집으로 가는 버스가 두 대나 지나갔다. 지금 오는 버스도 출발하는 버스도 타면 집으로 갈 수 있다. 봉식은 버스를 탈 차비도 없이 버스가 올 때마다 고개를 빼고 버스번호를 열심히 확인하고 있다. 버스가 올 때마다 사람들이 우르르 몰려간다. 한 여학생이 버스를 타면서 동전 하나를 아스팔트 위에 떨어뜨렸다. 동전은 때굴때굴 굴러 발 앞을 지나간다. 봉식은 얼른 동전을 밟고 줍는다. 버스 차비는 안 되지만 커피 한잔할 돈은 되고도 남는다.

병원에 가기 전날 밤, 봉식은 동네 포장마차에서 혼자 술을 마시다 동수를 불러냈다. 말은 동수가 대학에 떨어진 위로주라고 했다.

이미 봉식은 많이 취해있었다. 동수가 포장마차에 들어오는 것도 모르고 겨우 몸을 가누고 앉아 있었다. 동수는 뒤에서 아빠 봉식의 처진 어깨를 바라보며 다 죽어가는 목소리로 아빠, 힘내 하고 말하자, 봉식이 힘없이 고개를 돌리는데 눈은 붉게 충혈되었고 눈물이 가득했다. 놀란 동수가 아빠 왜 그래? 아빠! 하고 소리치자 봉식은 한 손으로 눈물을 닦으며 씩 웃었다. 인마, 너나 힘내. 아무 일도 아니다. 눈에 담배연기가…… 앉아라. 재수하느라고 힘들었지. 아빠가 제대로 과외도 못 시켜줘 정말 미안하다. 아들과 처음 마시는 술인데 근사한 데서 한잔해야 하는데 말이야……. 미안하다. 봉식은 동수를 위로하며 말머리를 돌렸다. 동수는 자신의 일이라 더 묻지 못하고 그저 건성으로 대답했다. 아니야, 아빠 사업도 잘 안 되는데 나까지……. 인마, 걱정 마. 모두 잘 될 거야. 봉식은 애써 눈을 크게 뜨고 말했다. 고개를 푹 숙이고 있던 동수는 좋은 생각이 났는지, 아빠, 나 군대나 갈까……? 어제 지원 신청했어. 빨리 갔다 오는 것도 좋잖아. 봉식은 동수가 군대 지원했다는 소리에 잠시 말을 잊은 듯했다. 어색한 침묵을 깨고 동수가 다시 입을 열었다. 아빠, 있잖아. 입대 전까지 알바나 할까 하는데……? 알바? 응, 편의점. 내일부터 출근하래. 괜찮지? 그래. 우리 동수가 다 컸구나. 봉식은 동수의 손을 잡았다. 뭐, 마땅히 입대 전까지 할 일도 없는데. 고맙다, 동수야. 아빠 뭘? 아빠가 말했잖아. 부모 자식 간에는 미안하다, 고맙다, 그런 소리 하는 것 아니라고. 녀석. 그래. 고맙, 아니 우리 힘내자.

봉식은 말을 잇지 못하고 취한 눈을 뜨고 어금니를 깨물더니 무슨 다짐을 한 듯 소리쳤다. 자! 우리 파이팅 하자. 받아라. 아줌마 여기 곰장어하고 소주 한 병 더 주세요. 봉식은 단숨에 잔을 비우고는 한 번씩 뭔가 하고 싶은 말이 있는 것 같이 입을 열듯 말듯하더니 그저 힘내라는 말 이외는 아무 말도 없었다. 동수는 만취한 봉식의 얼굴을 오늘 처음 보았다. 평소 술을 먹고 집에 들어오는 일이 없었기 때문이었다.

봉식은 토막 난 채 불판 위에서 꿈틀거리는 곰장어만 한참 바라보았다. 그러다 감기는 눈꺼풀을 애써 뜨며 말했다. 야, 동수

야. 어느 것이 신, 신장이냐? 동수는 봉식의 엉뚱한 질문에 어리
둥절했다. 예? 하고 반문하자 너 자세히 봐. 곰장어가 말이야, 이
곰장어가 신장도 빼고 간도 빼고 껍질도 벗겨도 아직 살아있다
말이야. 저 곰장어가 생명력이 강한데. 물 위에 올라와도 오랫동
안 살아있고, 토막을 내어도 껍질을 벗겨도 아직 살아있다 말이
야. 그래, 잘 한다. 끝까지 살아라 살아. 곰장어 파이팅. 곰장어
를 위하여……!

봉식은 단숨에 곰장어를 위한다며 또 잔을 비웠다. 곰장어는
한 점도 먹지 않았다. 토막 난 곰장어는 붉은 양념을 뒤집어쓰고
이글거리는 불판 위에서 최후의 발악을 하고 있었다.

동수는 창밖을 보며 봉식의 실종과 집안 형편 돌아가는 일을
심각하게 고민하기 시작한다.

그래, 분명 아빠에게 무슨 일이 있었어? 무슨 일일까? 아빠가
은행에서 큰아버지 무담보 대출 때문에 명퇴를 당했고, 할 수 없
이 큰아버지 공장에서 자금담당으로 일을 했다. 큰아버지 공장
은 부도가 나고, 큰아버지는 중국으로 도망갔다고 박 여사가 말
했다.

신기술 특허를 내고 우수중소기업으로 장래가 유망한 공장
이었지만 경쟁사가 될 것을 염려한 대기업의 갑질 횡포와 싼 중
국 동남아 제품의 이중고에 시달렸고 늘 자금난에 허덕였다. 우

수중소기업으로 잘 될 것 같은 공장의 연구 개발비는 밑 빠진 독에 물 붓기였다. 정부에서는 우수중소기업이란 딱지만 붙여주었지 실질적인 혜택은 없었다. 담보도 없고 백도 없어 제1금융권에서 대출은 불가능했다. 봉식은 은행 다닐 때부터 알고 지내던 사채업자에게 무리하게 자금을 융통했고 결국은 부도가 나고 말았다. 막상 공장이 부도나니 사장인 홍식은 종적을 감추어버렸고 사채업자들은 악랄하게 봉식에게 올가미를 씌웠다. 그들은 인정사정없었고 법도 통하지 않았다. 오히려 봉식은 좋은 본보기가 되어버렸다.

박 여사는 은행 지점장 출신인 아빠가 알아서 잘할 것이라고 늘 믿고 있었는데, 그게 문젠가……? 아니면 내가 모르는 또 다른 문제가 있나? 박 여사와 동주는 저렇게 걱정 없는데. 아니 걱정 안 한 것은 아니다. 아빠가 신용불량자가 되고 박 여사 카드가 모두 연체로 사용 중지가 된 것을 걱정하기는 했다. 걱정만 하면 뭐하나. 바가지만 박박 긁어 아빠를 더욱 힘들게 만들었다. 이제 박 여사는 엉뚱하게 동주에게 희망을 걸고 있는 것이 분명하다. 동주가 민기 형에게 시집을 가면 돈줄이 풀릴 것이라고 기대가 대단하다. 민기 형네는 알부자란다. 동주는 내세울 것이 없다. 그저 얼굴 하나 예쁘다는 것. 정말이지 동주 같은 여자는 싫다. 박 여사 같은 여자는 더더욱 싫다. 경극 속의 여자들.

갑자기 민기 형과 아빠가 불쌍해진다. 자신도 불쌍한 것 같다.

세상 남자들이 다 불쌍하다는 생각에 기분이 참 묘해진다.

공포의 집 전화벨이 울린다. 아무도 전화를 받지 않는다. 계속 울리면 마음 약한 동수가 받아야 한다. 아니나 다를까. 내가 코드를 빼놓지 않았구나. 동수야, 전화 받아라. 엄마 없다고 하고. 동수는 방에서 나와 볼메어 전화기를 든다. 그런데 겁부터 난다. 여보세욧. 귀청이 떨어지는 것 같다. 밥맛없는 아는 여자 목소리다. 하지만 아빠부터 찾지 않아서 다행이다. 박 여사 친구 김 여사다. 왜 전화 안 받아? 대뜸 짜증부터 낸다. 엄마 바꿔라. 왜 니네 엄마는 핸드폰도 안 되고 미치겠다, 정말. 엄 엄마 없어요. 엄마 없다고? 자꾸 피한다고 해결될 문제가 아니야. 엄마에게 꼭 전해라 내가 니네 집에 쳐들어가면 가만 안 있는 다고. 동수도 열 뻗쳐 한마디 하려는데 김 여사는 혼자 바락바락 악을 쓰다 끊는다. 옆에서 동수 얼굴만 쳐다보고 있던 박 여사는 전화를 끊자 마구 쏘아붙인다. 미친년, 까짓 돈 몇 푼 가지고 지랄이네. 이자 꼬박꼬박 쳐먹을 때는 좋다 하더니. 옛날엔 대출해달라고 귀가 아프도록 전화질이더니 아이고 모르겠다. 배 째라 배 째, 하고는 배를 드러내고 눕는다. 동수는 자신도 모르게 배를 쓰다듬어본다. 박 여사는 전화기가 문제라는 듯 벌떡 일어나 수화기를 내려놓는다. 동수가 다시 방으로 들어가자 어디로 전화를 하는지 다시 전화통에 매달린다. 자세히 들리지는 않지만 친구에게 돈을 빌리려는 듯하다. 패션쇼를 마친 동주는 샤워를 하는지 욕실에 들어간 지 삼십 분이 넘었다.

오후 다섯 시다. 편의점에 알바 나갈 시간이다.

공포의 현관 벨이 울린다. 벨만 울리면 박 여사는 숨는다. 박 여사는 얼른 전화를 끊고 뭉치를 안고 동주 방으로 들어가며 소리는 없이 입술만 나불거린다. 입 모양으로 나 찾으면 없다고 해, 하는 뜻이다. 문을 열어보니 슈퍼 알바생이다. 헬멧을 쓰고 두 손에 바구니를 들었다. 한눈에 봐도 엄청 많은 식품들이다. 동수는 한숨부터 나온다. 먹지도 않는 식품을 주기적으로 사 냉장고에 가득 채워야 하는 박 여사의 버릇이다. 울화통이 터진 동수는 악을 쓰듯 소리쳤다. 엄마, 배달 왔어. 방안에서 박 여사는 얼굴만 빼꼼 내고 응, 오늘 할머니 제수 두고 가라고 그래 하고 만다. 알바생이 영수증을 내미는데 이십팔만 원이다. 동수는 또 한숨이 절로 나온다. 당연히 계산해야 할 것을 미룬다는 생각에 엄마 빨리 계산해, 하고 독촉하지만 답이 없다. 동수가 방문을 열고 박 여사에게 다가가자 경극 속의 배우같이 표정을 바꾸어가며 금방 잡아먹을 듯 입만 나불거린다. 입 모양을 보니 두고 가면 나중에 내가 가서 계산한다고 해라 이 바보야, 하는 말 같다. 동수는 박 여사가 방안에서 연극을 하든 말든 더욱 큰 소리로 말한다. 엄마, 빨리 이. 결국 박 여사는 뭉치를 안고 밖으로 나와 동수에게 눈을 흘기더니 알바생을 향하여 가면을 바꾸듯 얼굴을 바꾸고는 애걸하기 시작한다. 학생, 깜박 잊고 돈을 안 찾았네. 지금 옷 갈아입고 나가는 길에 슈퍼 들러 내가 카드로 계산하지, 두고 가요. 응. 알바생은 고개를 저으며 난처한 표정을 짓는다. 경험이 없는 알바생인 듯하다.

박 여사에게 알바생을 인계한 동수는 뒤도 돌아보지 않고 엘리베이터 버튼을 누른다. 알바생이 앞으로 몇 번이나 우리 집을 와야 하나 하는 걱정에 불쌍하다는 생각이 든다. 엘리베이터를 탈 때까지 박 여사의 연극은 계속되었고 다행히 알바생은 수퍼 주인에게 전화로 상황을 보고하는 듯하다.

소주가 반으로 줄어있다. 이제부터 아껴 마셔야 한다. 봉식은 소주가 줄어드는 현실이 참 슬프다. 용기를 내어 이것저것 더듬어본다. 주머니에 손을 넣어보니 지폐와 동전이 잡힌다. 하지만 이 돈은 내 돈이 아니다. 다시 통통한 담뱃갑이 잡힌다. 그 속에 19개비의 담배가 있다고 생각하니 그나마 큰 위안이 된다. 한 시간에 한 개비씩 피워도 자는 시간을 빼면 하루 반나절은 피우겠지. 아니 아껴 피우면 이틀은 피우겠지. 그럼 지금 또 한 대 피워도 담배는 충분하겠구나.

담배를 길게 빨아들이자 가슴은 쇠사슬로 동여맨 듯 답답하고 목구멍엔 단단한 마개로 막아놓은 듯 기침이 쿨럭 나온다. 기침을 하자 옆구리 수술부위가 땅기고 우리하다. 혹 수술 자국 사이로 담배 연기가 새어 나올 것 같아 손으로 막아본다. 담배 연기 때문인지 돌연 코끝이 찡해오더니 두 눈을 인두로 지지듯 통증이 오고 뜨거운 것이 펑 쏟아진다. 소매로 눈물을 닦고는 단번에 남은 소주로 나발을 분다.

피로와 취기에 깜박 졸다 인기척에 어렴풋이 깨니 꿈인지 생시인지 헷갈린다. 눈을 떴지만 여기가 어딘지 헷갈린다. 김이 무럭무럭 나는 솥과 수족관, 붉은 천막을 보고서야 포장마차인 것을 알아차린다. 바람이 불어 천막이 흔들리자 취기에 정신이 오락가락하는 것 같고 헛것이 보인다. 눈을 끔벅거려 정신을 차리니 대머리 까진 형 홍식이 포장마차 안으로 막 들어오는 것 같다. 봉식아, 부르며 특유의 웃음을 지으며 분명 형 홍식이 들어오는 것이 아닌가.

형! 하고 순간 반가워 불렀지만 형이 아니다. 어떤 대머리 까진 덩치가 큰 사람이다. 언뜻 보기에 대머리 까진 것이나 덩치, 웃는 표정이 영락없는 홍식이다.

대머리도 이차로 포장마차에 들르는지 약간 취기가 오른 눈초리다. 밖엔 눈이 오는지 대머리의 어깨와 몇 올 남은 머리카락에 눈이 소복이 앉았다. 대머리는 봉식이 자신을 형이라 부르자 놀란 모양이다. 어깨와 머리에 앉은 눈을 털며 봉식의 옆에 꼭 만나기라도 한 사람 모양 앉는다. 정신을 차린 봉식은 형이 아니라는 것을 직감하고 어색한 표정으로 담배를 다시 길게 빨아 허공으로 뱉는다.

대머리는 안주로 고래 고기와 곰장어 두 접시를 시키고는 단번에 소주를 따 먼저 봉식에게 권한다. 형씨, 혼자서 무슨 고민이 그리 많소? 내 술이나 한잔 받으소. 봉식은 엉겁결에 술잔을 받는다. 대머리는 봉식의 빈 술병과 빈 잔을 보고는 측은하다는 투로 형씨, 소주 한 병을 안주도 없이 마셨소? 형씨, 얼굴을 보니 고민이 많은 것 같소? 고민이 뭔지 이야기해보시오. 내가 다 해결해 드리리다. 세상 고민 없는 사람 있겠소. 보기에 딱하오, 딱해. 형씨, 하늘이 무너져도 솟아날 구멍은 있는 법이오. 대머리는 일장연설을 하더니 잔을 비우고 주머니를 뒤져 담배를 찾는다. 담배가 없는지 담배 한 개비를 청한다. 형씨, 담배 하나만 주소.

대머리는 마치 맡겨놓은 담배를 달라는 듯하다. 봉식이 디스를 권하자 대머리는 탐탁지 않은 표정을 지으며 한 개비 뽑는다.

대머리는 이빨이 보통이 아니다. 마치 감바리 모양 횡설수설하며 눙치기 시작한다. 봉식도 술잔을 받고 보니 대머리의 말을 안 받을 수 없어 그저 예, 예하고 장단을 맞추어준다. 대머리는 오랜 친구라도 만난 듯 목청을 높이고 인생에 대하여 일장연설을 하기도 하고 아예 반말을 섞어 가며 자기가 한잔 사겠다고 큰 소리로 소주와 곰장어를 더 시킨다.

포장마차 여편네는 두 사람을 이상한 눈초리로 번갈아 쳐다보며 능숙한 동작으로 수족관 모서리에 모여 헤엄치던 곰장어를 잡는다. 곰장어를 도마에 올리고 싸악 껍질을 벗기자 곰장어는 내장인지 알인지를 쏟아내며 마구 꿈틀거린다. 봉식의 눈에는 도마 위에서 피범벅이 된 채 발악하는 곰장어의 모습만 가득하고, 자신의 오장육부가 다 빠져나가는 듯 얼굴을 찌푸린다. 여편네는 엄청 큰 칼로 몸통과 내장을 척척 분리한 후 불판 위에 올리자 곰장어는 양념에 범벅이 된 채 최후의 발악을 하며 지글지글 소리를 낸다.

디스를 연달아 두 개비 얻어 피운 대머리는 가래침을 칵 뱉고는 난 입에 안 맞아 못 피우겠네. 담배 한갑 사오리다, 하며 일어서 이빨을 쑤시면서 트림을 두 번 하더니 밖으로 나간다.

봉식은 애처로운 눈빛으로 꿈틀거리는 곰장어만 바라보고 있다. 오늘도 곰장어를 한 점도 먹지 않았다.

동수는 편의점 주인에게 열흘 치 일당을 가불했다. 핸드폰비도 내야 하고 용돈도 필요하다.

일을 마치고 밖으로 나오니 하늘에선 하얀 눈이 펑펑 쏟아지고 있었다. 눈이 쌓여 온 천지가 하얗다.

자정이 가까워 사람들도 뜸하다. 며칠 전부터 동수는 지하도에 앉아 있는 노숙자들을 쳐다보고 가는 게 버릇이 되었다. 주머니 속 세종대왕과 신사임당을 만지작거리니 뿌듯하다. 머리털 나고 처음으로 받은 노동의 대가가 아닌가. 지하도를 빠져나와 포장마차 옆을 지나 발걸음 가볍게 집으로 가고 있는데 핸드폰이 울린다. 모르는 전화번호다.

"여보세요. 김동수 씨."

"예. 누구십니까?"

"아, 여기 좌동 경찰지구댄데. 김봉식 씨 실종 신고했죠?"

"예?"

"지금 김봉식 씨 지구대에 있소, 술값 팔만팔천 원 가지고 빨리 오시오."

눈이 오고 바람이 분다. 오늘은 대한보다 춥다는 소한이다.

모란앵무

"녀석 살았구나……."

사람이나 짐승이나 다 제 명이라는 게 있나 보다. 모란앵무새
는 송일도 영감을 만나지 않았다면 분명 죽었을 것이다.

녀석의 눈병이 다 나았다. 송 영감은 집에서 꼼짝 않고 치료해
모란앵무 눈병이 나았다. 애당초 살린다는 확신이 없었다. 수놈
은 항문 주위가 헐 정도로 설사 끼도 있었고 왼쪽 눈 주위는 부스
럼이 붙어 터져 진물이 흘러 죽기 일보 직전이었다. 송 영감은 왠
지 꼭 살려야만 한다는 어떤 의무감이랄까, 지극정성으로 녀석을
치료했다. 치료하는 보름 동안 꼭 죽어가는 자식을 살리려는 것
처럼 묘한 기분이 들기도 했다. 아니 녀석을 살리기만 하면 어릴
때 새를 따라간 아들을 꼭 만날 것 같은 예감이 들었던 게 사실이

다. 원래 새를 사랑하는 송 영감이지만 이 녀석만큼은 각별했다.

"왜, 오늘은 아무도 없지……?"

송 영감은 왕벚나무 옆 벤치에 앉아 다리 건너 문방구 쪽을 바라보면서 혼잣말로 중얼거린다. 방학을 맞아 다들 피서라도 떠났는지 오늘따라 강아지 한 마리 얼씬거리지 않는다. 잔뜩 목을 뽑아 아파트 쪽과 초등학교 쪽을 번갈아 두리번거리다 남방 깃을 열어젖히고 연신 부채질을 해댄다. 덥다. 아까부터 가슴이 갑갑하고 어질어질한 게 기운이 없다. 동네 꼬맹이들까지 보이지 않자 이제 불안하기도 한 모양이다. 한줄기 소나기라도 퍼부으려는지 하늘은 매지구름이 잔뜩 몰려오고 있다.

그동안 장마에 갇혀 지내다 아침나절 잠깐 비친 햇살을 보고 조급한 마음에 나왔다. 보름 만에 눈병이 다 나은 조웅이네 모란앵무 한 쌍과 내다 팔 모란앵무 두 쌍을 들고 나왔건만, 하늘은 다시 비라도 올 것 같고 지나가는 사람은 한 사람도 없다. 그저 왕벚나무 가지만 무성하고 시냇물 소리는 넘친다.

조웅이네 모란앵무 수놈이 창살에 붙어 두어 번 날갯짓을 하더니 영감에게 뭐라고 말을 하는 듯 조잘거린다. 녀석은 이제 곧 잘 응석을 부린다.

"제제 쨱쨱 째액."

눈병이 다 나아 우는 소리가 되알지다. 영감은 빙그레 웃으며 화답한다.

"그래그래, 조웅이가 보고 싶다고? 할아버지도 조웅이가 보고 싶어 죽겠어요. 조웅아- 빨리 와하고 소리쳐 보렴."

영감은 쪼그리고 앉아 도리질을 하며 모란앵무를 어른다. 녀석은 창살에 붙어 연신 고개를 아래위로 끄덕이며 조른다.

"짹짹 째액 짹."

"알았어요, 알았다니까. 벌써 배고프다고, 이제 좀 살만 하군. 녀석두."

눈망울은 초롱초롱한 편이지만 아직 부스럼 자국이 남아 있는 눈 주위로는 털이 빠져 발그스름하다. 영감은 모이주머니를 열어 헤적이다 해바라기씨 한 톨을 끄집어내어 부리 속에 넣어준다. 녀석은 고맙다는 듯이 머리를 두어 번 까닥거리다 잽싸게 횃대로 날아가 앉는다. 그러자 횃대에 앉아 있던 암놈이 단추 같은 둥근 눈을 껌벅이며 수놈 옆으로 다가와 부리를 오물거리며 아양을 떨어댄다. 수놈은 부리를 몇 번 굴려 껍질을 까 암놈의 부리 속에다 넣어 준다. 암놈은 연신 도리질을 하고 부리를 오물거리며 까불어댄다. 수놈이 알았다는 듯이 고개를 아래위로 끄덕인다. 다시 창살에 붙어 모이를 조른다. 그때마다 송 영감은 해바라기씨를 하나씩 물려준다. 그러면서도 이따금씩 고개를 뽑아 들고 다리 건너 문방구 일대를 두리번거려 보지만 여전히 사람이라곤 그림자도 안 보인다. 영감은 손에 쥐고 있던 해바라기씨를 새장 바닥에다 흩뿌리고는 두 손을 탈탈 턴다. 모란앵무 두 마리가 잽싸게 바닥으로 내려와 해바라기씨를 쪼아 먹는다.

오늘은 하늘이 개였으니, 조웅이가 할머니랑 함께 나오려나……?

영감의 머릿속은 온통 조웅이 생각으로 혼란하다. 벤치에 앉아 다시 부채질을 해보지만 후덥지근한 더위를 식힐 방법이 없다. 그동안 너무 무리했는지 몸이 나른해 온다. 어디든 드러눕고만 싶다. 푸드덕. 풀밭에서 모이를 쪼던 까치 두 마리가 허공으로 날아오른다.

송 영감이 장산 주변의 초등학교와 유치원을 떠돌며 새 장수를 시작한 지도 어언 삼십 년이 다 되어 간다. 그동안 한자리에서 한 달 정도 머물다가 다른 장소로 이동하곤 했는데, 올봄 이곳 춘천 왕벚나무 아래에 자리를 잡고부터는 이미 석 달째 접어들었건만 다른 장소로 옮길 생각을 하지 않고 있다. 그렇다고 해서 새가 잘 팔리는 것도 아니요 집에서 가까운 위치도 아니다. 왠지 모르게 왕벚나무 그늘에 앉으면 마음이 편안해지기 때문이다.

송 영감은 벤치에 앉아 두 손으로 마른 얼굴을 비비다 말고 문득 왕벚나무를 올려다본다. 돌연 삼십오 년 전 꾼 꿈이 어제 꾼 꿈처럼 또 선명하게 떠오른다.

초복 날 오후였다. 송 씨 부부는 평상에 앉아 맛있는 수박을 나눠 먹고 있었다. 그때 대문 옆에 있는 왕벚나무 위에서 새소리가 났다. 눈이 크고 깃털이 오색찬란한 앵무새였는데 언제 지었는지 둥지까지 보였다. 아내가 장난삼아 수박 한쪽을 내밀자 꼭 거짓말처럼 앵무새가 내려와 수박을 받아먹는 것이었다. 하도 탐스러워 붙잡으려 하자 잽싸게 왕벚나무 위로 날아 가버렸다. 송 씨는 왕벚나무를 타고 올라갔다. 그러자 앵무새는 날아가 버렸고 둥지 안에 있던 수박만 한 새알 한 개가 눈에 들어왔다. 만져보자 뜨뜻했다. 여보, 새알 받아 새알. 송 씨가 새알을 던지자 아내가 치마를 펼쳐 받았다. 부부는 태몽이라고 무척 좋아했었다.

영감은 어릴 때부터 꿈을 자주 꾸지 않았다. 혹 꿈을 꿔도 아침에 일어나면 전혀 기억을 못 했는데, 그때 그 꿈은 심심하면 눈앞에 어른거린다.

다 부질없는 짓이지, 후……. 한숨을 길게 허공으로 뱉고는 조웅이네 모란앵무를 보내고 내일부터는 자리를 옮겨야겠다 하고 마음먹는다.

5대 독자인 송 씨는 결혼한 지 몇 년이 지나도록 자식이 없었다. 유명하다는 서울의 산부인과까지 찾아가 부부가 함께 진찰을 받아봤지만 아무 이상이 없다는 것이었다. 어느 한쪽이 이상이 있으면 치료를 해보겠지만 둘 다 극히 정상이므로 좀 더 기다려보라고 했다. 부부는 민간요법이며 안 해본 것이 없었다.

송 씨 아내는 강릉에서 고등학교를 졸업하고 친척의 중매로 부산으로 시집왔다. 송 씨네 집은 장산 기슭이었고 집 뒤에 성불사란 큰 절이 있었다. 집에서 멀리 떨어지지 않은 아파트에 아내의 고향 동창생이 살고 있어 둘은 자주 만났다. 친구도 송 씨 아내와 비슷한 시기에 결혼했었고 자식이 없었다. 친구는 독실한 불교 신자였고 자주 성불사에 가 기도를 했다. 절에 오는 날이면 꼭 송 씨 집에 들르곤 했다. 그러다 송 씨 아내는 천신만고 끝에 임신을 했지만 친구는 임신이 되질 않았다. 그 친구도 임신을 위해서 안 해본 짓이 없었다.

송 씨가 태몽을 꾸고 나서 아내는 달거리가 없어지고 배가 불러오기 시작하더니, 드디어 결혼한 지 8년 만에 아들 모란이 태어났을 때의 기쁨이란 이루 말로 표현할 수가 없었다. 송 씨를 닮아서인지, 아들도 유달리 새를 좋아했다. 아니, 날아다니는 것은 다 좋아했다. 겨우 말을 하기 시작하면서부터 새 그림만 보면 꼬꼬 꼬꼬, 하고 박수를 쳤고 장난감도 새나 비행기만 가지고 놀았다.

30여 년 전 여름, 퇴근길에 송 씨는 동네 들머리에서 떠돌이 새 장수가 파는 모란앵무 한 쌍을 사서 집으로 가지고 왔다. 꿈에 본 앵무새 생각도 나고 아들 이름과 새 이름이 같아 모란앵무를 샀다. 아들 모란은 무척 좋아했고 하루 종일 모란앵무와 놀았다. 모란앵무가 횃대 위에서 날갯짓을 하면 아들도 팔을 흔들며 나는 시늉을 했고, 모란앵무가 모이를 먹으면 밥그릇에 머리를 박고서 새처럼 밥을 먹기도 했다. 그러던 어느 날, 엄마가 마트에 간 사이 모란이 새장 문을 열었는데 모란앵무는 새장을 빠져나와 집 앞 왕벚나무 가지 위에 올라앉았다. 모란이 왕벚나무를 쳐다보면서 내려오라고 손짓을 하자 이번엔 동네 뒷산에 있는 나무로 날아가 버렸다. 모란이 꼬꼬, 꼬꼬 하며 문밖으로 따라가자 모란앵무는 장산 성불사 쪽으로 멀리 날아가 버렸다. 모란이도 되뚱거리는 걸음걸이로 모란앵무가 날아간 쪽으로 사라지고 말았던 것이다.

송 씨 부부는 전국의 고아원을 이 잡듯이 뒤졌다. 전단지를 만들어 방방곡곡에 뿌렸고 사람들이 모이는 장소마다 현수막을 내걸었다. 방송사에서도 '송모란을 찾습니다'라는 특집을 방영했지만 모란의 행방은 묘연하기만 했다. 동에서 봤다는 연락이 오면 동으로 달려갔고 서에서 봤다는 제보가 들어오면 서로 달려갔다. 모두가 장난 전화가 아니면 엉뚱한 다른 아이였다. 그저 동네에서는 아들이 떠돌이 새 장수를 따라갔다는 소문만 나돌았다. 용하다는 점쟁이들을 다 찾아다녔다. 죽었다느니, 모월 모시에 돌아온다느니, 아무 날 아무 시에 아무 데 가보라느니, 구체적으로 점을 쳤지만 가보면 모두가 허사였다. 어떤 점쟁이는 모란이가 죽어 저승에도 못 가고 구천을 떠돈다며 굿을 하라고 하기도 했고, 어떤 당달봉사는 인연이 아니니 찾지 마라. 낳아준 부모와 같이 살면 열 살을 못 넘긴다. 지금 좋은 집에서 잘살고 있다는 말을 하기도 했다. 다음 해 송 씨 아내는 모란을 찾아 전국을 헤매다 화병으로 죽고 말았다. 아내는 죽으면서 송 씨에게 꼭 모란이 찾기를 신신당부했다.

송 영감은 이제 새 장수도 힘에 부친다. 새도 안 팔리거니와 키우기가 더 힘들다. 처음엔 자신의 방에서 모란앵무 두 쌍을 아들 대신 키웠지만, 새들이 늘어나자 동네에서는 시끄러워 새를 키울 수가 없었다. 십 년 전부터는 장산 군부대 철조망 밖 빈 초소 옆에서 비닐하우스를 치고 새를 길렀다. 얼마 전까지 군부대에서 별말이 없었는데 부대장이 바뀌고부터는 철거하라고 난리다. 며칠 전 주임상사가 와서 자진 철거하지 않으면 강제 철거한다고 엄포를 놓고 갔다. 영감은 이제 수중에 돈도 없다. 작년 겨울엔 유난히 추워 난방비로 많은 돈이 지출되었다. 모란앵무는 원산지가 아열대 지방이라 추우면 난방을 해줘야 하고 수백 마리의 모이 값도 만만찮다. 좁쌀을 작년 가을에 두 가마니 사두었지만 새들은 한 달에 한 가마니 이상 먹어치워 겨울을 나기도 전에 바닥이 났다. 좁쌀만 주는 것이 아니고 가끔 해바라기씨나 삼씨도 먹여야 하는데 매우 비싸다. 그래서 올봄부터는 좁쌀 가격의 반값도 안 되는 사료용 수입 옥수수가루를 먹이기 시작했다. 처음엔 모란앵무들도 모이가 바뀌어 잘 먹지 않았으나 이제는 옥수수가루를 그런대로 먹고 있다. 예전에는 싱싱한 배춧잎을 재래시장에서 주워 먹였지만 요즘은 김장철이 아니면 배춧잎 얻기도 힘들어 간간이 주는 배춧값도 무시 못 한다. 산란하거나 포란, 새끼를 키우는 놈들에게는 날계란을 옥분이나 좁쌀에 비빈 영양식을 주기 때문에 계란 값도 많이 들어간다. 영감은 반찬으로 여태 계란 하나 제대로 먹지 않았다. 쌀이 떨어지면 새들이 먹는 사료용 옥수수 가루로 빵이나 옥수수죽을 끓여 먹기도 한다. 영감은 며칠 굶어도 괜찮지만 육추를 하는 새끼들은 24시간만 모이를 먹지 않으면 죽고 만다. 한 마리가 하루 한 숟가락 정도 모이를 먹지만 수백 마리가 먹으면 그 양이 몇 되나 된다. 자연 증가하는 새에 비하여 팔리는 새는 몇 마리 안 되어 새끼 때부터 암수 분리하여 키우고 있지만, 암놈들은 다 크면 바닥 여기저기에다 무정란을 낳아 그것을 보면 못 할 짓을 한다는 생각에 암수 짝을 맞추어주면 식구들은 자꾸 불어난다. 봄에는 더러 산책 나온 사람들이 모란앵무를 사가 그런대로 모이값은 벌었다. 사람들은 반려동물로 개를 선호하지 새에 관심을 보이는 사람은 꼬맹이들뿐이다. 날씨가 더워지자 새에 관심을 보이는 사람은 더욱 없고 장마철에는 한 쌍도 팔지 못하다가 오늘은 재수가 좋아 오는 길에 한 쌍을 팔았다. 새를 팔아도 이문이라고는 별로 없다. 겨우 새장값에 약간의 모이 값만 받고 팔아 장사라 하기보다도 아주 싸게 새를 나누어준다는 편이다. 처음부터 수입이나 생계를 목적으로 새를 사육한 것은 아니기 때문이다. 송 영감은 왜 자신이 모란앵무를 키우며 새를 팔러 다니는지 이해를 못 할 때도 있다. 점쟁이 말 때문일까? 동네 소문 때문일까? 아내의 유언 때문일까? 영감은 모란앵무를 자식같이 소중히 여기며 키웠고 팔았다.

보름 전 초복, 더위 먹은 하늘은 골이 났는지 시커멓고 팔려고 가지고 나온 모란앵무 두 쌍도 심통이 났다. 옥수수가루를 먹지 않고 부리로 모이통을 파헤쳐 새장 바닥이 노랬다. 새나 사람이나 더위를 먹으면 기력이 쇠약해지고 입맛이 없어지는 법. 비실비실하는 새들의 모습이 안쓰러운지 영감은 쌈지에서 해바라기씨와 삼씨 몇 톨을 집었다. 비실비실하던 모란앵무들이 삼씨 냄새를 맡고 난리가 났다.

"애들아. 가만, 가만 다쳐요."

영감은 가만히 타이르면서 해바라기씨와 삼씨를 양손으로 집어 내밀었다. 모란앵무들은 연신 머리를 아래위로 흔들며 난리가 났다.

영감은 병이 들거나 나약한 놈들은 일일이 손으로 모이를 집어 부리에 넣어준다. 보통 모란앵무는 큰 앵무새와 달라 사람을 기억하고 잘 따르는 편이 아니지만, 영감이 키운 모란앵무들은 모두 다 영감을 알아보고 잘 따른다. 새끼 때부터 한 마리 한 마리 정성을 들였기 때문이다.

새를 팔면서도 사육방법을 꼼꼼히 일러주고 혹 이상이 있으면 빨리 연락하라고 신신당부한다. 그래야 살릴 수 있기 때문이다. 집에서 기르는 새들은 야생조류와 달라 병에 대한 면역력도 없고 스트레스에 매우 약하다. 환경의 변화나 깨끗하지 못한 물, 야채, 모이 등으로 설사나 감기에도 죽을 수 있다. 영감은 모란앵무를 팔 때마다 딸을 시집보내는 마음이다. 모란앵무들은 모성애가 강해 다들 새끼를 잘 키우는 편이다. 간혹 새끼 키우기를 게을리하는 놈들도 있다. 특히 새끼 때 배를 곯은 녀석들을 팔 때 영감은 측은해 한다. 새끼 때 어미로부터 사랑을 받지 못한 녀석들은 아무래도 모성애가 없다. 어미로부터 사랑을 받지 못해 새끼에게 사랑을 가르쳐 주지 못한다. 그런 녀석일수록 사람을 잘 따른다. 부화하자마자 사람 손으로 육추를 하면 새들은 사람을 어미로 여긴다.

영감은 한동안 손으로 해바라기씨와 삼씨를 모란앵무 부리에 넣어주고 나서 입으로 새 우는 소리를 냈다. 모란앵무와 놀고 나면 항상 마지막에 하는 뒤풀이다.

"짹 짹 째엑 짹 짹."

모란앵무들도 일제히 합창을 한다.

"짹 짹 째엑 짹 짹."

한참 쪼그리고 앉아 모이를 주고 모란앵무들과 놀고 나니 머리가 어지럽고 헛헛했다. 비틀거리며 겨우 벤치에 앉았다. 물통을 열어 미지근한 물을 한 모금 마셔도 하늘이 노랬다. 늦은 점심으로 사료용 옥수수가루로 만든 빵을 한 입 씹었지만 입안이 깔깔하고 모래를 씹는 것 같이 통 목구멍으로 넘어가질 않았다. 몸살인가? 기분이 영 아니었다. 왕벚나무 아래 나오면 항상 마음이 편안했는데 이상하게 아침부터 자꾸 우울하고 허전했다. 더위를 먹었는지 가슴은 답답하고 만사가 다 귀찮았다. 뭔가 큰 것을 잃어버린 것 같기도 하고 온몸에 힘이 없고 어지러웠다. 꼭 병든 새같이 비실댔다. 드러누워 낮잠이라도 자고 싶었다. 내가 하루 이틀 이렇게 살았나. 오늘따라 왜 이러지…… 하고 마음을 다져 먹어봐도 온몸이 나른했다. 병이 도진 건가? 가슴이 두근거리고 자꾸 두리번거리는 게 도지긴 도진 모양이야. 마누라 옆으로 갈 때가 돼서 그러나……? 영감은 중얼중얼거리며 남방 깃을 잡고 연신 부채질을 했다. 시간이 지나자 부채질할 힘도 없었다. 영감의 귀에 불어난 춘천 물소리만 범람했고 언제 날아왔는지 까치 두 마리가 까작까작 영감의 귀청을 쪼아 댔다.

"쪼르르 쪼 쪽 쪽 쪽."

갑자기 모란앵무 두 마리가 횃대 위에서 널뛰듯 뛰었다.

"꼬꼬, 꼬꼬."

젖살이 올라 볼이 오동통하고 해맑은 눈동자의 두어 살배기 정도의 사내아이가 다가와 손가락으로 모란앵무를 가리키며 "꼬꼬, 꼬꼬." 소리를 질렀다. 넋을 놓고 앉았던 영감과 사내아이의 눈이 마주치자 영감의 가슴이 철렁…….

아이고, 모란이가. 모란아. 엄마가 널 얼마나 찾다 죽었는데, 이제 왔구나. 모란아. 모란아.

영감은 순간 벼락이라도 맞은 듯 몸을 떨었다. 하늘이 노랗고 귓가에 환청이 울렸다.

모란아. 모란아. 제발 우리 모란이를 돌려주어요. 돌려주어요. 모란아. 모란아. 살아있나. 모란아. 어디 있나. 엄마 꿈에라도 대답 해다오. 모란아.

아내가 울며불며 아들 모란을 찾던 소리다. 영감은 급하게 일어서려다 다시 벤치에 풀썩 주저앉고 말았다. 심장이 벌떡거려 숨을 쉴 수 없었고 그저 허공에 헛손질만 할 뿐 아무 말도 나오지 않았다. 이러다 숨이 넘어갈 것만 같았다. 아들 모란이 눈앞에 나타났는데 죽을 수 없다는 생각이 들자 입에 힘을 주고 숨을 크게 쉬려고 안간힘을 썼다. 정신을 차리려고 무진 애썼다. 잠시 후 겨우 정신이 돌아온 것 같았고 눈앞이 하나둘 보이기 시작했다. 이제 시신경에 초점이 바로 잡혔는지 사내아이가 보였고 모란앵무도 보였다. 사내아이는 그저 영감을 물끄러미 바라보고 있었을 뿐 미동도 없었다. 까불던 모란앵무도 가만히 영감을 바라보고 있었다. 사내아이의 맑은 눈망울과 모란앵무의 단추 같은 눈동자는 빛나고 있었다. 영감의 무거웠던 머리는 점점 맑아졌다. 그때서야, 내가 아직 망상에 사로 잡혀있구나……. 모란이가 살아있다면 삼십 중반인데. 이제 눈에 헛것이 보이는구나……! 등허리에 식은땀이 주르륵 흘러내렸다. 길게 숨을 내쉬었다. 얼굴은 아직 화끈거리고 심장은 쿵쿵 뛰고 있었다. 영감은 허공에 빈 손짓을 하고 손으로 마른 얼굴을 비볐다. 붉었던 얼굴 혈색이 겨우 돌아온 것 같은데 이상한 일은, 이제 영감의 기억에 아들 모란이 얼굴이 전혀 생각나지 않는다는 것이다. 눈과 코가 어떻게 생겼는지? 머리 스타일은? 얼굴형은? 지금 당장 아들 모란이가 나타나도 앞에 있는 사내아이와 구별하지 못할 것만 같았다. 누가 33년 전, 실종 당시 얼굴 생김새를 묻는다면 분명 이렇게 말했을 것이다. 얼굴은 약간 둥글넓적합니다. 앞 머리카락이 이마를 덮고 눈썹은 짧고 짙은 편입니다. 눈은 크고 코는 작습니다. 촉촉한 아랫입술은 두툼합니다. 볼은 살이 올라 오동통하며 피부는 맑습니다. 바로 앞에 있는 사내아이의 생김새 그대로 말할 것 같았다. 길거리에서 새를 팔다 아들을 닮은 아이를 보면 가끔 일어나는 현상이다. 요즘은 많이 나아졌다. 처음 새 장사를 시작했을 때는 새를 구경하는 사내아이들은 온통 아들로 착각해 모란아! 하고 불렀다. 그래서 처음엔 미친 사람 취급받기도 했고 아이들 놀림을 당했다. 어떤 곳에서는 유괴범으로 몰려 파출소에서 조사를 받은 적도 몇 번 있었다.

　사내아이의 맑은 눈동자는 영감과 모란앵무를 전혀 낯설어하지 않았고 마치 자기 집 새 인양 모란앵무에게 다가갔다. 사내아이의 약간 벌어진 입에서 맑은 침이 흘렀고, 아이의 큰 눈과 모란앵무의 둥근 눈은 소리 없는 대화를 하고 있는 것 같았다. 이상하게 영감의 기억에는 전혀 아들의 얼굴이 생각나지 않았다. 그저 아들의 모습은 알 수 없는 실루엣 같은 형상만 아른거릴 뿐이었다. 지금 앞에 앉아 있는 사내아이의 얼굴에다 아들 모란의 얼굴을 떠올리려고 애쓰고 있었다. 평생 잊지 않고 살았는데 기억나는 것은 아들을 꼭 저만 할 때 잃어버렸다는 것 뿐이었다. 영감은 얼른 주머니에서 지갑을 꺼내어 아들 사진을 확인해보았다. 이럴 수가 있나. 너무나 닮은 사내아이다. 지나가는 사람 누구를 붙잡고 물어봐도 33년 전 사진은 지금 영감 앞에 앉아있는 사내아이라고 말할 것이다. 산책로엔 아무도 없었다. 나뭇잎도 풀잎도 흔들리지 않고 잠포록했다. 사내아이도 모란앵무들도 그저 눈만 깜박일 뿐, 영감 혼자 33년을 오르락내리락 바빴다.

　점심때부터 퉁퉁 붓은 하늘은 결국 터지기 시작했다. 한두 방울 떨어지더니 이내 굵은 빗방울이 쏟아졌다. 장대비였다. 어디비 피할 곳으로 자리를 옮겨야겠다고 생각한 영감은 새장을 들었다. 빗방울은 자꾸 굵어지는데 사내아이를 두고 혼자 갈 수 없었다. 그때서야 영감은 사내아이의 보호자가 없다는 것을 알았다. 주위엔 아무도 없었다. 일단 쏟아지는 비부터 피하고 볼 일이다. 산책로 안쪽 등나무 그늘막은 그런대로 비를 피할 수 있는 장소였다. 급한 대로 사내아이를 안고 그늘막으로 뛰었다. 비는 억수로 퍼부었다. 사내아이는 엄마 아빠를 찾지도 않았고 말도 없었다. 그저 간간이 한다는 말은 영감을 보고 '꼬꼬 꼬꼬' 할 뿐이었다.

이제 사내아이는 모란앵무에 정신이 팔렸다. 모란앵무들도 동무를 만나 신이 났다. 실바람이 불어 사내아이 머리카락이 바람에 흔들렸다. 사내아이의 정수리 쌍가마가 뚜렷이 보였다. 송 영감도 어릴 때 친구들로부터 가마가 둘이라 장가를 두 번 간다고 자주 놀림을 당했다.

빗줄기는 가늘어질 줄 몰랐고 사내아이는 모이주머니에서 해바라기씨를 끄집어내어 능숙한 동작으로 모란앵무를 어르며 놀고 있었다. 암수 두 놈이 번갈아 받아먹었다. 어느덧 빗줄기는 가늘어졌다.

"조웅아, 조웅아."

웬 할머니가 산책로를 따라 달려왔다. 연신, 조웅아, 조웅아! 누구를 찾고 불렀다. 옆에 앉은 사내아이가 일어나서 손을 흔들며 큰 소리로 대답했다.

"할미, 할머니."

할머니는 허겁지겁 그늘막으로 달려오며 연신 사내아이의 이름을 불렀다. 조웅아, 아이고 조웅아. 아마 사내아이를 잃어버린 줄 알았던 모양이다. 할머니는 아주 놀라 말도 못 하고 가슴을 쓸어내렸다. 충분히 할머니를 이해할 수 있었기 때문에 영감은 멋쩍어했다. 보호자가 없어 아이를 데리고 비를 피했다고 영감은 정중히 말하자 할머니는 송구스러워하며 자신의 소홀함을 자책했다.

"아이고, 내 정신 좀 봐라. 내 정신이 아니아요. 늙으면 죽어야지, 조웅이를 데리고 산책을 나왔는 기라요. 요 앞에서 고향 친구에게 전화가 온기라요. 너무나 반가워서리 정신없이 수다를 떨다 갑자기 내린 비에 그만 통화를 하면서리 혼자 집으로 뛰어 간기라요. 아니 집에 가서 보니 조강이를 안 데리고 왔다는 것을 알고서리 지금 이쪽으로 막 달려온기라요. 아이고, 내 정신도. 한 번 통화를 하면 한 시간은 보통이니 나 원."

할머니는 조웅이를 끌어안고 연신 자신의 정신 나간 행동을 자책하며 횡설수설했다. 아마 손자를 찾은 안도감에 그냥 기뻐서 수다를 떠는 것 같았다.

할머니는 모란앵무의 부리와 발톱을 보고 새 나이를 알아보았고 머리를 보고 단번에 암수 구별도 쉽게 했다. 보통사람은 아무리 가르쳐줘도 모란앵무 암수 구별하기가 쉽지 않은데 할머니는 새에 관해 아는 것이 많았다. 송 영감도 반가웠다. 새에 관심이 많은 사람을 오래간만에 만난 것 같았기 때문이다. 영감이 몇 마디 말을 받아주고 새를 사랑한다고 칭찬해주었더니 할머니는 개인 사생활까지 술술 말했다. 할머니는 강릉에 살다 외동아들(조웅이 아버지)이 이번에 부산 모 대학에 교수로 발령받아 두 달 전에 이사를 왔다느니, 아들이 새를 좋아해 집에 새가 많다는 둥, 아들은 조류 전문가라는 둥 묻지도 않은 말을 술술 했다. 영감은 오래간만에 듣는 강원도 사투리가 정겨웠다. 그래서 그런지 왠지 조웅이 할머니가 낯설지 않았다. 죽은 아내의 고향이 강릉이었기 때문이다. 나이도 죽은 아내와 비슷한 것 같아 영감은 출신학교가 어딘지 물어보려다 그만두었다. 왠지 죽은 아내 이름을 대면 알 것 같다는 생각도 들었지만 슬픈 옛날얘기들을 꺼내고 싶지 않았다. 조웅이 할머니는 처음 보는 사람과 허물없이 이것저것 말하기를 좋아했고 영감은 할머니의 입담에 정신이 팔렸다. 조웅이는 할머니 무릎에 앉아 단추 같은 둥근 눈만 껌벅였다.

"영감님, 우리 집에도 모란앵무 한 쌍이 있는데요. 눈 주위 털이 빠지고 자꾸 졸아요. 아무래도 죽을 것 같아요."

영감은 단번에 눈병을 의심했다.

"모란앵무는 눈병이 걸리면 90% 이상 죽습니다. 특히 집에서 기르는 새는 면역이 약해 금방 전염되고……."

"그러니 말이에요. 조웅이 애비가 몇 군데 동물병원에 가지고 갔지만 다들 못 고친다고 하는기라요. 그냥 집에서 마이신을 눈에 넣어주고 있어요. 조웅이 애비가 눈병 난 모란앵무를 살리기 위해서리, 그저 일본의 조류 전문병원까지 전화해 약을 구하고 애를 쓰고 있지마는 아무래도 살 수 없겠지요?"

영감은 할머니와 애기하면서도 왠지 조웅이의 눈동자에 자꾸 눈이 갔다. 조웅이의 눈동자는 뭔가 하고 싶은 말이 많은 것 같았고 눈빛은 간절했다. 할아버지 모란앵무새를 살려주세요 하고 영감의 가슴을 흔드는 것 같았다.

"그래요 모이는 먹습니까?"

"모이도 먹지 않고서니 그저 졸기만 하지, 조강이 애비만 밤낮으로 새 살릴 궁리만 하는 기라요."

영감은 뭔가 알 수 없는 마음의 끌림을 받았다. 그렇게 죽어가는 새를 살리려는 사람은 처음이다. 꼭 그 모란앵무를 살려 보고 싶었다. 조웅이의 눈에서 꼭 자신이 살려야 한다는 암시라도 주는 것 같다는 착각에 빠져 모란앵무를 한번 살려보겠다고 말했다. 그러고 나니 갑자기 한시가 급해졌다. 만약 새가 모이를 먹지 않으면 며칠을 버티기 힘들다고 안달했다. 당장 아들과 전화 통화를 해 새를 가지고 오라고 졸랐다. 할머니는 집에 가 아들과 상의해 보겠다는 말을 남기고 조웅이 손을 잡고 집으로 돌아갔다. 비는 완전히 그쳤다. 바람이 불자 비거스렁이가 시원하다 못해 영감의 몸에 소름이 돋았다.

조웅이가 뒤를 돌아보며 손을 흔드는 모습에 영감의 가슴이 또 철렁했다. 송 영감의 눈에 텔레비전 전원을 켜듯 아들 모란이 또 나타났다. 할머니 손을 잡고 사라져 가는 아이는 조웅이가 아니고 아들 모란이다. 조금 전까지 그늘막에 앉아 모란앵무에게 모이를 주며 같이 놀고 있던 모란을 지금 자신의 눈앞에서 할머니가 데리고 가고 있다. 아니 할머니가 뒤돌아보는 모란을 억지로 끌고 가고 있다. 영감은 그저 멀어져 가는 할머니를 쳐다보며 우리 모란이를 돌려주시오. 안 돼! 모란아, 돌아와. 따라가면 안 돼 하고 소리치고 있다. 빨리 달려가 할머니를 잡아야 한다는 마음만 급하다. 그러나 영감은 그 자리에서 허공을 향해 빈 손짓만 계속하고 있을 뿐 몸은 움직여지지 않았고, 소리를 질러 아들을 불러야 하는데 목이 막혀 말이 나오지 않았다. 빨리 달려가 할머니를 잡고 아들 모란을 돌려달라고 말해야 하는데 그저 꿈을 꾸듯 허우적거리다 바닥에 뒤집어진 풍뎅이처럼 버둥거리고 있었다. 마음만 조급했다. 가슴이 답답해 터질 것 같았다. 영감은 있는 힘을 다해 악을 쓰고 몸을 움직이려고 애를 썼지만 제자리였다. 산책로를 지나가는 사람들에게 누가 저 할머니를 좀 잡아주세요. 저 할머니가 우리 아들을 데리고 갔소 하고 아무리 사정을 해봐도 사람들은 영감을 쳐다보지도 않고 그냥 가버렸다. 이제 할머니는 너무 멀리 가버렸고 그 길을 달려갈 수가 없었다. 까치

두 마리가 왕벚나무 가지에 앉아 긴 꼬리를 흔들며 까작까작 장난을 치고 있었다.

해거름 할머니는 병든 모란앵무를 가지고 왕벚나무 아래로 왔다.

영감이 보기에도 보통 심각한 것이 아니었다. 암놈보다 수놈이 심하고 하루 이틀을 넘기기 어려워 보였다. 한쪽 눈은 잘 뜨지도 못하고 진물이 눈 주위에 말라붙어 죽기 일보 전이었다. 모란앵무는 눈이 아프고 가려워 횃대에 심하게 비벼 털이 많이 빠졌다. 수놈이 아직 살아 있는 게 신기할 정도였다. 심각한 것은 모이를 먹지 않는다는 것이다. 모이를 먹지 않으면 새는 죽고 만다. 영감은 우선 암수를 분리했다. 수놈은 잘 날지도 못하고 쉽게 잡혔다. 수놈 눈동자를 자세히 관찰한 영감은 오염된 공기나 전염 때문이라기보다도 간과 관계가 있다는 판단이 섰다. 눈 주위 외상은 이차적인 것이고 눈동자의 색깔이 말해주고 있었다. 아까 새를 손으로 잡았을 때 열도 있고 가슴에 딱딱한 게 감지되었다. 분명 간 질환이다. 새의 간 질환은 조류의 간으로 치료한다. 간 중에서 약간 부은 거위나 오리 간이 효과가 있다. 어느 정도 간경화가 있고 부은 간이 특효다. 항체를 가지고 있기 때문이다. 영감의 삼십 년 경험으로 터득한 치료 방법이다. 영감도 눈병으로 모란앵무 수십 마리를 잃은 적이 있었다. 먼저 횃대부터 바꿨다. 눈이 아프면 새는 눈을 횃대에 대고 문지른다. 횃대를 부드러운 붕대로 감고 붕대에 숯가루와 천일염 직접 조제한 항생제를 발랐다. 모이로 계란 노른자와 말린 거위 간을 비빈 좁쌀과 삼씨, 해바라기씨를 각각 따로 주었다. 양조는 모이를 섞어주면 편식을 하기 때문이다. 새가 마시는 물에도 분말 거위 간을 탔다. 숨어 모란앵무가 먹는 모이를 관찰하고 수시로 바꾸어 줘야 한다. 조제한 약을 빨대에 넣어 새장 위에서 조준하여 정확히 수놈의 눈에 한 방울씩 떨어트렸다. 약도 약이지만 스트레스를 주지 말아야 한다. 그것이 더 중요하다. 병든 새를 놀라게 하는 것은 죽이는 것과 같다. 절대 안정이 필요하고 특히 잠에서 깨어나는 새벽에 정성을 들여야 한다. 사람의 코나 입에서 나오는 입김은 좋지 않다. 항상 마스크를 착용하는 것은 기본이다. 첫날은 50분 간격으로 약을 투약했고 둘째 날은 60분 간격으로 했다. 눈 주위에 묻은 약이 증발하는 시간은 습도와 바람에 따라 조절해야 한다. 밤에 새가 잘 때 투약하기가 힘들다. 자는 놈을 깨우면 스트레스를 받아 역효과가 온다. 자는 놈을 깨우지 않고 약을 발라 주려면 분무기에 대롱을 달아 조심조심 아주 약하게 분사해야 한다. 고도의 집중력과 정성이 없이는 불가능한 일들이다. 영감이 치료하기 시작한 4일 후, 수놈은 모이 먹는 양이 늘기 시작했다. 약 효과도 효과지만 정성이었다. 이제부터는 겉조와 해바라기씨, 삼씨, 환으로 만든 거위 간, 갑오징어 뼈를 주었다. 겉조와 갑오징어 뼈는 스트레스를 해소하는 데 많은 도움이 된다. 새는 모이가 많다고 많이 먹지 않고 양을 스스로 조절하기 때문에 별문제가 없다. 수놈의 설사기가 멎자 싱싱한 배추를 주었다. 열흘 후, 수놈은 많은 차도를 보였고 영감을 보면 아양을 떨고 까불기 시작했다. 하지만 송 영감은 팍 늙어버렸다.

점심때가 지나자 중복 이름값을 한다고 찜통이다. 더위를 먹었는지 송 영감은 아까부터 왕벚나무 옆 벤치에 죽은 듯이 비스듬히 기댄 채 눈을 감고 꼼짝을 안는다.

조웅이가 되똥되똥 다가오며 큰소리로 영감을 부른다.

"할아부지, 할아부지!"

하늘에서 부르는 듯한 소리에 놀라 눈을 떴지만 멍한 눈에는 조웅이만 뚜렷하고, 뒤에 몇 사람이 있는 것 같은데 앞이 거시시한 게 눈에 잘 들어오지 않는다.

영감은 30여 년 전 퇴근길, 동네 어귀에 마중 나온 아들 모란을 안 듯 얼른 조웅이를 안아 올린다. 어디서 힘이 났는지 두 팔을 높이 들어 조웅이를 비행기 태우듯 빙빙 돌린다. 조웅이가 깔깔거리며 팔다리를 뻗어 새처럼 나는 시늉을 하자 두어 번 더 조웅이를 돌리다 내려놓는다. 어질어질하다. 갑자기 용을 쓴 탓일까. 겨우 벤치에 다시 앉는다.

온 세상이 노랗다. 할머니가 새장을 두리번거리며 인사를 한다.

"세상에, 새가 살았어요."

조웅이가 "꼬꼬-꼬꼬" 하며 새장에 손가락을 올려놓자 모란앵무가 날갯짓을 하고 도리질을 한다.

영감은 아까보다 더욱 어지럼증을 느낀다. 한발 물러선 삼십 중반쯤의 남자가 영감을 바라보는 것 같지만 눈이 지꺼분하다. 영감은 애써 눈을 깜박거리지만 흐릿한 게 보이질 않는다. 그 옆에 예쁜 새댁의 얼굴이 뚜렷하더니 이내 아지랑이 사이로 아른아른해진다. 송 영감은 안간힘을 쓰지만 남자의 얼굴은 흐릿하고 그저 실루엣같이 형상만 아물거리다 갑자기 안개가 낀 듯, 온 세상이 뿌옇고 영감의 귀에 아무 소리도 들리지 않는다. 할머니가 아들과 며느리라고 말하는 것 같은데 무슨 말인지 알아들을 수 없다. 남자가 다가와 고맙다고 인사를 하는 것 같기도 하고 조웅이가 할아버지라고 부르며 손을 잡는 것 같기도 한데……. 몽롱하다.

송일도 영감은 두툼한 솜이불 위에 누운 것 같이 편안하다. 갑자기 사람들의 움직임과 소리가 아주 다급한 것 같고 누군가가 자신의 몸뚱이를 마구 주무르는 것 같다. 영감의 귀에는 까치가 까작 까작 쪼아 대는 소리만 모깃소리 같이 울린다.

이데올르기와 자본주의의 그늘

- 신종석 소설집『금고기』

김성달 소설가

1

신종석 작가는 특이한 리얼리스트이다. 표백제 문학이니, 살균제 문학이니 하면서 티 없이 깨끗하게 정돈된 문장 위주의 소설이 좋은 작품이라고 상찬을 받는 요즘 문단 풍토에 불쑥 솟아오른 이질적인 야성의 작가이다. 전통적인 이야기의 형식을 차용하면서도 그것에 그치지 않고 나름의 창조적인 활용 방식을 통해 리얼리즘과 관념성의 한계를 돌파하고 있다. 특유의 능란한 입담과 문체는 독자를 지루하게 만들지 않는다. 그가 활용하는 대화 속의 인물들 대화는 역사와 현실에 대한 풍자와 아이러니의 효과를 강조한 느낌으로 독자들을 설득하고 있다. 그것은 상황에 대한 서술을 인물의 대화를 통해 배치하는 작가의 솜씨가 능숙하기 때문이다. 이점은 신종석 작가의 중요한 소설적 특징의 하나이기도 하다.

신종석 작가는 이데올로기와 자본주의 그늘 속에서 희생되는 군상들의 모습을 집중적으로 묘사하고 있다. 이데올로기와 자본주의는 그동안 우리들 삶의 모습을 송두리째 변화시켰다. 산업화가 급속하게 진전되면서 사람들은 농촌을 떠나 도시로 몰려들지만, 도시에 온 사람들이나 농촌에 남은 사람들 모두 가난에서 벗어나기 힘든 생활을 한다.

신종석 작가는 특히 이데올르기의 피해자로 산속에 숨어살던 사람들이 자본주의에 등 떠밀려 할 수 없이 도시로 나가야하는 현실을 현장감 있고 절실하게 형상화하고 있다. 동족끼리 살생을 부른 6·25 전쟁의 원인인 이데올르기와, 산업화가 만든 자본주의는 사람이 사람을 불신하게 만들고 빈부의 격차를 심화시켰고, 돈을 숭배하는 사회풍조를 조장해서 우리의 전통적인 공동체적 사회와 인간관계를 파괴했다. 서로 어울려 더불어 사는 세상이 아니라 사람이 무서워 산속에 숨어 살게 만들고, 수단과 방법을 가리지 않고 누구든 먼저 부자가 되는 게 최고라는 사고방식이 지배하고 있는 이 사회에 신종석 작가의 소설은 일종의 불편한 폭격이다.

일관되게 비극적 변두리 인생의 현실을 다루고 있는 신종석 작가의 소설집『금고기』는 작품마다 각기 다른 인물들의 궁핍한 현실을 바탕으로 하면서도 특유의 서사 방식으로 그 메시지를 독특하게 표현하고 있어 읽는 내내 상당한 깊이가 느껴진다. 또한 우리의 토속적인 삶에 대한 깊은 애정과 변두리 인생에 대한 각별한 연민이 아프게 다가온다. 작가는 급속하게 진행된 자본주의에 대해 상당히 강한 비판적인 시각을 가지고 있는데, 그것이 사람살이의 기본을 망가뜨리는 원인이기 때문이다. 한창 일할 나이인 쉰 살에 구조조정을 당한 경험이 있는 작가에게 그 망가진 삶의 모습이 도시 변두리의 소시민한테서 보일 때 한층 더 애잔한 비극성으로 다가온다. 그것은 '88서울 올림픽을 앞두고 한창 정부주도형 불량주택 재개발 붐이 일어나고 있을 때, 서울의 어느 달동네 철거 현장에서 죽은 여자아이를 부둥켜안고 오열하는 남자'를 작가가 보았기 때문이다. 그 남자의 모습은 오랫동안 작가를 떠나지 않았고 결국 작가가 '늦게나마 진정으로 간절한 무엇인가를 고뇌' 하는 동인으로 작용했다. 그래서 작가는 자신이 설정한 목적에 가까운 인물이나 대상을 발견하면 깊은 심연으로 빠져들어 그들의 인생과 하나가 되기를 주저하지 않는다. 신종석의 첫 소설집『금고기』는 그런 인생들의 이야기들이다.

2

「금고기야, 금고기야!」는 밀양의 구천리 두메산골에서 조상 대대로 화전을 부치던 유 영감과 손자 바우의 이야기를 마치 동화처럼 다루고 있는 신비스러운 분위기의 소설이다. 바우를 끼고 살던 할멈이 죽자 유 영감은 고향을 버리고 부산 아미동으로 이사를 한다. 할멈의 유언 때문이다.

> "여엉 감……! 우리 바-바우가 맨날 천날 금개기 잡는 이바구만 외우고 또 외우니 바닷가에서 살고 싶은 모양이요. ……내 죽으면 가까운 부산으로 이사 가소. 가서 우리 바-바우 소원대로 금개기를 잡으소……."
>
> (「금고기야, 금고기야!」)

막상 부산에 오긴 했지만 평생 산골에만 살던 유 영감은 배를 타지 못하고 결국 리어카를 끌고 붕어빵 금고기를 만들어 팔며 손자 바우를 키운다. 베트남 여자와 결혼 한 아들은 여자가 바우를 낳고 종적을 감추자 그 충격으로 집을 나가 생사불명이다. 할아버지의 리어카 자리를 지키는 것이 하루의 중요한 일과인 바우는 바다를 볼 때마다 금고기를 생각한다. 산동네 비탈길 골목에 자비의 집이라는 작은 절이 있는데 바우는 창문에 걸린 목어와 돌아가신 할머니 때문에 자주 그곳을 찾는다.

미닫이문에는 만화풍의 사천왕상과 비천상 탱화가 그려져 있다. 낡은 함석 처마엔 풍경이 매달려 있고 바람이 불면 금고기 모양의 물고기가 말을 하듯 딸랑딸랑 소리를 낸다. 담 좌우측에는 사철 예쁜 꽃들이 핀 듯 파스텔풍의 꽃밭이 그려져 있다. 가끔 목탁소리가 나는 창문엔 단청을 곱게 입힌 작은 목어木魚와 운판雲版이 걸려 있다.

(「금고기야, 금고기야!」)

자비의 집에서 '할아버지와 금고기' 연극공연을 한다는 게시물을 본 바우는 얼굴이 붉어진다. 그동안 틈만 나면 혼자서 이불 속에서 동화를 구연한 바우이다. 부산으로 전학 온 뒤부터 바우는 말을 잃었다. 친구들이 베트남 엄마를 두었다고 놀리고, 수업 시간에 책을 읽지 못해 바지에 오줌을 지리기도 한다. 친구들은 그런 바우를 투명인간 취급을 하고 놀린다. 그때마다 바우는 더욱더 동화 속 금고기와 놀면서 '수백 번 혼자 할아버지와 금고기 대사를 외었고 내레이터 목소리, 할아버지, 할머니 목소리를 프로배우 못지않게 해냈'다. 밤새 붕어빵 리어카가 사라져 낙심이 컸던 유 영감은 삼촌 스님이 구해온 리어카로 금고기를 구웠고, 바우 또한 스님의 배려로 '할아버지와 금고기' 연극의 내레이션을 맡지만 불안한 마음이다. 그러나 천정에 매달려 있는 목어木魚를 본 후에 말더듬이 바우는 누구도 생각지 못한 멋진 공연을 한다. 공연을 끝내고 집으로 돌아오던 할아버지와 바우는 금고기 리어카를 발견하는데, 리어카 천장에 무대 천장에 매달려 있던 목어木魚가 숨이라도 쉬듯 입을 벌리고 있다.

　유 영감과 손자 바우는 어쩔 수 없이 대대로 살아오던 산속에서 멀리 벗어난 도시의 변두리에서 살고 있지만 도시 생활은 그야말로 방편일 뿐 마음은 늘 밀양 구천리 두메산골을 잊지 못한다. 그들은 순박하기 짝이 없는 인성을 가졌기에 붕어빵을 금고기로 생각하면서 살아간다. 그들의 그런 어리석을 정도의 순박함이 목어木魚로 나타나 그들을 위로하는데 그것은 그들이 어떤 도덕이나 윤리를 인위적으로 학습한 것이 아니라, 본성에서 자연스럽게 흘러나오는 것이라는 것을 상징적으로 보여주고 있는데 이 작품이 지닌 큰 특성이기도 하다. 또한 잃어버린 고향에 대한 유 영감과 바우의 개인적인 그리움이 목어의 형상으로 승화되어 나타나는 모습은 우리가 그동안 잃어버린 삶의 원형에 대한 그리움을 불러일으키고, 상실에 대한 안타까운 마음을 공감하게 만드는 매개물로 작용하고 있다.

　「중복」은 10여 가구가 사는 구천마을이 배경인 작품인데 다문화의 현실이 해학적으로 발현된 작품이다. 냔은 베트남에서 한국으로 시집왔지만 어린나이에 청상과부가 된 어리고 이쁜 여자다. 매달 베트남 친정집으로 돈을 송금해준다는 약속을 믿고 한국에 왔지만 트럭 운전을 하던 남편은 석이가 배 속에 있을 때

교통사고로 죽고 만다. 시아버지 덕구는 대추밭을 경작하는 쉰다섯 살의 홀애비로 나이어린 과부 며느리를 데리고 사는 불안에 흔들리면서도 이따금 느껴지는 욕정이 곤혹스럽다. 쇠때를 참(끼니)으로 아는 난과 대추밭에 자물통을 두개나 달아둔 시아버지의 형상이 대조를 이루면서도 이질적이지 않다. 특히 다음과 같은 작품의 결말 장면은 많은 것을 시사하고 있다.

> 대답이 없던 난은 뒤에서 경운기를 운전하는 덕구를 두 팔로 꼭 안는다. 덕구의 머리에 난의 젖통이 물컹 한다. 한동안 덕구를 꼭 안고 있던 난이 불현듯 뭔가 좋은 생각이 난 듯 손뼉을 치며 말했다.
> "아버지이예, 오늘 중복이라 카던데, 마 흰둥이 잡아먹읍시다."
> 퍼뜩 이해를 못한 덕구가 잠시 머뭇하더니 말했다.
> "……응, 그래, 그래. 그거 참 좋은 생각이다."
>
> (「중복」)

현실을 리얼하고도 재미있게 그리고 있는데도 아프다. 등장인물들은 각자 비참한 삶의 모습을 보여주고 있지만 그것을 서술하는 방식은 비극적이지 않고 오히려 희화적이라 할 만하다. 가령, 쇠때를 점심으로 만들어 독자를 웃게 만드는데 작가는 왜 이런 방식을 취한 것일까? 그것은 독자들이 난이 놓인 비극적인 상황에 자신을 너무 쉽게 동일시하여 값싼 감상에 빠지지 않도록 하려는 작가의 의도 때문이다. 그래서 난을 어떤 힘든 상황에도 눈물을 흘리거나 심각한 표정을 짓도록 하는 것이 아니라 쾌활

한 모습으로 세상살이를 즐기는 것으로 표현하여, 산촌의 다문화 가정에 무심한 도시사람들의 비인간성을 더욱 드러나게 하는 효과를 발휘하고 있다. 이 작품에서 덕구가 구사하는 토속어는 요즘 주류를 이루는 작품에서는 찾아보기 힘들 정도로 정겹다. 덕구의 토속어는 현장감을 더욱 박진감 있게 하고 풍부한 인간적인 질감을 느끼게 하면서, 해학과 풍자의 반어법으로 시대배경을 가늠키 어려운 원초적인 민중의 모습으로 그를 다가오게 만든다.

「어느 재벌가의 명당」은 운명이 뒤바뀐 두 집안이야기를 굴곡진 우리의 역사 속에서 형상화한 작품이다. 일제강점기 시절 동경에서 트럭을 몰던 만수 할아버지가 조수로 운전을 가르친 강달수는 해방이 되자 도라꾸를 몰고 귀국해 승승장구하더니 결국 재벌이 된다. 하지만 만수 할아버지는 사상범을 동경에서 오사카까지 태워주고 일본형사로부터 봉변을 당해 반미치고 결국 만수네는 망하고 만다. 그 후 만수 아버지는 일본 경찰에 할아버지를 밀고했다는 정황이 짙은 강달수의 묘지기를 하면서 먹고산다. 몇 년 만에 집에 찾아온 만수는 텔레비전 같이 생긴 게 강달수 묘지를 지키는 CCTV인 것을 아는 순간 화가 머리끝까지 치솟아 강달수의 유골을 도굴해 그 자식들에게 돈으로 바꾸자고 제안할 생각을 한다. 만수의 작은아버지는 강달수 묘지 터가 좋아

재벌이 되었다고 하면서 그 땅이 과거에 만수네 땅이었다고 일러준다. 그 말을 듣고 결심을 굳힌 만수는 밤에 유골을 도굴하러 간다.

나는 마치 적진에 침투하는 특공대 모양 삽자루에 힘을 주고 일전을 결사했다. 무섭기도 하지만 지금은 귀신 따위를 무서워 할 때가 아니다. 한 번만 잘하면 내 인생 탄탄대로다. 몇 번이고 이것은 범죄가 아니다. 할아버지의 빚을 계산하는 거다, 라고 수없이 마음을 다잡으며 강달수 무덤을 향하여 사주경계를 하며 정숙보행으로 한발 한발 다가갔다. 심장이 세차게 뛰고 땀이 비오듯 쏟아진다.

(「어느 재벌가의 명당」)

그곳에서 뜻밖에도 작은아버지와 사촌을 만난 만수는 파헤친 무덤이 명당은 커녕 너무 습해 해골이 썩고 구더기가 생긴 몹쓸 땅이라는 것을 알고 오줌을 갈기고 다시 덮는다.

이 작품은 해방 후의 이데올르기에 의한 피해자와 가해자의 모습을 핍진하게 그리면서도, 무덤을 도굴하는 모습은 여러 가지를 시사하고 있다. 오랜 시간의 흐름에도 불구하고 여전히 화해가 요원한 두 집안의 이야기는, 특히 아버지가 먹고살기 위해 원수 같은 강달수의 묘지기를 한다는 설정에는 묘한 두려움마저 일어난다. 6·25 전쟁에서 살아남은 홀어멈들이 극심한 가난 속에서 먹고살기 위해 자신들의 몸을 팔아야 하는 현실을 데자뷰하는 설정으로까지 읽히기 때문이다. 얼핏 보면 무덤이나 도굴

하려는 만수의 모습이 무기력하고 부정적인 모습으로 보일 수도 있지만 작가는 어떻게든 비참한 삶을 견뎌나가려는 욕망과 의지를 직설적으로 표현하고 있다. 바르게 청산되지 못한 역사에 대한 작가의 비판적인 생각들이 작가의 목소리 보다는 등장인물들의 말과 몸짓으로 고스란히 드러나고 있는 이 작품을 눈 밝은 독자들은 두 집안의 해묵은 원한의 차원으로만 한정하지 않을 것이다.

「경칩」은 깊고 낮은 곳에 사는 측은한 가족의 이야기이다. 밀양 향로산 골짜기 전사의 터에 들어가 과거를 잊고 살고 있는 영감은 사람이 무섭고 대처가 두렵다. 고향에서 농민계몽 운동과 독립운동을 한 부친은 해방 후 남한 단독정부 반대 주장을 하다가 좌익으로 몰려 죽었고, 밀양에 살던 가족들은 보도연맹에 강제로 가입 후 모두 총살을 당한 끔찍한 과거를 지니고 있다. 영감은 부산 완월동의 나이도 많고 폐병에 매독을 가진 창녀였던 여자를 아내로 데리고 살았는데 그녀는 아들을 낳고 난산으로 죽었다. 성장한 아들은 병약하고 배운 게 없는 몸으로 대처로 나가 행상을 하며 살고 있다. 영감은 화려한 관광도시 해운대 속의 작은 빈민촌에 살고 있는 아들을 찾아가지만, 그곳은 철거예정지역의 폐허로 변해 포클레인이 괴성을 지르며 집을 부수고 있다.

'APEC 결사반대' '생존권을 보장하라' '철거 반대' 'APEC은 제주도로' '철거 결사 투쟁' 등 붉은 글씨가 발악을 하고 있었다. 영감의 눈에 펄럭이는 글씨가 무슨 글씬지 잘 보이질 않지만 직감으로 탈이 났구나 싶었다. 바람이 세게 불자 집들은 잔뜩 움츠린 채 힘겹게 버티고 있는 듯하다. 조금만 더 센 바람이 불면 낡은 집들은 흔적도 없이 날아갈 것 같다. 한눈에 보기에도 허름한 집들은 주변 고층 아파트와 넓은 도로를 달리는 차량들과 비교가 된다. 화려한 관광도시 해운대 속의 작은 빈민촌 운촌이 잔뜩 애성이가 나 웅크리고 있는 듯하다.

(「경칩」)

아들은 결혼을 해 딸을 낳았지만 지금은 혼자서 딸을 키우고 있다. 애 엄마는 집을 나갔다. 영감이 오랜만에 찾아 온 집에 아들과 손녀가 없다. 이사 간 흔적은 없는데도 포클레인은 동네의 집을 자꾸 허물고 있다. '낡은 집들은 모두 사형수 모양 가슴에 번호를 달고 집행을 기다리고 있는 듯 했다. 동네 전체가 사형장이고 공동묘지이다. 살아있는 것은 아무것도 없는 것 같다. 코로 들어오는 공기도 한 조각 햇볕도 죽은 공기고 죽은 햇볕 같다.' 이주비를 받으려던 아들은 공무집행방해죄로 지구대에 잡혀 있다가 겨우 풀려나고, 감기에 걸린 손녀는 폐렴과 볼거리로 병원에 입원한다. 영감은 아들과 손녀와 함께 겨우 병원에서 돌아왔지만 그사이 집이 흔적도 없이 사라졌다. 갈 곳 없는 그들은 지하도에서 밤을 지새우는데 하필 그날이 순지가 태어난 경칩 날이다.

영감은 아까 경찰이 한 말이 자꾸 머릿속에 빙빙 도는 것 같다. 왜, 국가가 당신 같은 사람을 책임져야 하오. 영감은 그 말을 수없이 중얼거린다.

"국가가, 국가가……!"

(「경칩」)

고향을 떠나 도시로 흘러들어온 영감 가족의 비극적이고 쓸쓸한 삶의 모습이야말로 공동체 파괴의 의미를 너무나 극명하게 보여주고 있다. 사람을 무서워하는 영감과 현실능력이 없는 아들의 형상은 진한 연민을 느끼게 하면서도 연민에 머물게 하지 않는다. 그 인물들을 어떻게 이해해야 할까 하는 곤혹스러움 속에서도 이데올르기와 자본주의의 아픈 피해자로 받아들일 수밖에 없다. 자본주의의 큰 물결에서 낙오한 아들의 모습은 상징적이면서도 아프다. 재개발이라는 현실의 핵심적인 모순을 포착하면서, 그 안에서 희생물이 되어 맥없이 스러져가는 인물들을 리얼하게 그리고 있는 이 작품은 다른 한편으로 영감으로 상징되는 우리의 원초적인 인간 원형의 인물들과 사고방식이 소멸하는 현장을 여과 없이 보여주기도 한다.

「바드리」는 두메산골 바드리에 송전탑 건설을 두고 벌어지는 일을 그리고 있다. 76만 5천 볼트 송전탑 건설을 반대하는 낯선 사람들이 마을을 점령하고 경찰이 마을과 산을 포위한다. 마을에 송전탑을 세운다는 말에 마을은 갑론을박이다.

> 벌이 도망가고 소가 유산을 하며, 기형아가 태어나고 암에 걸리며, 토지거래도 안 되어 결국은 고향을 떠나야 한다는 뜬소문에 사람들은 불안에 떨지 않을 수 없었다. 한술 더 떠 신이 난 낯선 사람들은 원전 사고로 폐허가 된 체르노빌과 쓰나미로 유령도시가 된 일본 후쿠시마 모양 될 것 같다고 떠들었고, 기삿거리를 찾던 일부 인터넷 언론과 심심했던 누리꾼들은 유언비어를 만들고 장난삼아 퍼뜨린 헛소문은 일파만파로 퍼져나갔다.
>
> (「바드리」)

아흔을 바라보는 범도 할매는 이런 현실이 두려워 박 씨에게 나가서 말리라고 하지만 박 씨는 두렵다. 그런데다 어머니가 심어놓은 소나무가 엔진톱에 쓰러져 나뒹구는 모습에 가슴이 찢기듯이 처참하다. 그 소나무는 조국의 독립을 위해 왜놈들과 싸운 할아버지의 정신이었다. 해방 후 할아버지는 좌익으로 몰려 월북을 하고, 아버지는 농민계몽운동을 하다가 육이오 때 삼랑진 골짜기에서 총살을 당한다. 사람들이 빨갱이 집안이라고 돌을 던지는 것을 견디다 못한 어머니는 만삭의 몸으로 바드리 산속으로 숨어들어 박 씨를 낳았다. 경찰과 낯선 사람들의 팽팽한 대치가 계속되고, 확성기에서는 송전탑 반대 구호가 끊임없이 흘러나오자 밤새도록 사람 살리라고 외치며 돌아다니던 범도 할매가 쓰러지지만 경찰의 작전이 전개된 바드리에 구급차가 들어올 수 없어 결국 숨을 거둔다. 박 씨는 어머니 유골을 수습해 범도 할매의 뼛가루와 함께 바드리 전사의 터에 뿌린다.

> 범도 할매가 죽은 뒤 누가 구급차를 막았는지는 밝혀지지 않았다. 경찰은 구급차를 바드리 마을에 들여보냈다고 하고, 낯선 사람들은 구급차가 들어오지 않았다고 서로 엇갈린 주장만 해댔다.
>
> (「바드리」)

송전탑 반대 시위와 빨치산들의 전사터를 대비하는 형상이 상당한 아리러니로 독자를 자극한다. 뿐만아니라 빨치산 전사터와 그 속에서 살아가던 사람들의 모습이 인상적으로 각인되어 있다. 그러면서도 현실적인 대응을 할 수 없어 상황의 출구를 찾지 못하는 박 씨의 모습이 사실적으로 그려지고 있는데 인물의 무력한 형상을 이렇게까지 묘사하기가 쉽지 않다. 와살스럽고 생생하게 보여주는 언어가 압권이면서 그 속을 허깨비처럼 맴도는 박 씨의 고단한 모습이 너무 쓸쓸하게 와 닿는다. 범도 할매의 죽음은 정서적 충격을 완화할 만한 상황이 없는 대한민국의 맨 얼굴을 그대로 드러내고 있어 가슴이 먹먹하다.

「도로아미타불」은 정각산 절에서 살고 있는 고아인 영희의 이야기인데 소외된 사람들의 원형적 삶을 종교적인 메타포로 제시

한다는 점에서 의의가 큰 작품이다. 영희는 아침부터 인터넷에서 본 이달의 애정 운 때문에 신경이 쓰인다. 영희는 절에 살고 있지만 부처님을 좋아하지 않는다. 아무리 빌어도 소원을 들어주지 않기 때문이다. 서울에 폭설이 온다는 일기예보를 듣고 영희는 만설 스님에게 달려가 밀양에도 눈이 오게 해달라고 부탁하지만, 부처님 말고 하느님께 부탁해야 한다는 소리만 하는 만설 스님은 어릴 때부터 영희를 키웠다.

> 내가 기억하는 것은 초등학교에 들어가기 전 가부좌를 틀고 참선 수행을 하던 만설 행자에게 같이 놀자고 떼쓰던 일이나, 만설 등에 업혀 정각산 능선을 따라 진달래꽃을 한 아름 따먹기도 하고 머리에 꽃고 뽐내던 일이며, 한글을 배우던 일들이 최초의 기억이다. 사람의 정이 그리웠던 나는 무척이나 만설을 따랐다. 내가 초등학교에 입학하자 아침마다 만설이 한 시간 반을 걸어 학교까지 데려다주었다. 아이들은 나를 신중이라고 노래를 부르며 놀려 댔다.
>
> (「도로아미타불」)

영희는 결국 눈이 오게 해달라고 하느님께 빌면서 만설 스님이 원망스럽다. 만설 스님은 신도들에게 축원기도도 하지 말고 소원도 빌지 말라고 하는 이상한 스님이다. 대신 금강경이나 반야심경 필사나 해준다. 영희가 초등학교 5학년 때 묵언 천일기도의 원을 세우고 굴에 들어간 만설 스님은 큰 스님이 입적해도 나오지 않다가 영희가 여중 2학년이 되어서야 나왔다. 그때 절에서 일하는 박 보살은 정각사에 신도들이 줄을 서고, 큰 가람이 될 것이라고 흥분했지만 신도들은커녕 절은 점점 궁핍해졌다. 만설 스님의 절 운영이 마음에 들지 않는 박 보살은 하산해서 파업 중이다. 기도가 통했는지 갑자기 하늘에서 쏟아지는 하얀 눈가루를 보면서 영희는 스님에게 달려간다.

> 만설 스님은 방문을 활짝 열어놓고 문턱에 걸터앉아 한 다리를 무릎에 위에 올린 반가부좌를 했다. 한 손으론 턱을 괴고 한 손에는 분홍 종이 연꽃을 받쳐 들고 금빛 미소를 짓고 있는데 마치 금동보살반가사유상이 앉아 있는 것 같다. 나는
> "스으님……!"
> 하고 두 손을 모은다. 감격해 연꽃을 받으려 손을 내미는 순간 어디서
> "시님, 시님. 히히히."
> 하는 귀에 익은 소리가 들린다.
>
> (「도로아미타불」)

위에 인용한 것은 이 소설의 결말인데 눈여겨보아야 할 대목이다. 신종석 작가의 다른 소설은 대부분 메마른 불모의 공간인데 이 작품에서는 우주와의 영적 교류를 상징하는 기도를 통해 서서히 생명력을 회복하는 공간으로 나타나고 있다. 만설 스님을 둘러싼 신화적 분위기가 농후하지만 결코 낯설지가 않다. 젊은 여고생 영희와 천일 묵언 기도를 한 만설 스님의 합일의 마지막 장면을 '금동보살반가사유상'과 '연꽃을 받으려 내미는 손'으

로 묘사한 것은 뛰어난 소설적 성취이다. 영희가 간절히 소망하는 흰 눈은 세상과 합일하고 싶은 영희의 또 다른 욕망으로 읽힌다.

「아버지와 아들」은 베트남 아버지를 둔 한국인 아들 철수의 이야기이다. 철수 아버지는 19년 전 불법체류자로 한국 여자를 만나 철수를 낳았지만, 엄마는 집을 나가버린다. 철수는 아버지가 할아버지에게 들었다는 베트남 전쟁이야기를 듣고 자란다. 그래서 철수에게 할아버지는 람보를 이기는 영웅이다. 어느 날 철수는 친구 동국이 얼굴에 서바이벌 게임용 총을 쏘았고, 아버지는 철수 대신 동국이 아버지에게 두드려 맞는다. 그러면서도 아버지는 참으라고 만 한다.

> '참아라 철수야.'
> 아버지가 늘 하는 말이다. 아버지는 잘 참는다. 억울해도 참고 손해를 봐도 참는다. 참는 데는 정말 선수다. 먹고 싶은 것이나 아프고 힘든 것을 참는 것은 기본이고, 동국이 아버지가 개 때리듯 때렸을 때도, 월급을 못 받고 공장에서 쫓겨났을 때도 늘 참기만 했다. 심지어 도둑놈이란 누명을 썼을 때도, 사기를 당해도, 엄마가 집을 나갔을 때도 참기만 했다.
>
> (「아버지와 아들」)

아버지는 베트남 산업연수생으로 한국에 왔지만 철수 때문에 한국에 뿌리를 내리고 싶어 한다. 철수는 김치와 된장국만 먹었고, 태극기 그리기를 좋아했고, 큰 목소리로 애국가를 4절까지 다 불러도 대한 사람이 아닌 다문화 사람이다. 철수는 고등학생이 되면서 세상 모두가 싫었다. 그래서 '방구석에 앉아 공상으로 시간을 죽이며 기관총 들고 베트남 할아버지를 따라나기도 했고 빨치산이 되기도' 한다. 그러다가 아버지와 함께 나선 지리산 등반길에서 길을 잃고, 추위에 지친 철수는 서서히 감각이 사라진다.

> 꿈인지 생시인지 알 수는 없지만 눈을 뜨니 앞에 있는 사람이 뚜렷이 보였다. 그 사람은 낡은 군복을 입고 있는데 노인 같았다. 전혀 낯설다는 느낌이 들지 않았고 사진 속에서 본 베트남 할아버지와 무척 닮았다는 생각이 들었다. 눈에는 광채가 나고 아주 용맹해 보였다.
>
> (「아버지와 아들」)

아버지가 철수를 안고 추위 속에서 밤을 견딘다. 정신을 차린 철수는 아버지의 뒷모습에 꿈에 본 군복 입은 노인의 모습이 겹치는 것을 보며 벌떡 일어나 제 배낭을 낚아챈다. 길을 걷던 아버지와 철수는 지리산의 장엄한 일출에 할 말을 잃는다.

> 아버지는 꼼짝 않고 깊은 사색에 든 듯했고 그 모습은 어제와는 전혀 달라보였다. 아버지의 옆모습에 어젯밤 꿈에서 본 노인의 모습이 겹쳤다. 어디선가 환청처럼 어젯밤 노인의 목소리가 귓가에 다시 메아리치

는 듯 했다.

(「아버지와 아들」)

앞서 걷던 아버지가 갑자기 발목을 접질러 걸을 수가 없다. 철수는 아버지를 부축하고 길을 찾아 나선 끝에 마침내 삼도봉 이정표 앞에 도착한다.

오랜 시간에 걸쳐 만들어진 아버지와 아들의 심적 갈등이 서서히 풀려가는 과정이 지리산 등산이라는 설정에 기막히게 녹아든 작품이다. 아버지가 베트남 사람이라는 것을 창피하게 여기던 아들은 고된 지리산 등산을 통해 자신이 영웅처럼 생각하는 할아버지의 모습을 아버지 모습에서 발견하면서 점점 아버지를 이해하는데 그 이야기 전개가 자연스럽고 감동적이다. 아버지의 왜소한 모습이 지리산의 웅장한 모습과 점점 닮아가는 과정을 작가는 담담하게 그러나 치열하게 그리고 있다. 아버지와 아들의 개인적인 관계를 넘어선 개인과 사회적인 관계를 생각하게 만든다.

「신입사원」은 구조조정의 불안에 내몰린 평범한 가정의 부부 관계를 암울하면서도 정확하게 짚어내고 있다. 나는 구조조정의 압박감에 잠을 못 이루고 불안하다. 팀장 가운데 가장 연장자여서 가뜩이나 불안한데 퇴근해 와 보니 집에 아내가 없다.

온 집안 구석구석에 배인 집사람의 체취, 내 옷과 내 몸에서 풍겨 나는 듯한 집 바람의 내음, 이렇게 진할 줄 예전엔 미처 몰랐다. 공기 같은 집사람이 없으니 이제 숨쉬기까지 불편한 것 같다. 거실 창문을 열어 젖히고 나는 베란다로 나갔다. 그리고 집사람 부재란 불안에 떨며 아무것도 할 수 없는 자신의 무능함에 아파트 17층 벽을 타고 바닥까지 엉금엉금 기어 내려가고 싶은 충동에 빠져들기도 했다.

(「신입사원」)

종일 홈쇼핑 방송을 보던 아내는 요즈음 매실만 닦는다. 아내가 고등학교 다닐 때, 매실 농장을 하던 아버지가 매실 수출에 실패한 후 화병으로 돌아가셨다. 그래서 매실을 싫어하는데 이제는 매실만 닦고 있다. 어디서 구조조정 이야기를 듣고 내 눈치만 살피면서 말이 없던 아내가 매실 박스를 들고 윤 상무를 찾아가 날 명예퇴직 시키지 말라고 울먹였다는 소리에 나는 답답할 뿐이다. 아내가 혹시 매실 효소를 만들기 위해 설탕을 사러 마트로 갔을지도 모른다는 생각에 마트로 달려가던 나는 아파트 외진 곳에서 아내를 발견한다.

우리 사회에 광풍처럼 밀어닥친 구조조정의 황폐한 세계에 갇힌 인물들을 들여다보는 작가의 공감어린 시선과 상징과 비유들, 그리고 그 이면에 자리한 고통스러운 현실과 대비되어 나타나는 아내의 극적인 심리묘사가 뛰어나다. 구조조정을 앞둔 가장과 아내의 삶과 심리를 집요하고 줄기차게 묘사하면서도 그것을 누구라도 겪을 수 있는 현재의 문제로 끌어오는 점이 이 소설이 갖는 특별한 매력이다.

「대한보다 춥다는 소한」은 파산한 가정의 이야기이다. 동수는 아버지의 실종 신고를 한다. 동수의 아버지 김봉식은 사채업자에게 빌린 돈을 갚지 못해서 강제로 끌려가 장기를 떼어주고 나온다. 아버지가 없어졌는데도 동수의 어머니 박 여사와 누이 동주는 부잣집 아들을 꼬드겨 결혼하려는 수작에 열중이지만 동수는 생전 처음 알바를 한다. 병원에서 나온 아버지 김봉석은 주머니를 털어 포장마차에서 안주 없는 소주를 마시다가 남의 술값까지 몽땅 뒤집어쓰고 경찰서에 끌려간다. 알바비를 선불로 받아 나오던 동수는 아버지 실종 신고를 한 경찰서로 부터 술값 팔만팔천 원을 가지고 지구대로 와서 아버지를 데려가라는 전화를 받는다.

> 곰장어를 도마에 올리고 싸악 껍질을 벗기자 곰장어는 내장인지 알인지를 쏟아내며 마구 꿈틀거린다. 봉식의 눈에는 도마 위에서 피범벅이 된 채 발악하는 곰장어의 모습만 가득하고, 자신의 오장육부가 다 빠져나가는 듯 얼굴을 찌푸린다. 여편네는 엄청 큰 칼로 몸통과 내장을 척척 분리한 후 불판 위에 올리자 곰장어는 양념이 된 채 최후의 발악을 하며 지글지글 소리를 낸다.
>
> (「대한보다 춥다는 소한」)

이 작품은 위와 같은 소설적 장치가 시종일관 긴장을 유지하게 만든다. 곰장어가 굽히는 장면과 김봉식이 강제로 장기이식을 당한 것을 대비하는 상징은 살기 힘들고 고단한 삶의 현장감을 피부로 느끼게 한다. 또한 여러 인물들의 입을 통해 하나의 상황이 각기 다르게 해석되고 이를 통해 독자들에게 생각의 여지를 더 많이 열어주고 있다. 표면적으로는 아들인 동수가 화자로 이야기를 끌고 가지만 중간 중간에 아버지 김봉식을 화자로 등장시키는 다층적인 전략을 통해 팽팽한 긴장 관계를 형성하고 있다. 이런 소설적 전략이 없었으면 이 작품은 다소 밋밋해질 수도 있었을 것이다.

「모란앵무」는 5대 독자인 송 영감이 결혼 8년 만에 얻은 아들 모란이를 잃어버린 후 찾아다니는 부정을 모란앵무라는 새를 통해 보여주고 있다. 잃어버린 아들을 찾겠다는 일념으로 송 영감이 새 장수를 시작한 지도 어언 삼십 년이 다 되어 가는데, 이번 여름은 춘천 왕벚나무 아래에서 석 달째 버티면서 조웅이 할머니가 맡긴 병든 모란앵무새를 살리느라 안간힘을 쓴다. 녀석을 살리면 어릴 때 새를 따라간 아들을 만날 수 있을 것 같기 때문이다. 모란앵무를 고치려고 무리하던 송 영감은 결국 쓰러진다. 30여 년 전 여름 퇴근길에 송 영감은 모란앵무 한 쌍을 사왔는데, 어느 날 새장을 빠져나간 모란앵무를 따라간 아들은 감쪽같이 사라진다. 그 바람에 화병으로 먼저 죽은 아내는 송 영감에게 꼭 모란이를 찾으라고 신신당부한다. 하지만 송 영감은 이제 새 장수도 힘에 부친다. 처음 새 장사를 시작했을 때는 새를 구경하는 사내아이들은 온통 아들로 착각해 모란아 하고 불러서 미친 사람 취급도 받았다. 멀리서 조웅이가 할아버지 하면서 달려온다.

> 영감은 30여 년 전 퇴근길, 동네 어귀에 마중 나온 아들 모란을 안 듯 얼른 조웅이를 안아 올린다. 어디서 힘이 났는지 두 팔을 높이 들어 조웅이를 비행기 태우듯 빙빙 돌린다. 조웅이가 깔깔거리며 팔다리를 뻗어 새처럼 나는 시늉을 하자 두어 번 더 조웅이를 돌리다 내려놓는다. 어질어질하다. 갑자기 용을 쓴 탓일까. 겨우 벤치에 다시 앉는다. 온 세상이 노랗다. 할머니가 새장을 두리번거리며 인사를 한다.
> "세상에 새가 살았어요."
> 조웅이가 "꼬꼬-꼬꼬" 하며 새장에 손가락을 올려놓자 모란앵무가 날갯짓을 하고 도리질을 한다.
>
> (「모란앵무」)

이 소설에서 잃어버린 아들을 생각할 때마다 고통스럽게 머뭇거리는 송 영감의 생각과 발길은 어쩌면 풋풋한 인정과 공동체 안에서의 질서와 규범마저 파편화되어 더 이상 이전 질서로 돌아가지 못한다는 현실의 상징일 수도 있다. 그래서 송 영감의 선택이 모란앵무로 상징되는 '새'였던 것인지도 모른다. 씁쓸한 페이소스로 가득한 이 소설을 읽다보면 자기모멸의 묘한 고통에서 놓여나기 어려운데, 그것은 아들의 가치에 절대성을 두고 살아가는 송 영감의 모습이 너무 측은하고, 최소한의 어떤 가능성도 남아 있지 않은 가혹한 현실 때문이다.

3

위에서 살펴본 것처럼 신종석 작가의 소설집 『금고기』는 변두리 인간들의 다양한 모습을 다양한 이야기로 보여주고 있다. 우리는 그의 이야기들을 통해 오늘 날 우리들이 살아가는 모습을 훨씬 더 잘 들여다볼 수 있고, 결국 우리를 변화시키는 기미를 느낄 수 있다. 그것은 그의 작품들이 사람살이의 의미를 새롭게 일깨워주고 있기 때문이다. 신종석 작가는 이데올르기의 기만성과 허망함을 고발하면서도 한편으로는 잘못된 역사의 문제를 언급하고, 자본주의가 우리 삶에서 빼앗아간 오래되고 중요한 가치들을 다시 되돌아 볼 것을 권유하고 있다. 우리는 물질적 풍요가 더해지면서 생활 역시 풍요해지지만 역사와 인간에게서 느끼는 삭막함과 쓸쓸함 역시 그에 비례하는 시대에 살고 있다. 이런 오늘을 살고 있는 우리는 신종석 작가가 창조한 소설 속 인물의 모습에서 깊은 회오의 감정을 느낄 수밖에 없다.

소설 『금고기』는 우리가 회복해야 할 삶의 가치가 무엇인지 트릭이나 계산 없이 정공법으로 가르쳐주고 있다. 갈등과 다툼으로 얼룩진 지난 시대의 삶속에서 우리가 잃어버린 것은 무엇인지 묻고, 또 우리가 회복해야 할 것에 대한 깊이 있는 통찰을 하도록 이끌고 있다. 우리는 신종석 작가의 소설 속 억압받고 밀려나는 사람들을 바라보면서 거꾸로 우리가 정말 지켜야 하거나 회복해야 할 소중한 가치가 무엇인지 더욱 뚜렷이 알게 된다.

신종석 작가는 어떤 특정한 조직에 함몰되지 않고 자신만의 고독한 글쓰기를 진행하고 있다. 이러한 그의 고립적이고 독자적인 모습은 오히려 문학적인 긴장으로 작용하여 어떤 문제를 냉철하게 바라보는 중요한 버팀목으로 작용하고 있다. '노트북 하나 달랑 들고 산속으로 들어'가 스스로 변방의 고립자를 자초한 그는 자신의 작품이나 다른 사람의 작품에도 쉽게 열광하지 못하고, 자신의 삶과 문학까지도 냉혹한 관찰자의 시선으로 들여다보는데 그것이 역사 인식이나 현실 인식에 대한 강렬한 비판 의식으로 작용하고 있다. 그러다보니 어떨 때는 대상에 대한 부정의식을 통해 왜곡된 현실을 설득력 있게 비판하고, 어떨 때에는 아이러니의 몽환적인 환멸의 언어로 불합리한 역사와 현실을 환기시키고 있다.

그러면서도 작가는 직접적으로 드러내어 설교하지 않고, 어떤 상황을 압축적으로 제시하고 비유하는 소설적 응축의 방식으로 나타낸다. 그 결과 작품에서 등장인물이 겪는 비참하고 곤궁한 상황을 담담하게 보여주어서 오히려 그 밑바닥에 자리하는 비극을 대비하게 만든다. 작가가 날카로운 현실 인식을 직접 드러내기보다는 인물들과 상황을 만들어내는 아이러니적인 상황을 중시하는 것이다. 이런 신종석 작가의 행보는 소설의 위기 운운하는 현재의 우리 소설에 시사하는 바가 크다. 하지만 한 가지 아쉬운 것은 신종석 작가와 소설 속 약자 혹은 변방의 사람들이 처한 삶의 현실을 외부상황과 좀 더 연관시켜 밀고 나가면서 성찰의 전망을 보여줘야 한다는 점이다. 물론 작가는 지금도 그 전망에 대한 고투와 사투의 시간을 보내고 있을 것이다.

신종석 작가는 너무 볼품없고 하찮아 사람 같지 않아 보이는 그래서 우리 주변에서 흔하게 보거나 때론 못 보고 지나치기 쉬운 변두리 사람들에 대한 끊임없는 애정과 지속적인 관심을 보이는데, 그 값진 성취가 바로 『금고기』이다. 우리는 이 소설에 실린 그의 작품을 관통하는 변두리 인생들에 대한 애정과 잘못된 역사에 대한 비판, 천박한 자본주의가 만든 물질만능이 아닌 생명 중심의 세계관을 확인할 수 있다. 작가란 자율적인 의지를 통해 정형화 되어버린 보편성의 어떤 역사적인 사실이나 특정한 내용을 부정하고 보다 새로운 보편성을 찾아가는 존재이다. 그래서 유랑의 삶을 살 수 밖에 없다면, 신종석 작가는 오늘도 노트북 하나 달랑 들고 산속 어딘가에 들어가 비켜갈 수 있는 여러 혹독함을 기꺼이 감내하면서, 자신을 혹독한 상황 속으로 밀어 넣고 있을 것이다.

오늘도 우리들은 무명의 세계에 금고기를 간절하게 바라고 있다.

금고기

초판 1쇄인쇄 2017년 9월 9일
초판 1쇄발행 2017년 9월 11일

저   자 신종석
발행인 박지연
발행처 도서출판 도화
등   록 2013년 11월 19일 제2013-000124호

주   소 서울시 송파구 중대로34길 9-3
전   화 02) 3012-1030
팩   스 02) 3012-1031
전자우편 dohwa1030@daum.net
인   쇄 (주)현문

ISBN | 979-11-86644-38-6 *03810
정가 13,000원

잘못 만들어진 책은 교환해 드립니다.
저자와 출판사의 허락 없이 책의 전부 또는 일부 내용을 사용할 수 없습니다.

도화道化, fool는
고정적인 질서에 대한 익살맞은 비판자,
고정화된 사고의 틀을 해체한다는 뜻입니다.